KB236617

블레이드 헌터

김정률 판타지 장편소설
FANTASYSTORY & ADVENTURE

Blade Hunter

2

dream
books
드림북스

블레이드 헌터 2
골드 드래곤의 해츨링

초판 1쇄 인쇄 / 2011년 1월 18일
초판 1쇄 발행 / 2011년 1월 28일

지은이 / 김정률

발행인 / 오영배
편집장 / 허경란
편집 / 신동철, 문보람, 오미정, 윤상현
본문디자인 / 신경선
펴낸 곳 / (주)삼양출판사 · 드림북스

주소 / 서울특별시 강북구 송천동 322-10호
대표 전화 / 02-980-2112 팩스 / 02-983-0660
편집부 전화 / 02-980-2116 팩스 / 02-983-8201
블로그 / blog.naver.com/dreambookss

등록번호 / 제9-00046호
등록일자 / 1999년 3월 11일

ⓒ 김정률, 2011

값 8,000원

(주)삼양출판사 · 드림북스의 서면 허락 없이는 어떠한
형태나 수단으로도 이 책의 내용을 이용하지 못합니다.

ISBN 978-89-542-4202-8   04810
ISBN 978-89-542-4200-4   (세트)

* 지은이와 협의하에 인지는 생략합니다.
* 잘못된 책은 구입한 곳에서 바꾸어 드립니다.

블레이드 헌터

김정률 판타지 장편소설
FANTASY STORY & ADVENTURE

2

골드 드래곤의 해츨링

dream
books
드림북스

②

블레이드 헌터

Blade Hunter

Contents

제1장
견습기사의 기사도

　고문관. 정보를 얻어내기 위해 포로에게 정신적, 신체적 위해를 가해 자백을 받아내는 직업인을 통칭하는 단어다. 고문관은 눈썹 하나 까딱하지 않고 생살을 찢어내고 뼈를 으스러뜨려야 하는 독심이 필수인 직업이다. 그런 잔혹함 때문에 사람들은 고문관을 그리 좋아하지 않는다. 항상 피비린내에 절어 있는 탓에 사람들은 고문관을 대할 때마다 새파랗게 공포에 질린다. 의도하지 않아도 뿜어져 나오는 살기 때문이다.

　그러나 그런 고정관념과는 달리 고문관은 엄청난 전문성을 요하는 전문직업이다. 일단 심리에 밝아야 하고 상대의 마음을 꿰뚫어볼 수 있는 통찰력을 지녀야 하며 캐어낸 정보를 조합하는 데 능해야 한다. 한마디로 머리가 나쁘다면 결코 할 수 없는 직업이 고문관이다.

고문관이 고문을 가하는 대상은 천차만별이다. 자백할 입만 남기고 전신을 갈가리 짓이겨도 되는 포로가 있는가 하면 털끝 하나 건드리지 말고 정보를 캐내야 하는 귀족계급도 있다. 이처럼 상대에 따라 고문의 강도와 방법을 달리해야 하는 고문관이란 직업은 분명 아무나 할 수 없는 전문직임이 분명했다.

그런 점에서 라이넨 자작은 행운아였다. 휘하에 리오라는 유능한 고문관을 거두고 있으니 말이다. 고문관 리오는 한마디로 고문을 위해 태어난 사람이었다. 라이넨 자작이 아는 그 어떤 귀족가문의 고문관보다도 능력이 월등했다.

지금 그는 제법 뼈대가 단단한 클로버 영지의 포로 한 명을 심문하고 있었다.

"끄아아아악."

떡 벌어진 어깨에 툭 불거진 고리눈, 한눈에 보아도 강인한 기사임을 알 수 있는 사내였다. 그러나 고문관 리오의 능란한 수작에는 버틸 도리가 없었다. 손가락과 발가락을 모두 망치로 으스러뜨린 상태에서 소금을 뿌려 횃불로 지지기 시작하자 기사의 몸이 부들부들 경련했다.

버크라는 이름의, 한때 메사라 산성 수비군 대장이었던 불행한 기사였다. 인체구조에 대해 해박한 고문관 때문에 그는 한계를 넘어선 고통을 느껴야 했다. 때를 놓치지 않고 리오가 한마디를 내뱉었다.

"어차피 죽을 건데 왜 고집을 부리는지 모르겠군. 순순히 자백하면 서로 편하잖아? 당신은 고통을 안 받아서 좋고 나는 땀 흘리며 수고하지 않아도 되니 말이야. 사람 몸 부수는 게 나라고 좋은 줄 알아?"

나이트 버크에게 내려진 판결은 잔혹했다. 어차피 처형할 포로이니 수단 방법을 가리지 말고 정보를 캐내라는 것이다. 고문을 받다가 저세상에 가버려도 상관이 없는 죄수이다. 어차피 고문이 끝나면 처형대에 오를 운명이기 때문이다. 한때 고귀한 신분의 기사였지만 영지가 망한 이상 버크의 운명도 다한 것이다. 이를 악물며 고통을 참아내던 버크가 힘없이 말했다.

"후, 그렇긴 하군."

"고집부려봐야 본인 손해일 뿐이야."

버크가 초췌한 표정으로 고개를 끄덕였다.

"뭐든지 말하겠다. 뭐가 궁금한가?"

"진작 그럴 것이지? 혹시나 해서 묻는데 말이야, 깃발을 바꿀 생각은 없겠지?"

깃발을 바꾼다. 다시 말해 클로버 남작을 배신하고 라이넨 자작의 휘하로 들어가는 것을 말한다. 그것은 기사로서의 명예를 포기하라는 말이었다. 그렇게 할 경우 목숨은 건질 수 있겠지만 더 이상 기사 대접을 받지 못한다. 주군을 배신한 자가 어디에서 환영을 받겠는가. 예상대로 버크가 완강히 고개를 가로저었다.

"물론 그럴 수는 없다. 클로버 남작님께 헌신을 맹세한 몸. 목숨으로 충성서약을 지킬 것이다."

"좋아. 그래야 기사답지."

보기만 해도 끔찍한 고문도구를 내려놓고 대신 나무판자와 펜을 든 리오가 버크의 증언을 하나씩 적어나갔다. 가끔씩 풀어주며 포로를 쥐었다 폈다 하는 수법은 버크의 굳은 의지를 꺾기에 모자람이 없었다. 리오는 정말 타의 추종을 불허할 정도로 유능한 고문관이었다.

쪼르르.

버크의 자백으로 정보를 얻어내던 리오가 투박한 나무잔을 꺼내 술을 따랐다. 독하디독한 귀리술의 냄새가 피비린내와 섞여 좁은 심문실을 가득 채웠다. 버크는 자신도 모르게 침을 꿀꺽 삼켰다. 저것 한 잔만 마신다면 뼈를 파고드는 고통에서 해방될 것 같았다. 리오가 묻는 말에 줄줄 답하던 버크는 질문이 일급 기밀사항에 이르자 머뭇거렸다.

"그, 그것은 말해줄 수 없다."

나무잔 가득 따라진 귀리술이 힘을 발한 것은 바로 그 때였다. 잔을 버크에게 내민 리오가 비릿한 미소를 지었다.

"쭉 들이켜게. 저승에 가면 더 먹지 못할 테니 말이야."

리오가 내민 술잔을 보고 버크가 군침을 삼키며 입을 벌렸다. 손이 뒤로 묶여 있었기 때문에 리오가 입에 대고 먹여주어야만 했다. 평소 먹던 포도주나 위스키보다 훨씬 질이 떨어지는 귀리술이었지만 지금 버크에겐 감로수나 다름없는 미주였다.

꿀꺽꿀꺽.

목구멍에서 전해지는 화끈한 느낌에 버크가 자신도 모르게 진저리를 쳤다.

"크으. 죽이는군."

"그럼 다시 본론으로 들어가 볼까? 클로버 영지에는 더 이상 기밀사항이 없어. 망한 영지에 지킬 만한 비밀이 뭐가 있겠나. 그냥 모든 것을 털어놓고 저세상으로 편히 가도록 해. 그게 서로에게 좋지 않겠나?"

한 잔의 독주와 그럴듯한 리오의 권유에 홀딱 넘어간 버크가 기밀사항을 줄줄 털어놓기 시작했다.

버크가 고문을 받고 있는 바로 옆 수용실에는 단 한 명만이 갇혀 있었다. 영주성이 점령군의 손아귀에 들어갔지만 포로의 수는 그리 많지 않았다. 징집된 병사들은 대부분 풀려나서 집으로 돌아갔고 용병들은 점령군에 강제로 편입되었다.

시종과 하인들은 점령군 측에 새로 고용되었고 영지의 주인이었던 클로버 남작과 그 혈족들은 대영주인 모르세인 백작에게로 압송되었다. 따라서 갇혀 있는 자는 클로버 영지의 기사와 몇몇 직업병사가 전부였다.

버크의 옆방에 갇혀 있는 이는 리셀이었다. 갑옷과 장비를 모조리 빼앗겨 얇은 튜닉에 바지만 걸치고 있었다. 창문으로 들어오는 달빛을 하염없이 쳐다보던 리셀이 피식 실소를 흘렸다.

"정말 나는 감옥과 인연이 많군."

클로버 영지가 패망했다는 사실은 조금 전에 간수로부터 들었다. 줄줄이 잡혀 들어오는 클로버 영지 기사들의 처참한 모습에 리셀 역시 가슴을 졸여야 했다. 운이 나쁘면 포로가 된 기사들과 함께 도매금으로 넘어가 형장에서 목이 잘릴지도 모른다. 어쨌거나 클로버 영지의 검이 되겠다고 맹세했으니 현재로서는 전쟁포로 신분인 것이다. 달빛 사이로 드러난 눈빛이 가늘게 떨렸다.

"내 운명은 어떻게 될까?"

바로 옆방에서 들리는 처절한 비명소리는 리셀의 마음을 자꾸만 위축시켰다. 자칫 잘못하면 패망한 클로버 영지와 운명을 같이해야 할지도 몰랐다. 그런 리셀의 불안한 심경을 대변하듯 옆방에서 새로운 포로의 비명소리가 울려 퍼졌다.

"크아아악. 뭐, 뭐가 궁금하시오?"

낯익은 음성, 메사라 산성에서 한때 부관이었던 말콤의 목소리와 닮았다는 생각을 하던 리셀이 다리 사이로 얼굴을 파묻었다.

영지전에서 승리를 거둔 라이넨 자작의 하루는 무척이나 바빴다. 기존 자작령에 이어 점령한 남작령의 대소사를 모조리 결재해야 했기 때문이었다.

"에펜 마을에 구호물자를 보냈는가?"

"네, 영주님. 귀리 열 부대와 밀 스무 부대를 보냈으니 내일 아침이면 도착할 것입니다."

"호위는 충분히 붙였겠지?"

현재 클로버 남작령의 치안은 극도로 불안했다. 각지에서 폭도들이 창궐했고 풀려난 병사들이 강도로 돌변하는 일이 빈번했다. 충분한 호위 병력이 없다면 식량 수레는 금세 약탈당할 것이다. 다행히 클로버 영지의 대소사를 관리하는 기사 조나단은 매우 유능한 자였다.

"견습기사 둘에 병사 열 명을 붙였습니다. 견습기사 둘에게 마스터의 비상용 플레이트 메일을 착용하게 했으니 폭도들은 섣불리 접근하지 못할 것입니다."

플레이트 메일을 걸친 기사가 둘이라면 폭도들은 감히 수레에 눈독을 들이지 못할 것이다. 실상은 아직까지 기사가 되지 못한 견습기사였지만 폭도들이 그 사실을 어찌 알 것인가. 나이트 조나단이 다음 사안을 보고했다.

"그리고 다음 안건은 지하 감옥에 갇혀 있는 견습기사 리셀에 관한 것입니다."

그 말을 들은 라이넨 자작의 눈빛이 번뜩였다.

"들었네. 아드리안을 압도하는 검술 실력을 가졌다면서?"

"대단한 실력을 지닌 기사에게서 사사한 모양입니다. 보고에 따르면 그의 마스터는 아스트리아 제국 루카스 후작가의 적손인 아너프리 루카스라고 합니다.”

“흠, 루카스 가문이라면 제국의 명문 중 명문이지. 그런데 그런 자가 왜 베텔 왕국에서?”

“자세한 내막은 조사해봐야 하겠지만 리셀의 증언에 따르면 그의 마스터인 아너프리 루카스는 악령의 숲 안에서 생을 마쳤다고 합니다. 가지고 있던 장비를 모조리 부장품으로 묻었다고 하더군요.”

그 말에 라이넨 자작의 눈빛이 살짝 빛났다.

“욕심이 없는 녀석이로군. 정규기사의 장비라면 그 가치가 상상을 초월할 텐데 말이야.”

“생각보다 마스터에 대한 존경심이 컸습니다. 리오가 진술을 받아내는 실력은 자작님도 잘 아시지 않습니까?”

그 말에 자작의 입가에 슬며시 미소가 피어났다. 리오의 고문 실력은 라이넨 자작이 누구보다도 잘 알고 있었다.

“상처 없이 진술을 받아내라고 했는데도 잘 처리했군. 역시 리오야.”

“감추는 것 없이 솔직히 털어놓았다고 하더군요. 하늘 아래 부끄러워할 것이 아무것도 없다고 말했다고 하더군요.”

“그래. 그 견습기사를 우리 영지로 받아들일 생각인가?”

조나단이 묵묵히 고개를 끄덕였다.

“그렇습니다. 제가 그 녀석을 거둬들일까 합니다.”

라이넨 자작이 적이 놀란 표정을 지었다. 조나단은 자작령의 기사들 중에서 종자를 까다롭게 뽑기로 소문난 기사였다. 그 증거로 라이넨 자작령의 기사들 중 종자의 수가 가장 적은 기사가 조나단이었다.

"자네가 탐내는 자라면 영지에도 필요한 존재겠지. 하지만 그 녀석이 순순히 따를지 모르겠군. 마스터의 유언을 받들기 위해 제국으로 가는 길이라고 하지 않았나?"

"다소 강압적인 방법을 사용해야지요. 우선 처형장에 보내 클로버 남작 기사들의 처형 장면을 보여주며 겁을 줄 생각입니다. 그런 다음 이쪽의 의견을 제시하면 받아들일 수밖에 없을 겁니다."

라이넨 자작이 그럴듯하다는 듯 고개를 끄덕였다.

"그렇게 하도록 하게."

"맡겨주십시오."

클로버 영주성이 함락된 지 일주일 만에 포로들의 처형식이 이루어졌다. 대상은 클로버 남작의 휘하였던 기사 다섯 명과 견습기사 두 명, 직업병사 한 명이었다.

원래 포로로 잡힌 기사가 아홉 명이었지만 세 명은 전투 중에 입은 부상이 악화되어 숨을 거뒀고 한 명은 고문을 받다가 죽어버렸다. 그 불행한 기사는 입이 무겁다는 이유로 죽을 때까지 고문을 받은 것이다.

그 외 직업병사 두 명은 포로로 잡힌 라이넨 자작의 병사를 처형한 죄로 형장으로 끌려가는 신세가 되었다. 라이넨 자작의 고문관 리오는 거의 모든 사실을 밝혀내어 살생부를 만들었고 그것은 고스란히 받아들여졌다.

처형식이 벌어질 예정인 영주성 앞 광장에는 인파로 바글바글했다. 초췌한 안색의 영지민들이 모여서 웅성거리는 사이를 십여 명의 죄수들이 병사들의 손에 이끌려 갔다. 대부분 고문의 후유증으로 피투성이가 된 상태였다. 몇몇 영지민들이 죄수들에게 썩은 사과나 당근을 집어던졌다.

"꼴좋다. 평소에 기사라고 으스대더니……."

"내 이웃이 네놈들의 손에 죽었어."

대부분 영지 기사들에게 피해를 본 주민들이었다. 혹독한 고문으로 진이 빠진 포로들은 썩은 사과에 얻어맞고도 별다른 반응을 보이지 못했다. 그저 병사들이 잡아끄는 대로 질질 끌려갈 뿐이었다. 그런데 끌려가는 포로들 중에 멀쩡한 자가 하나 있었다.

"윽."

썩은 사과에 머리를 얻어맞은 리셀이 인상을 썼다. 그러나 사과를 집어던진 사내는 기가 죽지 않았다. 아무래도 영지의 기사들에게 단단히 원한을 가지고 있는 듯했다.

"어딜 쳐다봐. 곧 죽을 죄수 녀석이."

주위를 두리번거리다 바닥에 나뒹구는 돌을 집어 들어 던지는 사내였다. 살짝 고개를 튼 리셀이 돌을 피해냈다. 쓸쓸한 미소가 입가에 감돌았다.

'이대로 끝나는 것인가?'

하늘을 올려다본 리셀이 힘없이 걸음을 옮겼다.

처형장에는 완전 무장한 기사들과 병사들이 대기하고 있었다. 영지의 새로운 주인인 라이넨 자작과 그의 맏아들인 아드리안도 처형식을 참관했다. 눈구멍이 나 있는 검은 두건을 덮어쓴 사형집행인이 큼지막한 도끼를 들고 기다리고 있었다.

그를 보자 포로들의 안색이 창백해졌다. 전투에는 능한 기사일지라도 곧 자신들에게 죽음을 내릴 사형집행자를 앞에 두고는 동요하지 않을 수 없는 것이다. 첫 번째로 처형이 결정된 죄수는 기사 버크였다. 병사들이 쇠사슬을 풀고 그를 처형대로 데리고 갔다.

나무로 된 처형대에 목을 올리고 두 손을 나란히 고정시킨 병사들이 뒤로 물러났다. 라이넨 자작의 눈짓을 받은 기사가 가까이 다가왔다.

"마지막으로 남길 말이나 소원을 말하라."

버크는 아무런 말도 하지 않았다. 그저 빨리 죽고 싶다는 듯 머리를 가로저을 뿐이었다. 묵묵히 고개를 끄덕인 기사가 손짓을 했다.

"집행하라."

사형집행인이 다가와서 도끼를 버크의 목에 겨눴다가 하늘 높이 들어 올렸다. 다음 순간 시퍼렇게 날이 선 도끼가 대기를 갈랐다.

콰직.

사형집행인은 단숨에 버크의 머리통을 날려버렸다. 피가 튀며 머리통이 굴러떨어져 바구니에 담겼다. 실력 좋은 자들 중에서 골랐는지 사형집행인의 일처리는 매우 깔끔했다. 세차게 뿜어지던 핏줄기가 잦아들며 머리를 잃은 몸통이 서서히 경련을 멈췄다. 그 모습을 본 포로들의 얼굴은 흙빛이 되어버렸다. 죽음 앞에서 평정을 유지할 수 있는 인간은 매우 드문 편이다.

시체의 경련이 잦아들자 사형집행인이 도끼를 다시 휘둘러 죄수의 손을 잘라냈다. 영광의 손이라 불리는 사형수의 손은 잘 말려 액운을 쫓아주는 부적으로 사용된다. 사형집행인이 잘라낸 손을 운집한 군중들 사이로 던졌다. 사람들이 서로 잡으려고 아귀다툼을 벌였다.

"내 거야."

"아냐. 내가 잡았어."

군중들 사이에서 소란이 일어났다. 손을 낚아챈 사람들이 희희낙락해 하며 전리품을 옷 속에 감췄다. 머리통과 두 손이 잘려나간 기사 버크의 시체가 처형대에서 치워졌다. 그리고 다음 죄수가 처형대에 묶였다.

"마지막으로 남길 말이나 소원은?"

처형대에 묶인 죄수가 갑자기 눈물을 흘리면서 애원했다. 죽음으로 충성서약을 지키려 했는데 막상 처형대에 묶이자 마음이 약해진 것이다.

"기, 깃발을 바꾸겠소. 라이넨 자작님을 섬기겠다는 뜻이오. 사, 살려주시오."

그 말을 들은 기사가 라이넨 자작을 쳐다보았다. 그러나 라이넨 자작은 고개를 끄덕이지 않았다. 자고로 한번 배신한 자는 또다시 배신하기 마련이다. 라이넨 자작에겐 죽음이 두려워 깃발을 바꾸려는 기사를 거둬들일 생각이 전혀 없었다.

"자작님께서 거부하셨다. 잘 가거라."

"아, 안 돼."

죄수가 고개를 마구 흔들었지만 무정한 사형집행인의 도끼는 사정 보지 않고 떨어져 내렸다.

콰직.

결국 클로버 남작의 기사들은 한 명도 빠짐없이 목과 손이 잘리는 신세가 되고 말았다. 다음은 기사들 휘하 견습기사 차례였다. 포로가 된 견습기사는 단 두 명, 메사라 산성을 수비하다 포로가 된 말콤과 영지성 전투에서 크나큰 부상을 입고 사로잡힌 견습기사가 전부였다.

그중 큰 부상을 입어 혼수상태인 견습기사는 정신도 차리지 못하고 질질 끌려나가 목이 잘렸다. 어찌 보면 그것도 행운이었다. 의식이 없는 상태에서 최후를 맞이했으니 말이다. 두 번째로 처형대에 묶인 말콤은 할 말이 무척이나 많았다.

"사, 살려주십시오. 저는 강제로 징집되었습니다."

"무슨 소리지?"

처형을 주관하는 기사가 눈을 가늘게 뜨고 물었다. 목숨을 건지려는 일념 하나로 말콤이 필사적으로 호소했다.

"저는 이 영지 소속이 아닙니다. 주군을 잃고 유랑하다가 우연히 클로버 영지에 들어왔는데 강제로 징집당해 영지의 검이 되었습니다. 영지를 위해 싸우지 않으면 죽이겠다는 말에 어쩔 수 없이 맹세를 한 것입니다. 살려주신다면 평생 라이넨 자작님을 위해 봉사하겠습니다."

그 말을 듣던 리셀이 입을 딱 벌렸다. 말콤의 말은 바로 자신의 이야기였다. 말콤은 지금 리셀의 신상내력을 읊으며 목숨을 구걸하고 있었다. 처형을 주관하던 기사가 묘한 표정을 지었다. 고개를 돌리자 라이넨 자작의 불편한 표정이 눈에 들어왔다.

'살고 싶어서 거짓말을 하는 놈이로군.'

라이넨 자작이 들고 있는 나무판자에는 견습기사 말콤의 신상내력이 적혀 있었다. 유능한 고문관 리오가 갖은 고문을 가해 말콤의 모든 것을 기록한 것이다.

그에 따르면 말콤은 클로버 영지의 기사단장 토르넥의 견습기사로서 어릴 때부터 이곳에서 살아온 자였다. 그리고 말콤은 8년 전 1차 영지전 당시 마스터인 토르넥의 명령으로 포로로 붙잡힌 라이넨 영지병 두 명의 처형을 주관했다. 그런 내력을 가진 자가 목숨을 건지기 위해 새빨간 거짓말을 늘어놓는 것이다. 라이넨 자작이 고개를 흔들자 기사가 비릿한 미소를 머금었다.

"자의였건 강압에 의한 것이었건 어쨌거나 클로버 영지의 검이 되겠다고 기사로서의 맹세를 한 것이 아닌가?"

"그, 그건 그렇습니다만."

"기사라면 자신의 맹세에 대한 책임을 져야 하는 법이다. 그게 견습기사라도 말이다. 추해 보이니 더 이상 목숨에 연연하지 마라."

"아, 안 됩니다. 사, 살려주십시오."

그러나 그에 대한 대답은 무정하게 떨어지는 도끼날이 대신했다. 말콤의 머리통이 애원하던 표정 그대로 잘려나갔다. 못다 한 말은 바람 소리가 되어 잘린 목에서 피와 함께 흘러나왔다.

'무정하군. 일말의 자비도 없이 처형해버리다니⋯⋯.'

리셀의 얼굴에 체념의 빛이 어렸다. 말콤처럼 애원하다가 목이 잘리고 싶지 않은 것이 솔직한 심경이었다.

　　─기사는 언제나 당당해야 한다. 설사 목에 칼이 들어오는 한이 있어도 초연하게 행동하라. 칼잡이는 아무나 될 수 있지만 기사는 결코 아무나 될 수 없는 법이다.

　스승의 말을 떠올린 리셀이 고개를 끄덕였다. 때마침 리셀을 끌고 가기 위해 병사 두 명이 다가왔다. 리셀이 느릿하게 몸을 일으켰다.

　"내 발로 가겠다."

　주춤하는 병사를 힐끔 쳐다본 리셀이 당당하게 걸음을 옮겼다. 손이 뒤로 묶인 상태로 가슴을 활짝 펴고 걸어가는 것이다. 그 모습을 라이넨 자작과 아드리안이 재미있다는 듯한 표정으로 쳐다보고 있었다.

　앞으로 걸어간 리셀이 망설임 없이 무릎을 꿇고 처형대에 목을 올렸다. 병사 하나가 뒤로 묶인 손을 풀어주자 자진해서 팔도 올렸다. 처형을 주관하는 기사가 다가와 물었다.

　"마지막으로 하고 싶은 말이나 소원은?"

　리셀이 살짝 눈을 감고 입을 열었다.

　"비록 자의였건 타의였건 나는 클로버 영지의 검이 되겠다고 맹세했소. 그러니 의당 그에 대한 책임을 져야겠지. 한 가지만 부탁하겠소. 나와함께 포로가 된 부하들은 강제로 징집된 영지민들이오. 부디 그들에게만큼은 자비를 베풀어주길 바라겠소."

　기사가 묘한 표정을 지었다. 처형대 앞에서 이런 초연한 모습을 보이는 자는 결코 흔하지 않다. 더욱이 일시적으로 지휘했던 부하의 안위를 걱정하는 모습이라니……

　"걱정하지 마라. 징집된 영지병은 모조리 석방되었다."

그 말에 리셀의 안색이 환히 밝아졌다.

"잘되었구려. 그럼 처형을 집행하시오."

말을 마친 리셀이 고개를 숙였다. 그 모습을 지켜보던 기사가 고개를 돌렸다. 처형에 앞서 라이넨 자작의 의중을 물어보는 것이다.

"자신의 목숨보다 부하의 안위를 먼저 걱정하다니……. 비록 나이는 어리지만 진정한 기사의 표상이라 할 만한 소년이로군."

라이넨 자작의 얼굴에는 만족스런 미소가 떠올라 있었다. 처형대 앞에서도 비굴해지지 않는 당당함이 그의 마음을 사로잡은 것이다.

느릿하게 몸을 일으킨 라이넨 자작이 앞으로 걸어나갔다. 뒤에 기립해 있던 기사 조나단이 재빨리 뒤를 따랐다. 자작이 다가오자 병사들이 달려들어 처형대에 꿇어 엎드린 리셀을 잡아 일으켰다. 자신을 향해 걸어오는 중년 귀족을 보자 리셀의 안색이 살짝 굳어 들었다.

'이자가 라이넨 자작인가?'

영지전을 승리로 이끈 영주, 게다가 양아버지인 조르쥬를 죽인 사람은 라이넨 자작 휘하의 기사이다. 이상했다. 라이넨 자작은 자신의 원수라 할 수 있는 자였다. 그럼에도 불구하고 반감이 생기지 않았다. 영지민들의 칭송을 받는 유능한 영주라는 사실 때문에 그런지도 몰랐다. 귓전으로 근엄한 기사의 음성이 파고들었다.

"예를 취하라. 영지의 주인이신 라이넨 자작님이시다."

자국이 난 손목을 만지작거리던 리셀이 귀족을 대하는 예를 취했다.

"나이트 아너프리 루카스의 종자이자 견습기사 리셀이 라이넨 영지의 주인이신 자작님을 배알하나이다."

절도 있고 정중하면서도 예법에 어긋나지 않는 인사였다. 라이넨 자작의 입가에 서린 미소가 짙어졌다. 제대로 교육받은 티가 역력했다.

"그래, 메사라 산성에서의 활약은 익히 전해 들었노라. 내 아들이자 영지의 후계자인 아드리안의 칭찬이 대단하더군. 매서운 검술 실력을 지녔다고 말이야."

"과분한 평가이십니다."

"아니야. 아드리안의 실력은 내 휘하 기사들도 인정하고 있어. 그런 내 아들을 꺾었다면 이미 검술 실력만큼은 정규기사급이라는 말이겠지?"

과도하다 싶은 라이넨 자작의 말에 리셀이 어쩔 줄 몰라 했다. 반면 뒤에 선 조나단의 안색은 살짝 경직되었다. 저 리셀이란 견습기사를 완벽하게 궁지에 몰아넣고 충성을 받아내야 하는데 눈치 없는 라이넨 자작이 상대를 띄워 주고 있는 것이다. 그러나 주군의 행동에 대해 일개 기사가 왈가왈부할 순 없는 노릇이다.

"강압에 의해 클로버 영지의 검이 되었다고 들었다. 네 목숨을 구해줄 테니 나에게 검을 바치지 않겠느냐?"

그 말에 리셀의 눈이 커졌다. 검을 바치겠다고 부르짖던 기사들의 절규를 몇 번이고 목격한 그였다. 그중에는 서임받은 정규기사도 있었다. 그런데 한 번의 예외도 없이 처형을 지시했던 라이넨 자작이었다.

그런 그가 이번에는 자신의 검이 되라고 먼저 권유하고 나서는 것이다. 그러나 리셀의 고민은 오래가지 않았다. 입술을 깨문 리셀이 정중하게 고개를 숙였다.

"과분하고 자애로우신 권유에 감사드립니다. 그러나 애석하게도 저는 그 말씀을 받아들일 수 없습니다."

그 말에 라이넨 자작의 눈빛이 사나워졌다.

"어째서 그러한가? 그대는 이미 클로버 영지의 검이 되겠다고 맹세했다. 강압에 굴복한 것은 목숨을 건지기 위해서 그런 것이 아닌가? 그대는 목숨을 보전키 위해 클로버 남작에게 맹세를 했다. 그런데 왜 나에게 맹세할 수는 없다는 거지?"

라이넨 자작의 추궁은 서릿발 같았다.

"적합한 이유를 말하라. 그렇지 못하면 그대 역시 처형장의 이슬이 되는 운명을 받아들여야 할 것이다."

리셀이 차분한 어조로 설명을 했다.

"저는 이미 저의 마스터이신 아너프리 루카스님께 그분의 가문을 위해 헌신하겠다고 맹세했습니다. 마스터를 묻고 난 뒤 저는 그분께 한 맹세를 이행하기 위해 아스트리아의 루카스 후작가를 찾아가는 길이었습니다. 클로버 영지의 검이 된 것은 목숨이 아까워서가 아닙니다. 어떻게든 살아남아 마스터와의 맹세를 이행하기 위해서였습니다.”

리셀이 고개를 들고 라이넨 자작을 쳐다보며 또박또박 말을 이어나갔다.

“클로버 영지의 일은 영지전을 위한 단기고용과 같은 것이었습니다. 그러나 자작님의 검이 되는 것은 그것과 다릅니다. 여기서 맹세를 하게 된다면 저는 평생 자작님과 자작님의 영지를 위해 봉사해야 합니다. 그렇게 되면 스승님과의 맹세를 이행할 수가 없게 됩니다.”

리셀의 잔잔한 어조가 라이넨 자작과 그의 기사들 사이로 울려 퍼졌다.

“마스터이신 아너프리 루카스님은 한낱 화전민 고아였던 저에게 모든 것을 전수하셨습니다. 그분이 아니셨다면 저는 결코 견습기사가 되지 못했을 것입니다. 저는 도저히 마스터의 은혜를 잊어버릴 수가 없습니다. 자작님께 충성을 맹세할 수 없는 것은 바로 그 때문입니다. 제 검은 오롯이 아스트리아의 루카스 후작가를 위해 바쳐져야 합니다. 설사 자작님께서 절 처형하신다고 해도 저로선 달게 받아들일 수밖에 없습니다. 육신이 죽어 영혼만 남게 되더라도 저는 루카스 후작가를 찾아갈 것입니다.”

말을 마친 리셀이 고개를 숙였다. 마치 그 어떤 판결도 감수하겠다는 듯이 말이다. 침묵을 지키던 라이넨 자작이 입을 열었다.

"흠. 그대의 뜻을 충분히 이해하겠다. 마스터와의 맹세를 이행하기 위해 죽음도 불사하겠다는 마음가짐! 비록 나이는 어리지만 진정으로 기사의 표상이라 불릴 만하도다. 좋다."

고개를 끄덕인 라이넨 자작의 얼굴은 살짝 들떠 있었다.

"그대를 나의 검으로 거두지 못하는 점은 아쉽다. 그러나 마스터와의 맹세를 이행하려는 너의 검을 도저히 꺾을 수 없구나. 해서 그대의 뜻을 존중하도록 하겠다."

고개를 돌린 라이넨 자작이 명령을 내렸다.

"견습기사 리셀에게 적용된 전쟁포로로서의 제약을 나의 이름으로 풀어주겠다. 마스터와의 맹세를 이행하도록 그를 방면할 것이다. 그의 기사도가 그를 살렸도다."

리셀의 눈이 커졌다. 고개를 든 그가 떨리는 음성을 흘려냈다.

"가, 감사합니다. 라이넨 자작님."

라이넨 자작이 따듯한 눈빛으로 리셀을 쳐다보았다.

"마스터를 향한 그대의 충절에 경의를 표한다. 나의 영지에 며칠 머물다가 떠날 것을 허한다. 통행증을 발부해줄 것이니 내 영지에서는 누구도 그대의 발목을 잡지 않을 것이다."

"이 은혜 결코 잊지 않겠습니다. 훗날 기회가 된다면 반드시 찾아와서 오늘의 은혜에 보답하겠습니다."

리셀의 떨리는 음성에 라이넨 자작이 너털웃음을 터뜨렸다.

"비록 그대라는 검을 얻지는 못했지만 진정한 기사의 표상을 보았으니 본 영주는 만족하는 바이다. 그를 풀어주도록."

라이넨 자작의 명이 떨어지자 병사들이 달려들어 리셀의 포박을 풀어주었다. 나이트 조나단이 약간 아쉬운 듯한 표정을 지었지만 다른 기사들의 표정은 비교적 우호적이었다. 머리보다 가슴이 뜨거운 기사답게 죽음 앞에서도 흔들리지 않는 리셀의 각오에 감동한 모양이었다.

그렇게 해서 리셀은 처형대 앞에서 목숨을 건질 수 있었다. 그러나 다른 죄수들에 대한 처형은 예정대로 집행되었다. 마지막 포로의 머리통과 손이 잘려나간 뒤 처형식이 끝났다. 그러자 모인 군중들의 환호소리가 울려 퍼졌다.

"와아아아."

"라이넨 자작님 만세."

그들의 얼굴에는 새로운 영주를 맞이한 데 대한 불안과 기대가 동시에 서려 있었다.

리셀은 한적한 도로를 터덜터덜 걸어가고 있었다. 몸에 걸친 것이라곤 남루한 튜닉과 바지, 부츠, 그리고 허리에 찬 허름한 검이 전부였다. 자신의 몸을 둘러본 리셀이 쓴웃음을 지었다.

"한심하군."

그는 라이넨 자작의 은혜를 얻어 목숨을 건질 수 있었다. 그리고 스승과의 약속을 이행하기 위해 그곳을 떠났다. 어찌 보면 크나큰 은혜를 입은 것이다.

그러나 라이넨 자작이 보증한 것은 오로지 목숨뿐이었다. 포로가 되는 과정에서 리셀은 가진 모든 것을 압수당했다. 클로버 영지로부터 지급받은 갑옷과 무기, 그리고 모피를 팔아 산 체스트 플레이트 등이 모조리 압수되었다. 라이넨 영지는 떠나는 리셀에게 압수한 물품을 일절 돌려주지 않았다. 갑옷을 돌려달라는 리셀의 말에 장비를 담당하는 기사가 싸늘한 표정을 지었다.

"간이 배 밖으로 나왔군. 목숨을 살려주는 것만 해도 다행으로 생각해야지."

"그렇다면 무기라도 돌려주시오. 기사에겐 반드시 검이 필요하단 말이오."

황당한 표정으로 리셀을 쳐다보던 기사는 선심이라도 쓰듯 허름한 검 한 자루를 던져주었다. 병사들이 사용하는 질이 나쁜 장검이었다.

"고맙소."

묵묵히 검을 받아든 리셀이 몸을 돌렸다. 마음 같아서는 압수당한 여행물품까지 요구하고 싶었지만 그만두었다. 어쨌거나 그는 라이넨 자작령에 대적해 싸운 적이었다. 영주인 라이넨 자작에게 용서를 받기는 했지만 그이상 뭔가를 바라는 건

무리였다.

"그래. 목숨을 건진 것만 해도 다행으로 생각해야지."

불현듯 스승의 말이 떠올랐다.

*—모든 것은 네가 약한 탓이야. 힘이 있다면 누구도 널
건들지 못하는 법이다.*

리셀이 살짝 입술을 깨물었다. 스승의 말대로 이번 사건은
전적으로 그가 약해서 일어난 일이었다. 그에게 충분한 힘이
있었다면 토르넥의 계교에 넘어가지 않았을 터였다.

"그나저나 고민이로군. 이 상태로 어떻게 여행을 하지?"

현재 리셀은 수중에 아무것도 없었다. 라이넨 자작령은 심
지어 노숙할 때 쓰는 냄비와 부싯돌까지 모조리 압수해버렸
다. 이 상태로는 도저히 여행을 지속해나갈 수 없다. 그렇다고
해서 여행물품을 살 돈이 있는 것도 아니다.

리셀이 무심코 주머니를 뒤졌다. 그러나 나오는 것은 오로
지 먼지뿐이었다. 리셀이 눈살을 찌푸렸다.

"골치 아프군."

현재 이 상태로는 아스트리아로 가지 못한다. 루카스 후작
가의 영지는 제국의 남서부에 위치하고 있다. 제국 북동쪽의
베텔 왕국에서 가려면 드넓은 제국 영토를 완전히 관통해야
한다. 악령의 숲처럼 인적이 드문 곳에서는 사냥을 해서 끼니

를 해결할 수 있다지만 치안이 확실한 제국 영토 내부에서까지 그럴 수는 없었다. 돈 한 푼 없이 제국 영토를 종단하는 것은 말 그대로 바보짓이다.

"어떻게든 여비를 만들어야 해."

그러나 지금 상태에서 리셀이 할 수 있는 일은 제한되어 있다. 우선 몸을 쓰는 막일은 돈이 되지 않는다. 말 그대로 아무나 할 수 있는 일이기 때문이다.

현재 리셀의 장기라고 할 수 있는 것은 검술뿐이다. 성인이 아니지만 용병 한두 명 정도는 찜 쪄 먹을 실력이었다. 아직까지 기사서임을 받지 못했으니 용병 일을 한다면 어느 정도 여비를 마련할 수 있을 것이다.

"우선 리스가르 시로 가야겠군. 거기에서 일을 좀 해서 여비를 마련해야겠어."

생각을 정리한 리셀이 고개를 끄덕였다. 리스가르는 마르타에서 북서쪽으로 일주일 거리에 자리 잡은 중소도시이다. 그곳에서 가려면 사흘 정도 걸릴 것이다.

"뭐, 리스가르까지 가는 건 큰 문제가 없을 거야. 중간 중간 악령의 숲을 걸쳐서 가니 말이야."

생각을 정한 리셀이 걸음을 옮겼다. 허리에 찬 빛바랜 장검이 리셀의 움직임에 따라 흔들거렸다.

제2장
일류 용병과
초보 마법사

"이런 말도 안 되는……."

주름진 노안이 파르르 떨렸다. 극도의 분노로 인해 주먹이 불끈 쥐어진 상태였다. 그러나 시선을 맞받는 용병 하토스는 눈썹 하나 까딱하지 않았다. 왼쪽 눈을 세로로 가로지르고 있는 긴 검상이 그의 인상을 지극히 냉혹하게 만들고 있었다.

"미리 말하지 않았소? 매달 계약을 갱신하기로 말이오. 지금은 계약한 지 한 달이 훨씬 지났고 마땅히 계약을 새로 갱신해야 하오."

로브를 걸친 노인이 그 말을 듣고 버럭 고함을 질렀다.

"그게 말이 되는 소린가? 계약했던 액수의 다섯 배를 요구하면 도대체 어쩌자는 것인가?"

듣고 있던 여자 용병 밀라이가 입가에 비릿한 미소를 머금었다.

"뭘 모르시네. 용병에겐 자신이 원하는 보수를 고용주에게 요구할 권리가 있어요. 얼마를 요구하건 용병 마음대로죠. 마음에 들지 않으면 고용하지 않으면 될 것 아니에요?"

"허. 용병길드도 없는 작은 도시에, 다른 용병을 구하기 힘든 곳에 데려와 놓고 계약한 액수의 다섯 배를 요구해? 애초에 이러려고 한 달 단위로 계약을 하자고 한 것인가?"

불을 토하는 듯한 노인의 눈빛에도 용병들은 심드렁하게 하품을 하고 있었다.

노인의 말대로 이 작은 도시 리스가르에는 용병길드가 없었다. 그리고 하나 있는 용병거래소도 변변찮았다. 상단의 물건이나 호위할 만한 질 낮은 용병은 있어도 마법사의 가드를 할 만큼 경험 많고 노련한 용병은 눈을 씻고 찾아봐도 없을 것이다. 바로 그 때문에 지난 한 달 동안 계약했던 금액의 다섯 배를 당당하게 요구할 수 있는 것이다.

아스트리아 마탑 소속의 마법사 카르시안이 말도 되지 않는다는 듯 고개를 흔들며 거칠게 숨을 몰아쉬었다.

"그럴 순 없다. 네 명을 고용하는 대가로 한 달에 20골드면 후하게 쳐준 것이다. 100골드라면 귀족가에 부탁해서 네 명의 기사를 지원받을 수 있는 금액이다."

그 말에 하토스가 느물느물 웃었다.

"그거야 아스트리아 제국 내부에서나 그렇지 코딱지만 한 베텔 왕국의 이런 시골에서 쓸 만한 기사를 구할 수 있을 것 같소?"

"……."

카르시안이 침음성을 흘렸다. 저 가증스러운 용병들은 자신을 말 그대로 막다른 골목에 몰아넣고 을러대고 있었다. 한 달 전의 결정이 뼈저리게 후회되었다.

'개월 단위로 계약한 것이 실책이었어.'

용병길드를 통해 이 네 명을 소개받았을 때 하토스는 진지한 표정으로 계약조건을 설명했다.

"베텔 왕국을 거쳐 베네아 공국으로 가신다면 최소한 두 달은 걸립니다. 거기에서 제국으로 바로 넘어오는 데에는 한 달밖에 안 걸리지만 말입니다."

"좋소. 석 달 동안 호위임무를 맡는 데 얼마면 되겠소?"

뭔가를 심각하게 생각해본 하토스가 즉각 대답했다.

"최소한 100골드는 주셔야 합니다. 물론 그동안의 숙식은 모조리 마법사님이 제공해주셔야 하고요."

"100골드? 비싼 것 같은데?"

"결코 그렇지 않습니다. 가격이 부담되신다면 달 단위로 계약하셔도 되고요. 달 단위로 계약하신다면 일인당 5골드씩 20골드면 충분합니다."

"흐음."

마법사 카르시안이 머리를 굴렸다. 저들의 말대로라면 석 달이면 충분했다. 그렇다면 달 단위로 계약하는 것이 훨씬 이득이다. 무려 40골드나 절약할 수 있는 것이다.

"좋소. 그렇다면 달 단위로 계약합시다."

그 말을 들은 하토스의 눈빛이 미묘하게 빛났다. 그러나 서류를 들여다보느라 카르시안은 그 눈빛을 보지 못했다.

"알겠습니다. 여기 제반 서류가 있습니다."

원래대로라면 서류를 꼼꼼히 살펴봐야 했다. 그러나 전형적인 실험실 마법사인 카르시안은 별다른 의심하지 않고 서류에 서명을 했다.

그 결과가 지금 이런 것이다.

네 명으로 구성된 용병들은 한 달이 지나자마자 마수를 드러냈다. 원래라면 아스트리아의 국경도시 시라노에서 계약을 갱신해야 했다. 첫 계약을 맺은 뒤 정확히 한 달이 되는 날 이 바로 그날이었다. 당시 하토스는 천연덕스럽게 계약을 연기했다.

"뭐 급할 것도 없는데 천천히 계약연장을 하시지요. 저희도 마음 편히 유람하고 좋습니다."

그 말에 껌뻑 넘어가 계약연장을 하지 않은 것이 정말로 후회스러웠다. 놈들은 대체 용병을 구할 수 없는 이곳 리스가르에 도착하자마자 말도 안 되는 금액으로 계약연장을 요구하고 나선 것이다. 어찌 보면 카르시안을 용병길드가 없는 중소도

시로 인도한 것 자체가 의심스러웠다. 분기를 참지 못해 부르르 떨고 있는데 하토스의 밉살스런 음성이 들려왔다.

"어떻게 하실 겁니까? 저희들은 더 이상은 기다려 드릴 수 없습니다."

날카로운 눈빛으로 하토스를 노려본 카르시안이 고개를 완강히 흔들었다.

"난 자네들을 100골드에 고용할 생각이 없네. 그러니 계약관계를 여기에서 끝내지."

카르시안은 단호하게 나가기로 결정했다. 어차피 저들도 100골드 전부를 요구하지 않으리라 계산한 것이다. 그러나 반응은 예상과는 달랐다.

"그렇습니까? 할 수 없지요. 알겠습니다."

하토스가 두말도 하지 않고 서류를 내밀었다.

"계약해지서에 서명을 해주십시오."

그 말에 움찔한 카르시안이 서류를 쳐다보았다. 예상 밖의 반응이었지만 이미 카르시안은 더는 용병들의 수작에 넘어가지 않겠다고 다짐한 상태였다. 묵묵히 펜을 들어 서명하는 카르시안. 서류를 받아든 하토스가 눈매를 가늘게 뜨고 살펴보았다.

"좋습니다. 이로써 계약관계가 종결되었습니다. 그럼 부디 좋은 여행되시길."

그 말에 카르시안이 거칠게 숨을 몰아쉬며 고함을 질렀다.

"내, 내 분명히 용병길드에 이 사실을 항의할 것일세. 그리고 아스트리아 마탑 소속 마법사들에게 널리 알릴 것일세."

그러나 하토스는 추호도 겁을 집어먹지 않았다.

"그거야 원하시는 대로 하십시오. 그럼 저희들은 이만……."

목례를 한 용병들이 우루루 식당 밖으로 나갔다. 홀로 남겨진 카르시안이 연신 씨근거렸다.

"빌어먹을 용병 놈들……."

카르시안은 아스트리아 마탑에 적을 둔 3서클 마법사였다. 올해 예순다섯으로 제국 남동부에 위치한 공국 베네아가 고향이었다.

그는 나이 열 살 때 인생을 좌지우지할 운명의 갈림길에 서게 되었다. 우연히 들른 마탑의 지점에서 한 마법사가 그의 자질을 알아본 것이다.

"신체검사를 한번 받아보시지요. 마나의 지배력이 높으면 마법사가 될 수 있습니다."

카르시안의 부모는 머뭇거림 없이 신체검사를 신청했다. 상당히 많은 돈이 들었지만 아랑곳하지 않았다. 결과는 사뭇 고무적이었다. 마법사가 될 가능성이 있다는 판정을 받은 것이다. 당시 평민 집안의 셋째 아들이었던 카르시안에겐 복이 송두리째 굴러들어온 것이나 다름없었다.

마법사가 되는 것은 평민들에겐 신분 상승의 가장 빠른 지

름길이었다. 어딜 가서도 제 몫을 해내는 4서클 이상의 마법사는 남작에 준하는 귀족 대우를 해주도록 법령에 명시되어 있다. 대마법사라 불리는 6서클 이상의 마법사는 드넓은 영지를 가진 백작과 맞먹는 신분이다.

그런 만큼 카르시안은 한껏 꿈에 부풀었다. 4서클을 넘어서는 마법사가 된다면 집안을 부흥시키는 것은 시간문제였다. 그러나 신은 카르시안에게 완전한 행운을 안겨다 주지 않았다.

마법사의 확률이라는 것이 있다. 마법을 배우는 데 있어 가장 중요한 것은 마나에 대한 지배력이다. 그 지배력이 일정 수준 이상 되지 못하는 자는 결코 마법을 배울 수 없다. 마법사의 확률이란 일반인 중에서 마법을 배울 수 있을 정도로 마나에 대한 지배력을 지닌 사람의 비율을 뜻하는 말이다.

통상적으로 만 명당 한 명 정도가 마법에 입문할 수 있는 마나 지배력을 지닌다. 그러나 그 인재들 중에서 4서클로 올라설 수 있는 경우는 마법사의 확률과 버금가게 희박하다. 만 명의 마법사 지망생 중 겨우 한두 명만이 4서클을 넘어설 수 있는 것이다. 카르시안처럼 대부분의 마법사 지망생들은 4서클의 벽을 넘기지 못하고 죽을 때까지 마탑에서 연구에 몰두하는 경우가 태반이다.

사실 세상에 나와 있는 마법사는 대부분 4서클을 넘는 중견 마법사들이다. 그 이하의 초급 마법사는 거의 밖으로 나돌아 다니지 않는다. 자신을 보호할 능력이 없다는 것이 가장 큰 이유였다. 최소한 4서클을 넘어서야 귀족가문에 고용될 수 있기 때문에 마법사 지망생들은 필사적으로 4서클에 들기 위해 연구에 몰두한다.

그러나 마법 연구에는 필연적으로 많은 돈이 필요하다. 마법실험에 필요한 귀금속과 각종 보석, 마법서와 시약을 사려면 천문학적인 자금이 필요하다. 부유한 귀족이나 상인가문의 자제가 아니면 그 연구비를 조달하는 것은 거의 불가능하다.

때문에 대부분의 마법사들은 마탑이나 기타 마법공방 같은 데에서 마법 아티팩트를 만들거나 마정석의 마력을 충전하는 일을 하며 연구비를 조달한다. 그래야만 마법실험에 소요되는 자금을 감당할 수 있다.

카르시안 역시 인생의 태반을 마탑의 마법공방에서 보냈다. 마법에 입문할 자질은 되었지만 4서클을 넘어설 자질이 되지 못했던 것이다. 무려 50년 동안 마법공방에서 일하며 연구에 몰두했지만 4서클의 벽은 카르시안에게 순순히 길을 열어주지 않았다. 결국 지칠 대로 지친 카르시안은 잠시 연구를 중단하고 휴식을 취하기로 작정했다.

"어차피 4서클에 오를 수 있을지 확인되지 않은 재능인데 말이야."

그는 마탑을 떠나 세상을 두루 여행하다가 고향에 방문하기로 마음먹었다. 평생을 좁은 마법공방에 갇혀 마정석을 충전하거나 마법 아티팩트를 만들어왔던 그였기에 드넓은 세상을 구경하고 싶은 마음이 절실했다. 그러나 마탑의 동료들과 선배들은 그런 카르시안을 만류했다.

"세상은 실험실에서 평생을 보낸 마법사들이 여행하기에 너무 위험해."

"세상에서 가장 안전한 장소가 마탑이야. 차라리 4서클의 벽을 넘어선 뒤 세상에 나가는 것이 어때? 그편이 훨씬 안전해."

그러나 카르시안은 만류를 듣지 않았다. 4서클에 오를지 확인되지도 않은 상황에서 계속 나이만 먹고 있었다. 게다가 마법실험 때문에 부모의 임종도 보지 못한 카르시안이었다.

"고향에 가봐야 해. 부모님은 없지만 형제들은 남아 있을 테니 말이야. 그들을 만나보고 싶어."

카르시안은 만류를 뿌리치고 여행을 준비했다. 여행을 떠나는 데에는 무리가 없었다. 마법 아티팩트를 만들고 마정석을 충전하는 작업은 꽤나 고소득이라고 할 수 있다. 그것은 말 그대로 마법사가 아닌 사람은 할 수 없는 작업이다.

마법실험을 일체 중지하고 돈을 모으자 몇 달 되지 않아 거액의 여행자금이 모였다. 더 이상 카르시안을 만류할 수 없자 마탑의 선배들은 여행 시 주의사항을 일러주었다.

"실험실 마법사들에게 세상은 무척이나 가혹해. 그러니 호위할 용병을 충분히 고용해야 할 거야."

"용병 고용하는 데 돈을 아끼면 안 돼. 용병이 없다면 4서클

이하의 초급 마법사는 만만한 먹잇감에 불과해.”

뼈가 되고 살이 되는 충고였지만 카르시안은 귀담아듣지 않았다. 평생을 마탑의 마법공방에서 실험에 몰두하며 살아왔던 터라 세상사에 밝지 못한 것이 그 이유였다. 그 때문에 카르시안은 용병들도 제대로 된 자들을 구하지 않았다.

“몸값이 너무 비싸오. 싼 용병들은 없소?”

보통 마법사들은 여행을 할 때 용병보다는 기사를 선호한다. 마법 아티팩트나 마정석을 넉넉히 챙겨주면 귀족가문에서 휘하 기사를 빌려준다. 물론 그 가치는 통상적으로 용병을 고용하는 금액의 두세 배에 달한다.

그러나 기사를 고용하는 것은 충분히 그럴 만한 가치가 있었다. 용병들보다 몇 배 강하면서도 믿을 수 있는 존재들이 기사들이다. 배신과 거짓말을 밥 먹듯이 하는 용병과는 신용도 자체가 비교가 되지 않았다. 그렇듯 기사들의 보호를 받으며 안전하게 여행하는 것이 마법사의 보편적인 나들이라고 볼 수 있었다.

그러나 카르시안은 최대한 돈을 아껴 고향의 형제들에게 푸짐하게 선물을 쥐여줄 생각이었다. 그 때문에 기사가 아닌 용병을, 용병 중에서 몸값이 싼 자를 찾다 운 나쁘게 하토스 일당에게 걸린 것이다. 카르시안이 길게 한숨을 내쉬었다.

“답답하군. 이 일을 어떻게 한다?”

마음 같아서는 혼자서 길을 떠나고 싶었다. 용병길드가 있는 큰 도시에 도착하면 몸을 지켜줄 용병을 추가로 고용할 수 있을 터였다. 그러나 마탑의 동료들과 선배들은 한사코 그것을 만류했다.

"세상은 그리 호락호락하지 않아. 마법사에겐 반드시 가드가 있어야 해."

그들의 말은 틀림없었다. 물론 초급이라 해도 마법사의 마법은 무시무시한 위력을 지녔다. 보통 사람은 상상도 할 수 없는 위력을 발휘하는 것이다. 그러나 초급 마법사의 캐스팅에는 오랜 시간이 걸린다. 하찮은 마법 하나를 시전하는 데에도 한참 동안 주문을 외워야 하는 것이다.

그런데 세상의 적들이 마법사가 주문을 외우도록 가만히 내버려둘 리가 없었다. 때문에 초급 마법사에겐 주문을 외울 시간을 벌어줄 호위가 반드시 필요하다. 그러나 카르시안은 상황을 그리 심각하게 생각하지 않았다.

"어쩔 수 없는 일이지. 우선 지도에서 봤던 자유도시 마르타까지 혼자서 가는 수밖에……."

여기서 일주일 거리에 위치한 자유도시 마르타는 용병길드가 있는 큰 도시이다. 그곳까지만 가면 무난히 자신을 호위해줄 용병을 구할 수 있을 것이다. 그렇게 생각한 카르시안이 마음을 편히 먹었다. 그러나 그곳까지 가는 것이 문제란 사실을 그는 알지 못했다.

카르시안을 물 먹인 용병 4인방은 여관 뒤쪽에 모여 있었다. 그들 사이에는 이제 겨우 열서너 살 정도밖에 돼 보이지 않는 소년들이 껴 있었다. 원활히 돌아가는 눈동자가 매우 영악한 인상을 주는 소년들이었다. 그중 한 명이 입을 열었다. 빌이라는 이름을 가진, 이곳에서 소매치기를 하며 살아가는 소년들의 두목 격인 녀석이었다.

"그러니까 조금 있으면 여관에서 마법사 한 명이 나올 것이니 그놈의 품속에 있는 주머니를 훔쳐내란 말인가요?"

하토스가 묵묵히 고개를 끄덕였다.

"바로 그렇다. 그 주머니를 가지고 오면 잔금을 주겠다."

"정말이겠죠?"

소년 빌이 눈동자를 교활하게 굴렸다. 이번 일로 인해 얻게 될 이득을 계산하는 듯했다. 그러나 하토스는 빌이 생각할 틈을 주지 않았다.

스르릉.

털이 곤두서는 듯한 음향과 함께 시퍼런 검신이 모습을 드러냈다. 우툴두툴한 검신을 본 빌이 몸서리를 쳤다. 한눈에 보기에도 산전수전 다 겪은 용병의 검이었다. 경험상 이런 자들은 쉽게 건드릴 수 없는 자들이었다.

"행여나 주머니를 갖고 튄다든가 나를 속일 경우……."

하토스가 검으로 팔뚝을 밀었다. 무성하던 털이 우수수 잘려나가더니 핏방울이 스멀거리며 흘러나왔다.

“너희 애송이들은 더 이상 아침 해를 보지 못할 거야. 우린 상당히 무서운 사람들이거든.”

빌을 비롯한 소년들을 노려보며 하토스가 차디찬 미소를 지었다. 다른 용병들도 비슷한 미소를 지으려고 노력했지만 하토스를 흉내 낼 순 없었다. 몸서리를 친 소년들이 묵묵히 고개를 끄덕였다.

“알겠어요. 그런데 명색이 마법사인데 괜찮을까요?”

“괜찮아. 제구실도 하지 못하는 초급 마법사니까 말이야. 내가 설명한 계획대로 시행한다면 쉽게 성공할 거야.”

“알겠어요.”

고개를 끄덕이는 소년들에게 용병 하나가 뭔가를 건넸다. 탄력 있는 자루에 모래를 집어넣은 무기인 블랙잭이었다. 묵직한 블랙잭 두 자루를 받아든 소년들의 안색이 살짝 굳어졌다. 도둑질은 많이 해봤지만 강도짓은 처음이었기 때문이었다.

“그럼 다녀오겠어요.”

“반드시 주머니를 가지고 와야 한다.”

묵묵히 고개를 끄덕인 소년들이 그 자리에서 사라졌다. 그 모습을 용병들이 하얗게 이를 드러내고 웃으며 쳐다보았다.

“괜찮을까? 그냥 호위해주고 수고비를 챙기는 것이 낫지 않겠어?”

밀라이의 말에 하토스는 대답하지 않았다. 남자친구가 걱정되었던지 밀라이가 재차 말했다.

"마법사들은 무서워. 그것도 마탑 소속의 정규마법사잖아? 자칫 잘못되기라도 하면……."

하토스가 조용히 밀라이의 말을 끊었다.

"잘못될 것이 뭐가 있어? 이런 변방에서는 하루에도 수십, 수백 명씩 생목숨이 사라져. 저따위 초급 마법사 정도는 파리 목숨이나 다름없지. 마탑이 저 초급 마법사 따위에게 관심을 기울일 것 같아?"

"……."

"그리고 벌써 잊었어? 너희들은 딕과 벤슨, 캐리를 비롯한 녀석들의 죽음이 분하지도 않아?"

하토스의 눈에서는 불이 뿜어지는 듯했다. 조금 전 그가 거명한 이름들은 얼마 전까지만 해도 그들의 옆에서 생생히 숨 쉬었던 동료들이었다. 그러나 그들은 더 이상 곁에 없었다. 얼마 전 참전한 전투에서 마법사의 마법공격을 받아 흔적도 남기지 못하고 타버린 것이다.

"녀석들의 시체조차 건지지 못했어. 망할 마법사 놈들이 장난치듯 날린 화염구에 맞아 뼈까지 타버렸다고."

"하, 하지만 녀석들을 죽인 건 여관 안의 마법사가 아니잖아."

"왜 아니야? 마법사 놈들은 모두 똑같아."

주먹을 불끈 거머쥔 하토스가 부르짖었다.

"놈들에겐 우린 벌레야. 수틀리면 발로 짓이겨버릴 수 있는 벌레에 불과할 뿐이라고……. 그런 벌레에 불과한 우리들에게 절호의 기회가 생겼어. 이 기회가 아니면 우리가 어떻게 마법사를 처치할 수 있겠어?"

음성이 고조되었지만 워낙 후미진 골목이라 외부로 퍼져 나가지는 않았다. 묵묵히 듣고 있던 용병들이 하나둘 고개를 끄덕였다.

"하긴 그렇기도 해."

"이번 기회가 아니면 우리가 어떻게 마법사를 손봐줄 수 있겠어?"

밀라이 역시 더 이상 말릴 수 없다는 듯 고개를 끄덕였다.

"그래. 네 뜻을 충분히 알겠어. 하지만 일은 반드시 후환이 없게 처리해야 해. 알겠어?"

하토스가 고개를 끄덕였다.

"물론이지. 후환 따윈 없어. 그러니 날 믿어."

하토스의 음성이 은근히 낮아졌다.

"게다가 마법사 녀석, 꽤나 부유한 것 같았어. 잘만 하면 짭짤한 수입을 거둘 수 있을 거야."

"그런데 소매치기 애새끼들이 순순히 주머니를 가져다줄까? 훔치는 데 성공하면 반드시 내용물을 풀어볼 테고 돈을 확인하면 다른 마음을 먹지 않겠어?"

그의 입가에 차디찬 미소가 걸렸다.

"그거야 걱정할 거 없어. 이미 놈들의 근거지를 다 파악해 두었으니 말이야. 게다가 이 작은 도시에서 놈들이 숨을 곳은 한정되어 있어. 죽이고 빼앗으면 된단 말이지."

"하긴 추적에는 하토스 너만 한 용병도 드무니까. 그럼 소매치기 녀석들이 주머니를 가져올 때까지 기다리면 되는 건가?"

"조금만 기다려보자고."

용병 4인방의 모략을 눈치채지 못한 카르시안이 식사를 마치고 몸을 일으켰다.

"나쁜 놈들. 내 기필코 용병길드에 항의하고 말 테다."

연신 씨근거리던 카르시안이 음식값을 계산한 뒤 여관을 나섰다. 우선 여기서 일주일 거리인 자유도시 마르타에 가서 호위할 용병을 구하는 것이 그의 계획이었다. 그러나 카르시안의 야심 찬 계획은 여관을 나서자마자 어그러졌다. 남루한 옷차림의 소년들이 일제히 그를 둘러싼 것이다.

"한 푼 주십시오."

"배가 고파 죽겠어요. 제발 빵 한 조각 사 먹을 돈이라도 주세요."

용병들이 있었다면 이런 일은 없었을 것이다. 수상한 사람들의 접근을 원천 차단해버릴 테니 말이다. 카르시안이 난감한 표정을 지었다.

　　—거리의 아이들에게 돈을 주지 마십시오. 하나같이 도
　둑이나 소매치기입니다.

　하토스의 조언을 떠올린 카르시안이 옷깃을 여미며 지나치
려 했다. 하지만 그의 의식은 거기까지였다.
　퍽.
　묵직한 음향과 함께 카르시안이 그 자리에 허물어졌다. 뒤
에 서 있던 소년들이 품에서 블랙잭을 꺼내 사정없이 뒤통수
를 후려갈긴 것이다. 아무런 대비를 하지 못한 터라 카르시안
은 속수무책으로 당할 수밖에 없었다. 소년들이 재빨리 달려
들어 뻗어버린 카르시안의 품을 뒤졌다.
　"빨리 털어."
　그야말로 순식간에 카르시안을 턴 소년들이 그 자리에서 사
라졌다.
　우지직.
　거친 발에 짓밟혀 마법 지팡이까지 부러져버렸다. 그 모습
을 본 여관의 점원이 달려나왔을 때는 이미 패거리들이 흔적
도 없이 사라진 다음이었다. 점원이 뒤통수를 부여잡고 신음
을 흘리는 카르시안을 부축했다.
　"괘, 괜찮으십니까?"

"괘, 괜찮지 않소. 끄으응."

뒤통수에 난 큼지막한 혹을 확인한 카르시안이 낭패한 표정을 지었다. 용병들과 헤어지자마자 이런 꼴을 당할 것이라고 예상하지 못한 것이 사실이었다. 그의 안색이 살짝 경직되었다.

"세상이 무섭긴 무섭군."

머리를 절레절레 흔든 그가 얼굴을 찌푸렸다. 품속을 뒤져 보니 돈주머니는 흔적도 없이 사라지고 없었다. 상당한 거금이었기에 기분이 착잡했다.

'이럴 줄 알았다면 마르타까지만이라도 용병들을 고용했을 텐데.'

그러나 후회한다고 사라진 돈주머니가 돌아올 리 없다. 비틀거리며 몸을 일으킨 그가 부러진 마법 지팡이를 보며 혀를 찼다.

"약해. 너무 약해."

평소 그가 사용하던 마법 지팡이는 위험한 여정을 고려하여 마탑의 기숙사에 두고 왔다. 여행을 위해 새로 마법 지팡이를 구입했는데 이렇게 힘없이 부러지고 만 것이다. 비틀거리며 몸을 일으킨 그가 머리를 흔들었다. 블랙잭에 뒤통수를 얻어맞은 후유증이 상당했다.

"마탑의 지점에 가서 돈을 좀 찾아야겠군."

마탑의 본점에 적립해둔 돈을 지점에서 찾을 수 있는 것은 오직 마법사들만이 누릴 수 있는 호사였다. 비틀거리며 걸어가는 카르시안의 발걸음에는 맥이 빠져 있었다.

　세상은 역시 실험실 마법사가 홀로 여행하기에는 너무도 험했다. 리스가르를 나선 카르시안은 얼마 가지도 못하고 저무는 해를 봐야 했다. 물론 준비도 없이 나온 그에게 야영용품이 있을 리가 없었다.
　"어이쿠, 허리야."
　힘들게 삭정이를 주워 모닥불을 피운 카르시안이 여관에서 구입한 육포를 꺼내 씹었다. 용병들과 다닐 때는 곡물가루와 육포를 넣고 소금을 쳐서 그들이 구수한 수프를 끓여주었다. 하지만 그런 호사는 더 이상 카르시안의 몫이 아니다.
　"이런 식이면 일주일을 어떻게 버티나?"
　쓴웃음을 짓던 카르시안이 서서히 수마 속으로 잠겨 들어갔다. 여러 가지 일을 겪었기 때문에 눈꺼풀이 급속도로 감겼다. 야외에서 취침할 땐 반드시 불침번이 있어야 한다는 사실을 카르시안은 몰랐다.
　퍼억.
　옆구리에서 느껴지는 극통에 카르시안이 오만상을 찌푸리며 깨어났다.
　"읍. 읍."
　그러나 음성이 입 밖으로 흘러나오지 않았다. 정신을 차리고 보니 입에 재갈이 물려 있었다. 카르시안은 손가락 하나 꼼짝거리지 못할 정도로 결박되어 있었다.

흐릿해진 시야에 네 명의 얼굴이 들어왔다. 놀랍게도 그들은 리스가르에서 자신과 계약을 해지한 용병 4인방이었다. 그들이 꽁꽁 묶인 카르시안을 둘러싸고 있었다. 카르시안을 노려보는 하토스의 얼굴에는 흉측한 살소가 맺혀 있었다.

"흐흐흐. 이런 날이 올 줄은 몰랐겠지? 마법사 양반."

그러나 카르시안이 낼 수 있는 소리는 한 가지뿐이었다.

"읍, 읍……."

"평소 잘난 척하는 네놈들이 너무도 눈꼴 시렸어. 그 분풀이를 이런 곳에서 하게 되는군."

하토스의 눈동자는 광기로 번들거렸다.

"너희 마법사 놈들 때문에 동료 넷을 잃었다. 같이 동고동락했던 녀석들의 시체조차 건지지 못했단 말이다."

카르시안의 눈이 커졌다. 마법을 배운 이래 실험실과 공방에 처박혀 있던 그가 지금껏 살인을 해본 적이 있을 리가 없었다. 기껏해야 아카데미 졸업실습으로 몬스터 몇 마리 죽인 것이 전부였다. 그런 자신에게 무슨 동료를 잃었단 말인가? 그러나 카르시안은 한마디도 대답할 수 없는 형편이었다.

"읍, 읍."

재갈 때문에 하고 싶은 말을 입 밖으로 내뱉지 못했다. 용병들은 카르시안이 주문을 외우는 것을 막기 위해 단단히 재갈을 채워놓았다.

스르릉.

단검을 꺼낸 하토스가 카르시안의 볼에 대고 문질렀다. 시퍼런 칼날에 수염이 매끄럽게 잘려나갔다.

후두둑.

볼에서 느껴지는 싸늘한 예기에 카르시안의 얼굴이 시퍼렇게 질렸다. 하토스가 카르시안의 멱살을 잡고 얼굴을 가까이 갖다 댔다.

"이렇게 될 줄은 몰랐겠지? 고귀하신 마법사님께서 어쩌다 비천한 용병들에게 사로잡혀 목숨이 오락가락하는 위기에 처하셨을까?"

카르시안은 식은땀을 흘리며 고개만 흔들 뿐이었다. 그 모습을 지켜보던 밀라이가 입을 열었다.

"소매치기 녀석들은 결국 돈주머니를 가지고 오지 않았어. 가서 찾아와야 하는 거 아냐?"

그 말에 카르시안의 눈이 커졌다. 그렇다면 자신을 기절시키고 돈주머니를 털어간 아이들을 이자들이 사주했단 말인가? 질 나쁜 용병들에게 잘못 걸렸다는 생각에 등에서 식은땀이 주르르 흘러내렸다. 하토스가 대수롭지 않다는 듯 대꾸했다.

"걱정 마. 그놈들이 도망쳐 숨을 곳은 뻔해. 이 마법사 놈을 먼저 처리한 뒤 느긋하게 찾으러 가면 된다고."

"놈들이 돈을 다 써버리면 어떻게 하지?"

"흐흐. 걱정하지 마. 리스가르 같은 작은 도시에선 돈 쓸 데도 없으니까. 보나마나 우두머리 녀석이 깊숙이 숨겨놓았을 거야. 붙잡아서 손가락 발가락을 하나씩 잘라내며 물으면 자백할 수밖에 없어."

하토스는 빈민가 출신이다. 때문에 빈민가 아이들의 생리를 누구보다도 잘 알고 있었다.

"그나저나 우리 마법사 선생을 어떻게 한다?"

빙글빙글 웃으며 카르시안을 쳐다보던 하토스가 발로 얼굴을 걷어차 버렸다. 노려보는 눈초리가 마음에 들지 않았기 때문이었다.

"크읍."

재갈 사이로 신음이 흘러나왔다. 볼썽사납게 나뒹구는 카르시안에게 걸쭉한 욕설이 퍼부어졌다.

"이 새끼가, 어디 눈을 똑바로 뜨고 쳐다봐? 그렇게 보채지 않아도 죽여줄 테니 재촉하지 말란 말이야."

말을 마친 하토스가 용병들을 쳐다보았다.

"이건 절호의 기회야. 그동안 마법사 놈들에게 겪은 설움을 깡그리 풀어버리라고."

"그, 그래도 될까?"

"어차피 죽여서 묻어버릴 녀석이야. 그러니 마음 놓고 조져."

용병들의 입가에 미소가 번져갔다. 사실 용병들은 마법사에게 쌓인 것이 많을 수밖에 없다. 전장에 투입되었을 경우 생존율을 높이려면 한데 몰려 있는 것이 상식이다. 뭉쳐서 진형을 갖춰야 생존 가능성이 높기 때문이다.

그때 가장 위협적인 것이 마법사의 공격마법이다. 제대로 뭉쳐 있을 때 정통으로 마법공격을 얻어맞는다면 한 방에 골로 가버릴 수밖에 없는 것이다. 그때의 설움이 떠올랐는지 밀라이를 비롯한 두 명의 용병들이 주먹을 걷어붙이고 카르시안에게 달려들었다.

"너희 마법사 새끼들 때문에 얼마나 마음 졸였는지 알아?"

"어디 한번 죽어봐라."

카르시안은 꼼짝도 하지 못하고 용병들에게 얻어맞아야 했다. 다 늙은 카르시안의 노구에 무자비한 주먹질과 발길질이 퍼부어졌다.

퍽·퍼퍽 퍽.

의식을 잃은 듯 늘어져 버린 카르시안을 보며 용병들이 거친 숨을 몰아쉬었다.

"아, 개운하다."

"이제야 속이 후련하군."

하토스가 손가락을 들어 카르시안을 가리켰다.

"일단 녀석을 나무에 묶어둬. 날이 밝으면 땅을 파서 산 채로 묻어버리자고."

“알았어.”

“마법사 녀석을 처치하고 나서 리스가르로 갔다 오면 돼. 소매치기 애새끼들에게서 돈을 찾아야지. 돈을 손에 넣으면 마르타에 가서 술 한잔 걸쭉하게 해야지?”

용병들의 입가에 미소가 번져갔다.

“그거야 두말하면 잔소리지.”

“좋다고. 역시 하토스야.”

카르시안을 나무둥치에 묶으며 두런두런 대화를 나누는데 갑자기 하토스가 손을 들어 올렸다.

“잠깐.”

용병들이 숨을 죽였다. 이곳을 향해 접근하는 발걸음 소리가 들렸던 것이다.

저벅저벅.

그들의 손이 자연스럽게 허리춤에 찬 검 손잡이로 향했다. 이런 황야에는 떠돌아다니는 도적들이 많다. 이렇게 야심한 밤에 돌아다니는 자라면 십중팔구는 도적이다. 발걸음 소리는 점점 커졌다. 어렴풋이 보이는 거리에서 흐릿한 형상이 멈춰섰다.

“실례하겠습니다. 모닥불을 좀 같이 써도 되겠습니까?”

아직 앳된 기가 가시지 않은 젊은 음성. 용병들의 얼굴에서 경계심이 스르르 풀어졌다. 저토록 어린 녀석이라면 모험가를 꿈꾸는 애송이일 가능성이 높다. 하지만 의심이 완전히 풀린 것이 아니기에 하토스가 조심스럽게 말을 받았다.

"누구시오? 정체를 밝히시오."

대답은 즉각 들려왔다.

"유랑 중인 견습기사입니다. 리스가르까지 여행 중인데 밤이 너무 늦어버려서 부득이 야영을 해야 할 것 같습니다. 때마침 불빛이 보여서 찾아왔습니다."

견습기사라는 말에 하토스가 미간을 지그시 모았다. 마법사와 마찬가지로 용병들과 그리 사이가 좋지 않은 존재가 기사들이다. 견습기사라도 역시 기사였기에 용병들의 표정이 어두워졌다. 그러나 지금 상황에서 거절할 명분이 없었다.

'거부한다면 분명 의심을 사겠지?'

그들은 지금 카르시안에게 재갈을 물려 나무둥치에 묶어둔 상태였다. 목격자를 없애야 하는 것이 그들의 입장이기에 하토스가 묵묵히 고개를 끄덕였다.

"알겠소. 이쪽으로 오시오."

"고맙습니다."

발걸음 소리가 다시 들렸다. 잠시 후 밤안개를 헤치고 호리호리한 인영이 모습을 드러냈다. 먼 길을 온 듯 온몸에 흙먼지가 뿌옇게 앉아 있었다. 나타난 자칭 견습기사를 보고 하토스가 실소를 지었다.

"허헛. 견습기사의 장비가 왜 그리 빈약한 것이오? 달랑 장검 한 자루가 전부요?"

어둠을 뚫고 나타난 이는 은발에 초록색 눈동자를 가진 미청년이었다. 열일고여덟 정도 되어 보이는 허름한 옷차림의 청년이 슬며시 얼굴을 붉혔다. 가죽갑옷조차 걸치지 않은 모습은 분명 견습기사라고 보기에 어폐가 있었다.

"그럴 사정이 있어서요."

"이리 와 불을 쬐시오. 밤바람이 매우 차갑다오."

"고맙습니다."

조심스럽게 다가가서 모닥불에 손을 쬐는 이는 다름 아닌 리셀이었다. 클로버 영지를 떠나온 뒤 줄곧 걸어서 이곳까지 왔던 것이다. 리스가르에 도착해서 쉬려고 했지만 거리가 생각보다 멀었다. 그리고 이런 황야에서는 사람이 많으면 많을수록 좋았다. 맹수나 몬스터가 덤벼들기 때문에 반드시 불침번을 세워야 하기 때문이다.

후줄근한 리셀의 모습에 용병들도 경계심을 버렸다. 말로는 견습기사라고 했지만 행색이 딱 모험가를 꿈꾸며 가출한 꿈 많은 소년에 불과했다.

'대장간에서 그럴듯한 검 한 자루 사서 차고 나온 모양이로군.'

'후후, 견습기사가 플레이트 메일은커녕 허름한 가죽갑옷조차 입고 있지 않다니……. 거짓말도 상대를 가려가며 해야지.'

하토스의 눈빛이 살짝 변했다. 예상대로 모험가를 꿈꾸며 가출한 애송이라면 잘 구슬려 일행에 집어넣어도 무방했다. 온갖 궂은일을 도맡아 할 신참이라면 어느 용병대에서도 환영이기 때문이다. 은근히 말을 거는 하토스의 말투가 조금 전과는 판이하게 변해 있었다.

"그래, 리스가르엔 왜 가는 것이지?"

"일거리를 구하러 갑니다. 여비가 필요해서요."

그 말에 하토스가 빙글빙글 웃으며 동료들과 눈빛을 교환했다. 사정을 들어보니 예상이 점점 더 적중하고 있었다.

"리스가르엔 별반 쓸 만한 일거리가 없을 거야. 차라리 우리와 함께 가지 않겠나? 모험을 듬뿍 겪게 해주지."

꿈 많은 소년에겐 유혹적인 한마디겠지만 애석하게도 리셀에겐 통하지 않았다.

"용병대에 들어갈 생각은 없습니다. 기사와 용병은 걷는 길이 다르니까요."

순간 하토스의 눈빛이 변했다.

'이것 봐라.'

짧은 대답이었지만 애송이의 말투에서는 용병을 탐탁지 않게 여기는 감정이 묻어났다. 평범한 평민이나 농노라면 용병이라는 직업을 동경하기 마련이다. 비교적 많은 돈을 버는 직업인 데다가 자유로이 여행을 다니는 것은 실로 크나큰 혜택일 수밖에 없었다. 치안이 극도로 불안정한 이곳에서는 아무나 여행을 다닐 수 없는 실정인 것이다. 눈매를 살짝 좁힌 하토스가 입을 열었다.

"우리와 함께할 수 없다니 아쉽군."

"어쩔 수 없는 일이죠. 그런데 저 사람은 누군가요?"

리셀이 가리킨 것은 나무둥치에 묶여 있는 카르시안이었다. 정신을 차렸는지 늙은 마법사는 연신 끙끙대고 있었다. 말을 할 수 없었기 때문에 오직 절박한 눈빛만 보낼 뿐이었다. 마치 자신을 구해달라는 듯이 말이다. 하토스가 대수롭지 않다는 듯 태연하게 대답했다.

"아, 저놈? 현상수배범이야. 늙은 사기꾼이지. 마르타 시의 수배전단에 오른 놈인데 부근에서 잡아서 압송 중이지."

"사기꾼이라고요?"

"맞아. 아마 문서 위조를 한 것으로 기억하는데 자세한 것은 모르겠어. 어차피 우리야 잡아다 주면 그만이니 말이야."

전혀 흠잡을 수 없는 대응이었다. 그러나 리셀의 이목을 속이기에는 역부족이었다. 리셀의 몸속에는 마나의 기운이 단단히 자리 잡고 있다. 때문에 마나의 흐름에 대해서는 범인보다 수십 배 민감했다.

이미 리셀의 감각에는 나무둥치에 묶인 노인의 몸속 마나 흐름이 명확히 감별되고 있었다. 마스터와 함께 마르타에 갔을 때 만났던 마법사에게서 느꼈던 바로 그 마나 흐름이었다. 조심스럽게 거리를 벌린 리셀이 눈을 가늘게 떴다.

"놀랍군요. 요새는 마법사들이 사기를 치나 보죠?"

용병들이 흠칫 놀랐다. 하토스는 어느새 허리춤의 검 손잡이에 손을 얹고 있었다.

"무슨 말이지?"

"저 노인에게선 짙은 마나의 향기가 풍깁니다. 즉 마법사란 뜻이죠. 그런데 저는 지금까지 살아오며 마법사가 사기를 쳤다는 말을 들어본 적이 없습니다. 사기를 치지 않아도 넉넉하게 돈을 벌 텐데 왜 그러겠습니까?"

하토스의 입가에서 웃음기가 싹 사라졌다. 정황을 보니 더 이상 애송이를 내버려둘 수 없을 것 같았다.

스르릉.

그가 말없이 검을 뽑아들었다. 그 모습을 본 용병들 역시 하나둘씩 무기를 꺼내 들었다. 하토스의 입가에는 진득한 살기가 흘렀다.

"눈치가 매우 빠른 애송이로군. 그 눈치가 네놈의 운명을 결정했다."

"드디어 마각을 드러내시는 겁니까?"

"그렇다. 세상을 살다 보면 모른 척 넘겨야 하는 일도 있지. 이럴 땐 현명하게 행동해야 수명에 지장이 없는 법이야."

용병들의 얼굴에는 자신만만한 표정이 떠올라 있었다. 그들은 전장을 누벼온 용병들이다. 그만한 실력도 갖추고 있었기에 마법사의 가드도 맡을 수 있었다. 머리에 피도 마르지 않은 애송이 따위는 혼자서도 찜 쪄 먹을 수 있었다. 하토스는 굳이 자신이 나서려 하지도 않았다.

"할, 브랜든. 너희들이 애송이를 처치해. 날이 밝으면 둘 다 묻어버려야 할 것 같아."

"흐흐흐. 맡겨두라고. 깔끔하게 처리해주지."

괴소를 지으며 접근하는 용병 둘을 본 리셀이 한숨을 내쉬며 검을 뽑아들었다. 제대로 관리되지 않아 울퉁불퉁한 검신이 드러났다.

"검 꼬락서니 하고는……. 애송이, 순순히 검을 버리면 고통 없이 죽여주마."

할이라 불린 용병의 무기는 메이스였다. 그리고 브랜든은 묵직한 전투용 도끼를 들고 있었다. 리셀을 얕봤는지 그들은 방패도 집어들지 않았다. 빙글빙글 웃으며 접근하는 그들을 본 리셀이 슬그머니 거리를 쟀다.

'우선 마법사의 재갈을 풀어줘야겠군. 넷을 혼자 상대하는 것은 벅차니 말이야.'

그사이 가까이 다가온 브랜든이 냅다 도끼를 휘둘렀다.

"죽어라, 애송이!"

도끼는 상당한 무게를 가진 중병기이다. 얄팍한 검으로 상대하려면 높은 숙련도가 필요하다. 그러나 리셀은 마스터인 아너프리에게서 도끼를 상대하는 법을 명확히 배웠다. 가장 먼저 리셀은 폼멜 윗부분으로 내려찍는 도끼의 모서리를 쳐서 옆으로 흘려냈다. 그런 다음 검을 쭉 뻗어 도끼의 머리 부분을 걸었다.

"으헉."

도끼날 아랫부분을 걸어서 쭉 당기자 손잡이가 브랜든의 손
아귀를 벗어났다. 이어 리셀이 당황해서 다시 도끼 손잡이를
잡으려 달려드는 브랜든의 발을 걸어버렸다. 중심을 잃어버린
브랜든은 볼썽사납게 엎어질 수밖에 없었다.

"뭐, 뭐야?"

동료 하나가 엎어지자 당황한 할이 메이스를 쉴 새 없이 휘
둘렀다. 그러나 리셀은 그런 마구잡이 메이스에 맞을 정도로
수련 정도가 얕지 않았다.

푸캉.

정확히 중심을 노려 메이스를 쳐내자 할이 균형을 잃고 비
틀거렸다. 그 틈을 노려 리셀이 몸을 날렸다. 목표는 나무에
묶여 있는 마법사였다.

"마, 막아."

그제서야 달려드는 하토스의 안색은 딱딱하게 굳어 있었다.
놈은 결코 애송이가 아니었다. 한계까지 검을 수련한 정통 견
습기사가 틀림없었다. 애송이는 정식으로 서임받은 기사에게
서나 볼 수 있는 숙련된 검술 솜씨를 보여주고 있었다. 그러나
뒤늦게 몸을 날린 그가 리셀을 따라잡을 수는 없었다. 무난히
마법사에게 접근한 리셀이 검을 휘둘렀다.

서걱.

　나무에 결박해둔 포승이 썩은 동아줄마냥 잘려나갔다. 그 상태로 리셀이 몸을 돌려 검을 곧추세웠다. 검이 워낙 빨랐기 때문에 용병들은 카르시안의 포승이 풀린 것을 전혀 눈치채지 못했다. 나지막한 음성이 카르시안의 귓전을 파고들었다.

　"도와주셔야 할 것 같습니다. 넷을 상대하기엔 벅찹니다."

　그 말이 끝나기가 무섭게 두 자루의 단검이 날아들었다. 모닥불 옆의 밀라이가 뽑아 던진 단검이었다. 어둠 속에서 날아든 단검이었지만 리셀은 용케 한 자루를 쳐냈다. 그러나 한 자루는 리셀의 팔을 살짝 스쳤다.

　"윽."

　신음을 흘린 리셀이 팔을 움켜쥐었다. 피가 배어 나왔지만 지혈할 짬은 없었다. 이미 검을 뽑아든 하토스가 기세등등하게 달려드는 상황이었다.

　챙 좌좌챙.

　검이 부딪히며 일어난 불꽃이 어둠 속에서 섬뜩하게 빛났다. 리셀은 종횡무진 검을 휘두르며 하토스의 공격을 쳐냈다. 정통검술을 익힌 견습기사답게 모든 공격을 그야말로 완벽하게 차단했다.

　하지만 적은 하나가 아니었다. 할과 브랜든이 무기를 잔뜩 움켜쥐고 접근하고 있었다. 그 뒤에서는 단검을 뽑아든 밀라이가 호시탐탐 단검을 날릴 채비를 하고 있었다. 빈틈이 눈에 들어오자 밀라이가 머뭇거림 없이 단검을 던졌다.

쐐애애액.

단검은 막 하토스의 공격을 흘려낸 리셸의 이마를 향해 날아갔다. 안색이 딱딱하게 굳은 리셸이 급히 고개를 젖혔다. 단검이 아슬아슬하게 이마를 스치고 지나갔다. 겨우 피해내긴 했지만 자세가 무너지는 것은 어쩔 수 없었다. 때마침 브랜든이 공격하지 않았다면 꼼짝없이 한칼 먹을 뻔했다.

"이 새끼."

도끼를 휘두르며 달려드는 브랜든 때문에 하토스의 진로가 가로막혔다. 진득한 욕지거리가 흘러나왔다.

"멍청한 녀석. 방해만 되니 빠져. 차라리 밀라이처럼 뒤에서 단검이나 날리는 게 날 도와주는 거야."

자세를 잡고 검을 쳐내는 리셸을 본 브랜든이 고개를 끄덕였다.

"알았어."

단검 던지는 기술은 용병들에겐 필수나 다름없다. 그들은 재빨리 무기를 집어넣고 단검을 꺼냈다.

"이런."

할과 브랜든을 본 리셸의 안색이 창백하게 굳어졌다. 산전수전 다 겪어본 용병들인 듯 싸우는 요령이 귀신같았다. 이윽고 그들은 리셸에게 마구잡이로 단검을 뿌렸다.

창 촤촹.

리셀의 손이 바빠졌다. 하토스를 상대하랴, 어둠 속에서 날아드는 단검을 쳐내랴, 도무지 정신을 차릴 수 없었다. 엎친 데 덮친 격으로 검으로 쳐낸 단검이 허벅지에 살짝 꽂혔다.

"으윽."

뼈까지 상하지는 않았지만 통증이 상당히 심각했다. 다행히 용병들의 단검공격은 그리 오래가지 않았다. 수중의 단검을 모조리 소진한 것이다. 상황을 파악한 하토스가 고함을 질렀다.

"창을 조립해서 원거리에서 찔러. 그러면 놈은 오래 버티지 못해."

할과 브랜든이 비릿한 미소를 지으며 등에 메고 있던 창을 꺼냈다. 세 토막으로 분리된 창대를 완전히 조립하면 3미터 길이의 장창이 된다. 멀리서 찔러대면 애송이의 검술 실력이 제아무리 뛰어나도 버티지 못하리라. 그러나 그들은 알지 못했다. 까맣게 잊고 있었던 마법사가 때마침 주문을 마쳤다는 사실을 말이다.

리셀에 의해 포승이 풀리자 카르시안은 곧바로 주문을 외우기 시작했다. 캐스팅하는 마법은 대인용 공격마법이었다. 그러나 캐스팅에는 최소 2분이 걸렸다. 3서클밖에 안 되는 초급 마법사인 데다가 마법 지팡이도 없었기 때문에 시간이 오래 걸릴 수밖에 없었다. 그러나 그 시간을 다행히 리셀이 벌어주었다. 정통검술로 방어를 굳건히 하며 버텨주었기 때문에 카르시안이 캐스팅을 완료할 수 있었다.

"이때를 기다렸다."

분노에 찬 부르짖음과 함께 마법이 발동되었다. 그와 동시에 할과 브랜든의 몸이 허공에 떠올랐다.

"어, 어?"

"이게 뭐야?"

어리둥절하던 그들의 안색이 새파랗게 질려버렸다. 비로소 주문을 외우는 카르시안을 본 것이다. 할이 깜짝 놀라 고함을 질렀다.

"마, 마법사를 조심해! 크아악."

고함은 이내 비명으로 바뀌었다.

콰지지직 콰작.

그들의 몸이 마구 뒤틀렸다. 마치 보이지 않는 수십 자루의 몽둥이에 난타당하는 것처럼 사지가 뒤틀리며 피가 터져 나왔다. 몸에 걸친 가죽갑옷이 푹푹 패이고 일그러지는 것을 보아 엄청난 물리적 마법공격을 받고 있음을 알 수 있었다.

막 낚아 올린 잉어처럼 펄떡거리던 그들의 몸이 부들부들 경련했다. 갑옷의 틈새로 피가 주르르 흘러내렸다. 할과 브랜든은 얼마 버티지 못하고 고개를 꺾었다. 절명했음에도 불구하고 마법공격은 계속해서 그들의 육신에 작렬했다.

"이런 빌어먹을……."

하토스가 이를 으드득 갈았다. 마법사를 주의하지 않은 것이 크나큰 위협이 되어 다가왔다. 그리고 그 위협은 이제 그를 노리고 있었다.

"견습기사여, 2분만 날 지켜주시오. 캐스팅이 끝날 때까지 말이오."

리셀이 고개를 끄덕였다. 용병 두 명을 처리했으니 2분을 버티는 것은 식은 수프 먹기나 다름없었다.

"알겠습니다. 걱정하지 마십시오."

"마, 막아. 밀라이. 마법사를 죽여. 죽이란 말이야!"

단검이 다 떨어진 탓에 밀라이가 레이피어를 뽑아들고 카르시안에게 달려들려 했다. 그러나 리셀이 절묘하게 길목을 차단했기에 뜻을 이룰 수 없었다. 안색이 파랗게 질린 밀라이가 고함을 질렀다.

"도무지 접근할 수가 없어."

"막아야 해. 캐스팅이 끝나면 우린 끝장이야."

하토스는 필사적으로 리셀을 밀쳐내고 카르시안을 공격하려 했다. 그러나 리셀은 호락호락 길을 열어주지 않았다. 그야말로 철벽과도 같은 방어였다. 밀라이가 빙 돌아서 카르시안에게 접근하려 했지만 리셀의 눈을 속일 순 없었다. 리셀이 효과적으로 길목을 차단하는 사이 마침내 카르시안의 캐스팅이 끝났다.

"파이어 볼."

허공에 이글거리는 화염구가 생겨났다. 이글거리며 타오르던 불덩어리는 카르시안의 유도에 따라 맹렬히 쏘아졌다.

화르르르.

화염구는 바짝 붙어 싸우는 리셀과 하토스가 아닌 조금 떨어진 곳의 밀라이를 향해 날아갔다. 하토스의 동공이 커졌다.

"미, 밀라이. 안 돼!"

뿌리치며 달려들려고 했지만 리셀의 철통수비에 막혀 나아갈 수가 없었다. 자신을 향해 날아드는 불덩어리를 본 밀라이가 비명을 내질렀다.

"꺄아아악. 살려주세요."

그러나 화염구는 애원에도 아랑곳없이 정통으로 밀라이에게 명중했다.

콰쾅. 화르르르.

불덩어리가 된 밀라이가 고통에 몸부림치며 바닥을 뒹굴었다. 그러나 마법으로 인해 발현된 화염은 쉽사리 꺼지지 않는다. 가죽갑옷이 순식간에 탄화될 정도로 뜨거운 열기였다. 불꽃은 시커멓게 그슬린 여자 용병의 움직임이 멈추고 난 뒤에야 사라졌다. 그 모습을 본 하토스가 절규를 토해냈다.

"안 돼. 밀라이!"

눈에 핏발이 선 하토스가 방어 따윈 도외시한 채 달려들었다. 그 기세에 질려 리셀이 주춤하자 하토스는 머뭇거림 없이 카르시안을 향해 몸을 날렸다.

"이, 이런."

카르시안은 더 이상 캐스팅을 하지 못했다. 두 번의 공격마법에 마법력을 대부분 소진해버린 것이다. 엎드려 헉헉대는 카르시안을 향해 하토스가 망설이지 않고 검을 찔러 들어갔다.

"개자식! 죽여버리겠어."

그러나 하토스는 마지막 한 발짝을 더 내딛지 못하고 등판을 뚫고 들어오는 싸늘한 이물감을 느껴야 했다. 몸에 걸친 체인 메일을 가볍게 뚫고 들어온 장검이 정확히 그의 심장을 관통했던 것이다. 손에서 힘이 빠지며 검이 맥없이 바닥에 떨어졌다.

"그, 그나마 다행이로군. 밀라이. 널 따라가게 되어서 마, 말이야."

한마디를 겨우 내뱉은 하토스의 몸이 그 자리에 허물어졌다. 그 뒤에는 땀으로 범벅이 된 리셀이 가쁜 숨을 몰아쉬며 서 있었다.

"또 살인을 하게 되었군."

리셀의 얼굴에는 착잡함이 어려 있었다. 사람을 죽이고 난 뒷맛이 물론 좋을 리가 없었다. 카르시안은 그제야 겨우 정신을 차리고 고개를 들었다.

"고, 고맙네. 견습기사."

"별말씀을. 그런데 어쩌다 이런 일이 벌어진 것입니까?"

"말하자면 기네. 우선은 좀 쉬어야 할 것 같아. 그런 다음 사정을 설명해주지.”

 카르시안이 모닥불가에 앉아 가쁜 숨을 몰아쉬는 동안 리셀은 장내를 정리했다. 육신이 온통 부러지고 꺾여 목불인견의 참상을 이룬 두 명의 용병과 반쯤 타버린 여자 용병, 심장이 꿰뚫린 하토스의 시체를 한곳에 모았다.

 단검에 맞은 다리를 응급처치하고 난 뒤 리셀은 그들의 장비를 수거했다. 주머니를 뒤져 돈을 챙기고, 입고 있던 장비 중 쓸 만한 것은 벗겨 냈다. 무기도 모조리 챙겼다. 하토스가 입고 있던 사슬갑옷을 만지작거리던 리셀이 씁쓸히 고개를 내저었다.

 ‘너무 무거워서 나에겐 맞지 않을 것 같군.’

 그나마 가장 쓸모가 있는 건 야영용품이었다. 곡물가루와 육포를 본 리셀의 눈빛이 빛났다. 리스가르까지 오며 몇 끼를 굶었는지 모른다. 짐승이 적어서 그런지 생각보다 사냥이 원활하지 않았다. 용병들이 사용하던 둥그런 솥을 집어든 리셀이 카르시안을 쳐다보았다.

 “마법사님, 혹시 시장하지 않으십니까?”

 그 말을 들은 카르시안이 고개를 저었다. 솔직히 말해 입맛이 날 리가 없었다. 마법으로 사람을 죽인 것은 이번이 처음이었다.

 “별로 생각 없네.”

 “저는 좀 시장하군요. 수프를 넉넉히 끓일 테니 나중에라도 드십시오.”

“아, 알겠네.”

리셀은 능숙한 손길로 수프를 끓였다. 시체들이 널린 곳에서 요리를 하자니 꺼림칙했지만 하도 배가 고파서 어쩔 수 없었다. 잠시 후 구수한 냄새가 사방으로 풍겼다.

후루룩.

수저로 수프를 한 입 떠먹은 리셀이 만족스런 표정을 지었다.

‘드디어 배를 채우는군.’

그릇에 퍼 담은 리셀이 정신없이 퍼먹기 시작했다.

고개를 숙이고 있던 카르시안이 리셀을 쳐다보았다. 솥에서 풍기는 냄새가 너무나도 먹음직스러웠다. 입맛이 동한 카르시안이 몸을 일으키려 했다. 그러나 그는 허리를 펴다 오만상을 지으며 다시 그 자리에 주저앉아야 했다.

“으윽.”

용병들에게 얻어맞은 후유증이 생각보다 심했다. 그 모습을 본 리셀이 그릇 가득 수프를 퍼담아 카르시안에게 건네주었다.

“좀 드시지요.”

“고, 고맙네.”

둘은 아무런 말도 하지 않고 수프를 먹는 데 열중했다. 넉넉히 끓였기에 수프의 양은 충분했다. 말없이 수프를 퍼먹던 카르시안이 감탄 어린 표정을 지었다.

"정말 맛있군. 같은 재료인데 용병들이 끓인 것보다 월등히 나아."

"드실 만하시다니 다행입니다."

식사를 마친 뒤 대화가 시작되었다. 카르시안은 침통한 어조로 자신이 겪은 일을 설명했다. 모든 사정을 들은 리셸이 한숨을 내쉬며 가지런히 놓인 용병들의 시체를 쳐다보았다.

"그런 일이 있으셨군요."

"말도 말게. 아까는 꼼짝없이 죽는 줄 알았어. 용병이란 족속들, 정말 무섭더군."

"용병이라고 다 나쁜 것은 아닙니다. 제 양아버지도 용병이셨습니다만 정당하게 돈을 벌었고 정직하게 사셨습니다."

"그야 그렇겠지만."

머리를 절레절레 흔든 카르시안이 리셸의 아래위를 훑어보았다.

"그나저나 자네도 사정이 있는 거 같군. 검술 실력을 보니 평범한 견습기사는 아닌 듯한데 어울리지 않게 남루한 행색이니."

리셸이 쓴웃음을 지으며 고개를 흔들었다.

"우연찮게 영지전에 말려들어서 이렇게 되었습니다. 목숨을 건진 것만도 다행으로 생각해야죠."

"행선지가 어딘지 물어봐도 되겠나?"

"우선은 리스가르로 갈 생각입니다. 그곳에서 여비를 좀 벌어서 아스트리아 제국으로 넘어가려고요."

그 말을 들은 카르시안의 눈빛이 빛났다. 솔직히 말해 리셀을 고용하고 싶은 마음이 굴뚝같았지만 수중에 돈이 없어 입 밖으로 꺼내지 못하던 상황이었다. 주저하던 카르시안이 입을 열었다.

"그렇다면 이렇게 하는 게 어떤가?"

"어떻게 말입니까?"

"아스트리아 제국으로 들어가는 길은 여러 갈래이네. 자네가 생각한 대로 리스가르를 통해 가는 방법도 있고 남부 베네아 공국을 거쳐서 가는 방법도 있네."

리셀이 이맛살을 지그시 모았다.

"하지만 그렇게 되면 돌아가는 것 아닙니까?"

"그렇기야 하지만 자네가 가려고 하는 경로는 길이 매우 험한 편이야. 말을 이용할 수 없기 때문에 처음부터 끝까지 걸어서 가야 하지. 나도 마탑에서 여기까지 오는 데 거의 한 달이 걸렸네. 그러니 베네아 공국을 통해 제국으로 입국하도록 하게. 조금 돌아가지만 차라리 그편이 빠를 거야. 평지라서 말이나 마차를 타고 이동할 수 있기 때문이지."

그 말에 리셀이 쓴웃음을 지었다.

"말 살 돈이 어디 있습니까? 여비조차 변변히 없는 판국인데요.”

“나에게 돈이 있네. 지금은 소매치기를 당해 무일푼이지만 마탑의 지점에 가면 돈을 찾을 수 있네.”

리셀의 눈이 살짝 가늘어졌다.

“그러시다면?”

“자네 예상이 맞아. 난 자네를 고용하고 싶네.”

말을 마친 카르시안이 손가락을 뻗어 죽은 용병들의 시체를 가리켰다.

“죽긴 했지만 저들은 일류 용병들이야. 특히 하토스란 작자는 확실하게 A급이라고 명시된 용병패를 확인했네. 그런 용병을 자네는 단신으로 처치했어. 다시 말해 A급 용병을 넘어서는 실력이라는 뜻이지.”

“그렇게 보긴 힘들죠. 저 용병이 마법사님께 달려들 때 등 뒤에서 공격했으니 말입니다.”

리셀의 표정은 침울했다. 등 뒤에서 검을 찌르는 것은 명백히 기사도에 위배되는 행위이다. 카르시안을 살리기 위해 부득이 손을 썼지만 뒷맛이 개운할 리가 없었다.

“그래도 자네 정도면 충분할 걸세. 자네가 캐스팅할 시간만 벌어준다면 도적이나 강도 정도는 충분히 내가 처리할 수 있으니 말일세.”

카르시안이 정색을 하고 리셀을 쳐다보았다.

“날 호위해주게. 베네아 공국을 거쳐 아스트리아 제국으로 들어갈 때까지 말이야. 제국까지 날 호위해주면 50골드를 지급하겠네."

리셀의 눈이 빛났다. 50골드라면 용병 일을 해도 쉽사리 만질 수 없는 금액이다. 조금 돌아가기는 하지만 돈을 벌면서 제국으로 갈 수 있다는 것은 크나큰 장점이 아닐 수 없었다. 귓전으로 카르시안의 절박한 음성이 파고들었다.

"여행 경비는 모조리 내가 부담하겠네. 식대에서부터 여관비까지 모두 말이야."

리셀로서는 더 이상 망설일 필요가 없는 조건이었다. 그러나 리셀은 한 가지 조건을 걸었다.

"거기에다 한 가지만 더 부탁드려도 되겠습니까?"

"뭔가. 말해보게."

리셀이 조심스럽게 입을 열었다.

"혹시 마나 집적 마법진을 그리실 수 있습니까?"

카르시안의 눈이 살짝 가늘어졌다.

"초급 마법사들의 수련용 마법진 말인가?"

"네. 주변의 마나를 끌어모아 농축시키는 마법진 말입니다."

카르시안이 영문을 모르겠다는 눈빛으로 고개를 끄덕였다.

"그거야 기본 중 기본이니 당연히 그릴 줄 알지. 마법 아티팩트를 만드는 데 다방면으로 쓰이는 마법진이니 모를 리가 있나. 그런데 그건 왜?"

"수련에 필요해서 그렇습니다. 매일 한 번씩만 저를 위해 그 마법진을 그려주신다면 제의를 받아들이겠습니다."

리셀이 겸연쩍은 듯 얼굴을 붉혔다. 악령의 숲 거처를 떠나온 이후 리셀은 한 번도 마나 수련을 하지 못했다. 스크롤이 다 떨어지기도 했지만 수련을 해도 별반 효과가 없었기 때문이었다. 몸속을 순환하는 마나의 흐름은 정수리에서 막혀 더 이상 진전이 없었다. 수련을 해도 마나량이 더 이상 늘어나지 않는 것이다. 그러나 그렇다고 해서 포기할 수는 없는 노릇이다.

　　—반드시 빛나는 검을 얻어야 한다. 그래야만 내 가문의
　숙원을 풀 수 있다.

지금 리셀에겐 스크롤 살 돈도 없었다. 때문에 이렇게 카르시안에게 부탁하는 것이다. 리셀을 빤히 쳐다보던 카르시안이 물었다.

"마나 집적도는 어느 정도를 원하나?"

"마나의 농도가 짙으면 짙을수록 좋습니다. 지금까지는 스크롤을 이용해 수련을 해왔으니까요."

"흠, 스크롤에 내장된 마법은 그리 집적도가 높지 않아. 직접 설치하는 것보다 효율이 떨어질 수밖에 없지."

카르시안이 더 이상 생각할 것도 없다는 듯 고개를 끄덕였다.

"좋네. 어차피 마법진이야 눈감고도 그릴 수 있을 정도로

숙달되어 있으니 문제 될 것은 없지. 매일 한 번씩 자네를 위해 마법진을 그려주겠네."

리셀의 얼굴이 환히 밝아졌다.

"고맙습니다. 그러면 베네아 공국을 거쳐 아스트리아 제국으로 들어갈 때까지 마법사님을 호위해 드리겠습니다."

"잘 부탁하네. 참, 그리고 내 이름은 카르시안일세. 그럼 계약서를 작성해야 하나?"

카르시안의 말에 리셀이 빙그레 웃으며 고개를 가로저었다.

"그러실 필요 없습니다. 기사의 한마디는 목숨과도 같은 것이니까요. 그것은 서임 받지 못한 견습기사도 반드시 지켜야 할 율법입니다. 제 마스터이신 아너프리 루카스님의 이름으로 맹세하겠습니다."

카르시안의 얼굴이 환해졌다. 철저히 계약서대로 움직이는 용병들과는 달리 신뢰감이 가는 한마디였다.

"좋은 마스터였나 보군."

"제 인생을 송두리째 바꿔주신 분이죠. 아스트리아 제국으로 가는 것도 그분께 한 맹세를 이행하기 위해서입니다."

묵묵히 고개를 끄덕이던 카르시안의 눈이 감겼다.

"흠, 마법진은 내일부터 그려주도록 하겠네. 오늘은 좀 쉬어야겠어."

"염려 말고 주무십시오. 제가 불침번을 서도록 하겠습니다."

“고맙네. 내일부터는 굳이 그럴 필요가 없을 거야.”

그 말을 마친 카르시안의 몸이 스르르 미끄러졌다. 그대로 곯아떨어져 버린 것을 보니 피로가 극에 달한 모양이었다. 죽은 용병의 망토를 벗긴 리셀이 그것을 카르시안에게 덮어주었다. 나뭇가지 몇 개를 주워 집어넣자 모닥불이 활활 타올랐다.

“효과는 별로 없겠지만 그래도 마나 수련을 하는 것이 낫겠지?”

모닥불 옆에 선 리셀이 살짝 눈을 감고 마나 수련을 시작했다. 마나의 농도가 희박한 탓에 진전이 없었지만 마나 수련을 하고 나면 온몸이 개운해진다. 잠을 자는 것보다 마나 수련을 하는 것이 차라리 피로를 회복하는 데 효과적이다.

제3장
카르시안과의 계약

카르시안은 해가 중천에 떠올랐을 때 눈을 떴다. 늙으면 잠이 없어진다고 아침 일찍 일어나는 게 습관이 되어 있었지만 워낙 많은 일을 겪었기 때문에 늦잠을 잔 것이다.

어지러웠던 현장은 완벽하게 정리되어 있었다. 밤새도록 마나 수련을 한 리셀은 해가 뜨자마자 죽은 네 명의 용병들을 묻었다. 그들이 쓰던 장비는 한 곳에 잘 모여 있었다. 리셀의 허리에는 하토스의 검이 채워져 있었다. 그게 클로버 영지에서 가지고 온 것보다 질이 월등히 좋았기 때문이었다.

게다가 낡은 검은 땅을 파서 시체를 묻는 과정에서 부러져 버렸다. 때문에 부득이 하토스의 검을 손에 넣은 것이다. 리셀이 손을 뻗어 한 곳에 쌓인 무기를 가리켰다.

"저것은 마법사님 몫입니다. 마법사님이 죽였으니 마땅히 그래야죠."

카르시안이 씁쓸한 표정으로 고개를 흔들었다.

"아닐세. 별로 관심 없으니 자네가 가지도록 하게."

"팔면 꽤 돈이 될 텐데요."

"나는 괜찮네. 그건 그렇고……."

허리를 펴던 카르시안이 얼굴을 찌푸렸다. 허리에서 묵직한 통증이 밀려왔기 때문이었다. 아무래도 용병들에게 맞아 단단히 골병이 든 모양이었다.

"에구구, 죽겠네."

엉거주춤 허리를 부여잡는 카르시안의 얼굴은 어제보다 10년은 늙어 보였다.

"식사를 준비해두었습니다. 드시지요."

그 말에 카르시안이 반색을 했다. 눈앞의 젊은 견습기사가 끓인 수프는 유난히 맛이 있었다.

"잘되었군. 시장하던 참이었는데."

솥이 있는 모닥불가로 향하던 카르시안을 리셀이 다급히 불렀다.

"저기, 마법사님. 어제 말씀드린 거 부탁해도 되겠습니까? 남는 시간에 수련을 해야 해서 말입니다."

"아, 마법진 말인가?"

카르시안이 멈칫했다. 리셀의 얼굴과 솥을 번갈아 쳐다보던 그가 한숨을 내쉬며 공터로 걸음을 옮겼다. 배가 몹시 고팠지만 기대에 찬 젊은 견습기사의 바람을 외면할 수 없었다. 마법 아티팩트 제조와 마정석 충전에 거의 평생을 바친 터라 마나 집적 마법진 정도는 눈 감고도 그릴 수 있었다.

"내 자랑 같지만 마나 집적 마법진은 5서클의 중견 마법사보다도 빨리 그릴 수 있네. 마력을 불어넣어 발동시키는 게 좀 느릴 뿐이지."

"감사합니다."

"잠시만 기다리게."

호언장담했던 대로 카르시안은 30분도 되지 않아 마법진을 설치해서 활성화시켰다.

"다되었네. 작동되었으니 수련하도록 하게. 그동안 난 배를 채워야겠네."

"네, 카르시안님."

리셀은 망설임 없이 마법진 위에 올라섰다. 악령의 숲 거처를 나온 이후 제대로 된 마나 수련을 한 적이 없어 마음이 급했다. 살짝 눈을 감고 심호흡을 하자 몸에 감겨드는 마나가 확연히 느껴졌다.

"후우. 하아."

호흡을 통해 마나가 쭉 밀려 들어왔다. 그와 동시에 아랫배에 자리 잡은 묵직한 마나 덩어리가 움직이기 시작했다. 느린 속도로 정수리를 향해 치닫는 마나의 흐름은 말로 표현하기 힘든 청량감을 안겨주었다.

리셀은 곧 아무것도 느끼지 못할 정도로 몰입되었다. 자신을 잊고 모든 감각을 마나에 집중하는 것이다. 몸속에 축적된 노폐물이 날숨에 실려 내뱉어졌다. 그리고 신선한 대자연의 마나가 몸속을 차곡차곡 채웠다. 리셀은 이제 어느 정도 몸속의 마나를 통제할 수 있게 되었다.

의지를 집중하면 마나가 리셀이 원하는 방향으로 움직일 것이다. 그러나 리셀은 굳이 마나를 통제하려고 하지 않았다. 그저 마나가 흘러가는 대로 자연스럽게 내버려둘 뿐이었다. 몸의 반신을 돈 마나가 오래지 않아 리셀의 정수리 부분, 막힌 곳에 도착했다. 더 이상 갈 곳이 없자 마나가 다시 온 길을 되짚어 아랫배 쪽으로 흘러갔다.

마음 같아서는 마나를 통제해 정수리의 막힌 부분을 뚫어보고 싶었다. 그러나 리셀은 왠지 모르게 그래선 안 될 것 같았다. 친구처럼 여겨온 마나를 강제로 제어하고 싶지 않은 것이 리셀의 솔직한 심경이었다. 때문에 리셀은 이번에도 마나가 흘러가는 대로 가만히 내버려두었다.

아랫배로 돌아온 마나의 덩어리는 곧 반대방향으로 흘러갔다. 그 모습을 식사를 마친 카르시안이 가만히 지켜보고 있었다.

"흠. 기이한 수련이로군."

마법진 위에 버티고 선 채 꼼짝달싹하지 않고 호흡에 몰두하는 리셀을 카르시안이 재미있다는 듯 쳐다보았다.

'렌테리아 왕국 마탑에서 유포시킨 수련법인가?'

놀랍게도 그는 리셀의 수련법을 단숨에 꿰뚫어보고 있었다. 그럴 것이 그 수련법은 더 이상 비밀이 아니었다. 어지간한 마탑의 마법사들은 대부분 수련 과정을 알고 있었다. 워낙 부작용이 많은 수련법이라 렌테리아 왕국 마탑에서 수련법을 널리 공개하는 길을 택한 것이다. 물론 기초적인 부분에 한정해서 말이다.

렌테리아 수련법이라 명명된 이 수련법은 정말 별것이 없었다. 마나 집적 마법진을 설치해두고 그 위에서 호흡을 하여 몸속에 마나홀의 형성을 유도하는 것이 전부였다. 이 수련법은 성공률이 정말로 희박했다. 어지간한 자질이 아니면 마나를 느낄 수도 없는데 그것을 몸속으로 받아들여 차곡차곡 쌓은 다음 마나홀을 형성한다는 것은 그야말로 성공률이 극악일 수밖에 없었다.

렌테리아 마탑에서도 처음에는 대륙 각지에서 마나 친화력이 뛰어난 자들을 모아 마탑에 집어넣고 수련을 시켰다. 하지만 수련생 중에서 마나를 축적하는 데 성공하는 비율은 불과 4퍼센트도 되지 않았다. 천 명을 수련시켜봐야 고작 사십 명 정도가 겨우 그 단계를 넘겼다. 그리고 이어지는 과정인 가슴에 마나홀을 여는 수련에서 사십 명 중 태반이 나가떨어졌다. 이 단계에서의 부작용은 상당히 심각했다. 마나의 통제에 실패해서 반신불수가 되는 경우가 다반사였기 때문이었다.

여기까지의 과정이 대략 10여 년 걸린다. 그동안 소요되는 비용은 그야말로 천문학적이다. 수련생들을 먹이고 입히며 마법진을 유지하는 데 마탑 예산의 상당수가 소모되었다. 제아무리 부유한 렌테리아 마탑이라고 해도 밑 빠진 독에 물 붓기나 마찬가지인 일이었다. 마탑으로서는 성과가 없는 그 일에더는 매달릴 수가 없었다. 게다가 마법이 주력인 마탑이기에 빛나는 검에 대한 절박함이 없었던 탓도 있다.

마탑에서 이 수련법을 공개한 것은 바로 그 때문이었다. 우선 기초수련법을 널리 퍼뜨려놓고 가슴에 마나홀이 형성된 수련생만을 받아들여 고급 과정을 전수하려는 심산에서 행한 일이다. 그렇게 하면 경비를 비약적으로 줄일 수 있으니까.

평민이나 하급 귀족 자제들이 신분 상승이나 가문의 영광을 위해 널리 퍼진 수련법을 구해서 수련을 할 것이다. 물론 그들이 마나를 몸속에 쌓는 데 성공할 확률은 극도로 희박할 터. 천신만고 끝에 마나를 쌓은 자들에겐 가슴에 마나홀을 여는 과정이 또 기다리고 있었다. 그것 역시 어렵기는 마찬가지였다.

마나에 대한 통제력을 잃지 않고 가슴의 마나홀을 여는 데 성공하면 비로소 마탑에서 관심을 가진다. 그들은 마나홀을 연 수련생을 마법사에 버금가는 대우로 받아들인다. 빛나는 검에 대한 원천기술을 가지고 있는 렌테리아 마탑인 터라 마나홀을 연 인재들은 다른 곳으로 갈 수 없는 처지였다.

그게 바로 렌테리아 마탑의 마나 수련법이 대륙 전체로 퍼진 이유였다. 그런 내막을 떠올린 카드리안이 고개를 갸웃거렸다.

'그나저나 이런 시골 촌구석의 베텔 왕국까지 수련법이 퍼졌을 줄은 몰랐는데.'

현재 아스트리아의 귀족들 사이에서는 렌테리아 수련법이 대유행이었다. 행여나 식솔들 중에서 누구 하나라도 가슴에 마나홀을 여는 데 성공하면 가문의 부흥은 시간문제였다.

가능성이 매우 희박하지만 수련생이 빛나는 검을 얻었을 경우에는 더 이상 말이 필요 없는 미래가 기다리고 있다. 빛나는 검을 얻은 루드비히 덕분에 제국에서 손꼽히는 가문이 된 아그리아 공작가의 행로를 고스란히 되밟을 수 있게 되는 것이다.

그 때문에 각급 귀족가문에서는 영지를 물려받을 아들을 제외한 자식들에게 대거 수련을 시켰다. 심지어 영지에서 마나친화력이 뛰어난 인재를 골라내어 수련법을 전수하는 경우도 있었다. 가슴에 마나홀을 열 경우 대상 수련생은 더 이상 평민이 아니었다. 귀족가의 양자로 받아들여져 성을 가지게 되는 것이다.

그러나 그 확률은 극도로 낮고도 낮았다. 그 사실을 누구보다도 잘 알기 때문에 카르시안은 혀를 끌끌 차며 리셀을 쳐다보았다.

'오죽했으면 렌테리아 마탑에서 수련법을 공개했으려

고……. 그 정도로 가능성이 희박한데 말이야. 어쨌거나 나와는 상관없는 문제지만.'

아이러니하게도 그런 상황은 카르시안 같은 초급 마법사에겐 크나큰 행운이었다. 가문에 머물며 수련생들을 위해 마나 집적 마법진을 설치해줄 초급 마법사들에 대한 대우가 판이하게 좋아진 것이다.

지금까지 초급 마법사들은 마법공방이나 마탑의 연구실 등 좋지 않은 환경에서 혹사당하며 연구를 해야 했다. 그런 초급 마법사들에게 연구를 이어나갈 수 있는 다른 방법이 생긴 것이다. 마법진을 유지하기 위해 귀족가문에서 마법사들의 연구비를 대대적으로 지원해주었다. 실제로 카르시안의 후배 마법사들 중 다수가 그쪽으로 빠져나갔다.

"하지만 난 다르지. 워낙 마법공방에서 오래 묵다 보니……."

카르시안이 쓸쓸한 표정으로 고개를 흔들었다. 숙련된 마법세공사인 그는 귀족가문으로 가는 것보다 마법공방에 남는 것이 보수가 더 많았다. 물론 갓 마법을 배운 햇병아리는 사정이 다르겠지만 말이다.

그가 지켜보는 사이 리셀이 수련을 마치고 눈을 떴다. 리셀에게 다가간 카드리안이 조심스럽게 물었다.

"혹시 심장에 마나홀이 형성되었는가?"

물론 가능성을 염두에 두지 않은 질문이다. 혹시나 해서 물어본 것인데 리셀은 망설임 없이 대답했다.

"아니요. 그렇지 않습니다."

어느 정도 세상을 알게 된 후 자신을 드러내지 않는 법을 배운 리셀이었다. 그리고 리셀의 마나홀은 심장이 아닌 아랫배에 생성되어 있다. 만약 그 사실이 외부로 알려진다면 대륙의 모든 귀족가문에서는 리셀을 양자로 삼기 위해 덤벼들 것이다. 그리고 마법사와 동일한 대우를 받으며 렌테리아 마탑에 입성할 수 있을 것이다. 하지만 리셀은 그런 사정을 하나도 몰랐다.

"그냥 마스터께 배운 대로 하는 것입니다. 왜 그래야 하는지 이유는 모릅니다."

시치미를 떼는 리셀에게 카드리안은 감쪽같이 속아 넘어갔다.

"그런가? 자네 마스터가 꽤나 많은 것을 알려주었군그래."

고개를 끄덕인 카드리안이 허리를 폈다.

"그럼 어서 마르타로 가도록 하지. 먼저 돈을 찾아야 할 것 같네."

"알겠습니다. 아마 4~5일 정도 걸릴 것입니다."

이렇게 해서 리셀은 귀향하는 초급 마법사 카르시안과 동행하게 되었다. 물론 마르타까지 가는 여정은 비교적 순탄했다. 워낙 산이 많은 베텔 왕국이라 말이나 마차를 이용한 여행은 힘들었다.

　그러나 군데군데 나귀를 탈 수 있는 구간은 있었다. 리셀은 중간에 들른 마을에서 하토스의 체인 메일과 무기 몇 자루를 팔아넘겼다. 마을 청년이 주축이 된 자경대가 있는 마을이라 무기와 갑옷 종류는 가격을 잘 받을 수 있었다. 그것으로 여행물품과 나귀 한 마리를 구입한 리셀이 밝은 표정으로 다가왔다.

　"다행히 거래가 잘되었습니다. 이곳에서부터는 나귀를 타고 가시면 될 겁니다. 덩치는 작아도 말보다 산을 잘 타니까요."

　카르시안이 묘한 표정을 지으며 리셀을 쳐다보았다.

　"자네는 기사보다는 상인이 더 잘 어울리겠어. 용모도 잘생긴데다가 말도 온화하게 잘하니 말이야."

　"제가 상인이 된다면 아마도 마스터께선 무덤에서 벌떡 일어나서 꾸짖으실 겁니다."

　"엇, 그렇게 되는가? 허허허."

　"어서 타시지요."

　나귀란 생각보다 성질이 고약한 짐승이다. 뭔가가 마음에 들지 않을 경우 버티며 고집을 부리는 데 요령이 없으면 결코 다루지 못한다. 그러나 리셀은 이미 마스터인 아너프리와 함께 살며 나귀를 부려본 경험이 있다. 때문에 카르시안은 생전 처음 나귀를 타보는 호사를 누렸다.

　"허. 나귀는 처음이군. 마차와 말은 많이 타봤는데 말이야."

　"어떠십니까?"

　"말보다 흔들림이 덜하군. 높이가 낮아서 무섭지도 않고 말이야."

마을에 들른 후 리셀의 차림새는 완전히 달라졌다. 입고 있던 옷이 너무 낡았기 때문에 카르시안이 가지고 있던 여분의 로브를 리셀에게 내어주었던 것이다. 로브를 입고 후드를 내리자 리셀의 모습은 판이하게 바뀌었다. 마치 성직자를 보필하는 수행자의 모습과도 같았다. 지팡이 대신 허리에 검을 찬 것이 다를 뿐이었다.

카르시안의 차림새 역시 마법사라기보다는 성직자에 가까웠다. 보통 마법사들은 붉은색이나 푸른색 등 화려한 색상의 로브를 걸친다. 특히 별이 촘촘히 박힌 로브는 마법사에겐 최고의 인기 품목이었다.

그러나 지금 카르시안은 긴 여정에 대비해 칙칙한 회색 로브를 걸치고 있다. 리셀 역시 마찬가지였다. 때문에 멀리서 볼 때에는 영락없이 수행 중인 수도승과 그 수행원처럼 보였다. 흔들리는 나귀등에 몸을 내맡기던 카르시안이 리셀을 쳐다보았다.

"허리의 검 대신 지팡이를 들면 영락없이 수도승과 수행원이로군."

"그런가요?"

그때 카르시안이 뭔가 생각난 듯 등에서 뭔가를 꺼냈다. 그것은 바로 리스가르 여관 앞에서 소매치기 소년들에 의해 부러진 마법 지팡이였다. 끝부분이 구부러진 마법 지팡이는 이미 카르시안이 수정구슬과 보석을 제거해서 볼품없게 변해 있었다. 그것을 뚫어지게 쳐다보던 카르시안이 입을 열었다.

"자네, 죽은 여자 용병의 검 가지고 있지?"

"레이피어 말입니까? 네, 있습니다."

용병들에게서 노획한 무기와 장비는 대부분 마을에서 팔아 넘겼다. 하지만 여자들이 사용하는 얄팍한 검인 레이피어만은 팔리지 않았다. 이런 외진 시골 마을에서 여자들이 검을 쥐어야 할 일이 없기 때문이다. 때문에 리셀은 아직까지 레이피어를 등에 메고 있었다.

"그런데 파이어 볼에 맞아 손잡이와 검집이 타버려서 보기 흉할 텐데요."

카르시안이 빙그레 웃으며 머리 부분이 부러진 지팡이를 가리켰다.

"여기에다 넣어주겠네. 어차피 손잡이와 검집을 못 쓸 것 같으니 말이야. 그러면 감쪽같이 지팡이가 되지 않겠나? 위기에 처할 경우 뽑아서 무기로 사용하면 되고 말이야."

리셀의 얼굴이 환히 밝아졌다.

"그것 좋은 생각이로군요. 하지만 가능하겠습니까?"

카르시안이 씩 웃으며 손을 흔들었다.

"내가 누군가? 평생을 아티팩트만 만들어온 마법사 아니던가? 맡겨두게. 끝내주게 만들어줄 테니 말이야."

고개를 끄덕인 리셀이 레이피어를 건네주었다. 가는 동안

소일거리가 생겨서 즐겁다는 듯 카르시안이 흔들리는 나귀 위
에서 레이피어와 지팡이를 결합하기 시작했다.

　험한 산길을 걸어가며 둘은 두런두런 대화를 나누었다. 주
로 카르시안이 아티팩트를 만들다가 리셀에게 한마디씩 던지
는 모양새로 대화가 진행되었다.
　"자네 마스터가 아스트리아 제국의 귀족이라고?"
　"그렇습니다. 루카스 후작가라고 하셨습니다."
　"흠, 루카스 후작가라면 한때는 명문 중의 명문이었지. 하
지만 지금은……."
　카르시안이 말꼬리를 슬그머니 흐렸다. 그럴 것이 루카스
후작가는 현재 몰락 중인 상태였다. 아그리아 공작가에 금광
을 빼앗긴 것이 가장 컸다. 문제는 이후에도 루카스 후작가가
아그리아 공작가와 여러 번 충돌했다는 점이다. 한때 명문 중
의 명문이었고 대영주라는 자존심 때문에 필연적으로 일어난
일이었다. 그러나 애초부터 루카스 후작가에 승산은 없었다.
　아그리아 공작가에는 공개적으로 알려진 빛나는 검의 소유
자가 있다. 루드비히가 나서면 해결되지 않는 일이 없다. 그로
인해 번번이 분쟁에서 패해 루카스 후작가의 세력은 형편없이
줄어든 상태였다. 아직까지 대영주의 지위는 유지하고 있지만
거느리던 봉작 가문은 대부분 영지를 잃어버린 상태였다.
　심지어 만만하게 본 백작 가문과 시비가 붙어서 영지를 빼

앗긴 적도 있었다. 어쨌거나 과거의 영화는 간데없이 몰락하고 있는 가문이 루카스 후작가였다.

'뭐 어차피 나와는 상관없는 일이지만.'

카르시안이 머리를 흔들어 잡념을 날려버렸다.

마르타로 가는 여정은 매우 순조로웠다. 기본적으로 인적이 드물었기 때문에 몬스터와 맹수의 습격만 주의하면 되었는데 여기에서 카르시안의 존재감이 빛을 발했다.

낮에 이동하는 동안에는 습격이 거의 없었다. 몸에 충만하게 마나를 간직한 리셀은 맹수들이 꺼려하는 존재였고 카르시안 역시 간단한 마법으로 자신의 존재감을 감출 수 있는 능력자였다. 카르시안의 진가가 여지없이 발휘될 때는 야영할 때였다.

"오늘은 여기에서 묵어야 할 것 같습니다."

리셀이 모닥불을 피우는 동안 카르시안이 마법을 캐스팅했다. 맹수의 접근을 간파하는 알람 마법을 기본적으로 깔고 마법진을 발동시켜 사람의 기척을 지웠다. 덕분에 리셀은 밤새도록 불침번을 서는 일 없이 마음 편하게 숙면을 취할 수 있었다. 마법진을 그리는 카르시안을 보던 리셀이 멋쩍은 미소를 지었다.

"마법사님과 다니니까 정말로 편하군요. 맹수의 습격을 걱정하지 않아도 되니 말입니다. 혼자서 야영할 때는 항상 선잠을 자면서 신경을 곤두세워야 했습니다.”

“자네랑 둘뿐이니 마법을 쓴 게야. 용병들과 다닐 때는 아예 신경을 쓰지 않았지. 그들이 알아서 불침번을 세우고 야영할 채비를 모두 했으니 말이야. 그나저나 자네 요리 솜씨가 보통이 아니로군. 쩝쩝.”

리셀이 사냥해온 노루고기를 뜯어 먹던 카르시안이 감탄 어린 표정을 지었다. 양념을 거의 쓰지 않고 소금만 뿌려 모닥불에 구웠는데 뜻밖에도 매우 맛이 있었다.

“노루고기는 특유의 노린내가 나는데 지금 이것은 전혀 나지 않는군. 정말 맛있어.”

“감사합니다. 용병들의 소지품 중에 귀리술이 있어서 조금 뿌렸더니 그런가 봅니다.”

“아니야. 소금의 양도 딱 적절했어. 용병들도 틈틈이 사냥을 해서 고기를 구워주었는데 이 정도 맛은 아니었어.”

카르시안이 입맛을 다시며 고깃덩이 하나를 더 집어 들었다.

“고기 다듬는 솜씨를 보니 사냥을 많이 해본 모양이로군.”

그 말에 리셀이 조용히 미소 지었다. 어릴 때부터 숲 속 개척마을에서 살며 해오던 일이었기 때문이었다. 처음에는 조르쥬가, 그리고 나중에는 아너프리가 잡아온 짐승의 털과 내장을 제거하고 가죽을 벗긴 다음 고기를 발라내는 것은 리셀이 지금껏 헤아릴 수 없을 만치 해온 일이다.

특히 먹고 남은 고기를 적당히 소금에 절여 훈연하는 일은 리셀의 특기라고 할 수 있었다. 사냥한 짐승의 고기에 적당히 소금을 뿌려 맛있게 굽는 것은 일도 아니었다. 기지개를 켠 리셀이 먼 하늘을 쳐다보았다.

"그나저나 내일 저녁쯤에는 마르타에 들어갈 수 있겠군요."

"그런가? 어서 도착해 여관에서 쉬고 싶군."

카르시안은 여관의 욕탕에 뜨거운 물을 받아 몸을 담그고 싶은 마음이 굴뚝같았다. 피로감이 엄습하는 것을 느낀 카르시안이 미리 그려놓은 마법진을 발동시켰다. 사람의 기척을 지워 야수의 이목을 속이는 마법진이었다.

"이만 자도록 하지. 내일도 강행군일 테니 말이야."

"알겠습니다."

둘은 곧 깊은 잠에 빠져 들어갔다. 종일 걸은 탓에 매우 피로했다.

드르렁 드렁.

카르시안의 코 고는 소리가 사방으로 퍼져 나갔다. 그 소리를 듣고 늑대 한 마리가 나타나 어슬렁거렸다. 하지만 마법진의 영향으로 인해 늑대는 불이 꺼져가는 모닥불과 그 옆의 두 사람을 전혀 인지하지 못했다. 그 옆에 주저앉아 있는 나귀 역시 마찬가지였다.

다음 날 리셀과 카르시안은 하루 종일 걸은 끝에 마르타에 들어설 수 있었다. 멀리 보이는 도시의 윤곽을 본 카르시안이 감탄사를 토해냈다.

"햐. 흥분되는군. 이토록 사람이 그리울 줄은 몰랐어."

"마법사님 덕분에 편히 여행했습니다."

"아니야. 자네가 있어서 내가 얼마나 든든한지 몰라."

고개를 끄덕인 카르시안이 걸음을 재촉했다. 지금까지 그를 태우고 온 나귀가 빠른 걸음으로 마르타를 향해 움직였다.

관문을 통과하는 것은 매우 쉬웠다. 리셀의 우려와는 달리 경비병은 카르시안의 신분을 확인하자마자 통과시켰다.

"아스트리아 마탑에 등록된 마법사님이시군요. 들어가셔도 좋습니다. 그런데 저분은?"

리셀을 가리키며 묻는 경비병의 질문에 카르시안이 간단히 대답했다.

"내 수행원일세."

"아, 그러시군요. 들어가십시오. 마르타에 오신 것을 환영합니다."

카르시안과 함께 경비병의 깍듯한 인사를 받으며 마르타로 들어선 리셀이 혀를 내둘렀다. 얼마 전 혼자 왔을 때와는 너무도 다른 입성 절차였기 때문이었다.

'이건 뭐, 마스터와 함께 왔을 때보다도 수월하잖아?'

마법사에 대한 세상의 대우가 어떤지 확연히 몸으로 체감되었다.

"어디로 가시겠습니까?"

하늘을 올려다보며 시간을 가늠해본 카르시안이 눈살을 찌푸렸다.

"시간이 늦어서 마탑의 지점에 가기는 힘들겠군. 통상적으로 마탑 지부들은 업무를 일찍 종료한단 말이야. 이 시간까지 문을 열어두었을 리가 없어."

"그럼 어디로 모실까요?"

"여관으로 가도록 하지. 혹시 잘 아는 여관이 있나?"

리셀이 난감한 표정으로 고개를 흔들었다.

"한 군데 있지만 권해 드리고 싶지 않습니다. 그곳에서 좋지 않은 일을 겪었거든요. 게다가 술 마시는 용병들이 많아 마법사님이 편히 쉬기 힘들 것입니다."

"그런가? 그럼 거리를 따라 걸어가며 한번 찾아보도록 하지."

"예, 마법사님."

고개를 끄덕인 리셀이 나귀의 고삐를 잡고 걸어가기 시작했다.

그런데 그들은 얼마 가지 못하고 누군가의 시선을 받아야 했다. 얼굴에 칼자국이 난 험상궂은 인상의 사내가 리셀을 보고 눈을 둥그렇게 떴다.

"응? 저놈은?"

그의 표정이 점점 심각하게 변해갔다. 후드를 젖혀놓았기 때문에 리셀의 수려한 용모가 훤히 드러나 있었는데 그 얼굴이 사내의 기억에 또렷했기 때문이었다. 그가 별안간 이를 부드득 갈았다.

"그 개자식이었군. 우릴 며칠 동안 고생시켰던……."

얼마 전 그와 그의 패거리들은 우연히 마르타를 방문한 애송이를 털 계획을 세웠다. 애송이가 모피를 처분한 모피점 점원에게 돈을 주고 얻은 정보라 그들은 단단히 마음을 먹었다.

"정보료를 제법 많이 치렀어. 그러니 확실하게 벗겨내야 해."

평소 마르타를 방문한 여행자를 털어먹고 살던 자들이기에 사내가 속한 패거리는 빈틈없이 함정을 팠다. 거리의 소년들을 시켜 애송이가 도시에서 나가는 길을 확실히 파악한 다음이었다. 무려 열 명의 주먹패들이 동원되었기에 무난히 애송이를 털 수 있을 줄 알았다.

하지만 애송이는 그들을 정통으로 물 먹였다. 당시를 떠올린 사내가 화를 주체하지 못하는 듯 거친 숨을 몰아쉬었다.

"저 개자식 때문에 사흘 동안 꼼짝도 하지 못했어. 놈이 그토록 잘 달릴 줄 미처 예상하지 못한 것이 화근이야."

애송이 녀석은 길목을 막고 포위한 패거리를 보자마자 달아나기 시작했다. 당면한 상황에서는 가장 현명한 선택이었지만 주먹패거리들에게는 불운의 시작이었다. 묵직한 배낭을 메고 있었기에 그들은 금세 애송이를 잡아 털 수 있을 것이라 예상했다.

하지만 그것은 오산이었다. 마치 숲 속을 질주하는 사슴처럼 애송이는 지칠 줄도 모르고 달렸다. 체력 하나는 자신 있는 주먹패들이었지만 애석하게도 애송이의 체력은 패거리의 예상을 훨씬 초월하고 있었다. 거의 몇 킬로미터를 달렸지만 애송이는 잡힐 듯 잡힐 듯하면서도 용케 추격을 뿌리치고 도망쳤다. 결국 극도로 지친 주먹패들은 더 이상 뒤쫓지 못하고 하나둘씩 나가떨어져야 했다.

마지막에 추격을 포기한 자가 바로 눈앞의 사내였다. 당시 사내는 지칠 대로 지쳐 무려 사흘을 운신도 하지 못하고 침대에 누워 있었다. 그런데 그렇게 패거리들을 고생시킨 애송이가 다시 마르타에 들어와 그의 눈에 띈 것이다.

"망할 자식. 이번에는 놓치지 않는다."

연신 씨근대던 사내의 눈빛이 빛났다. 때마침 근처를 지나던 남루한 차림새의 소년을 본 것이다. 열두세 살 정도 되어 보이는 아이는 나이답지 않게 교활하게 눈알을 굴리며 거리를 둘러보고 있었다. 그 모습이 마치 먹이를 찾아 헤매는 까마귀를 연상시켰다. 사내가 소년을 불렀다.

"이봐. 너 이리 와봐."

그 말에 고개를 돌린 소년의 안색이 딱딱하게 굳었다. 마르타 시내를 배회하는 아이들 중 하나인 소년은 암흑가 주먹패의 일당인 사내를 잘 알고 있었다.

'빌어먹을, 재수 옴 붙었군. 하필이면 저런 놈의 눈에 띄다니.'

그러나 도망칠 수는 없었다. 마르타 시내를 주름잡고 있는 주먹패거리의 눈을 어찌 피할 것인가? 체념한 듯 소년이 마치 형장에 끌려가는 죄수처럼 비치적거리며 다가왔다. 그런 소년을 향해 사내가 눈을 부라렸다.

"네놈이 할 일이 있다."

"뭐, 뭐든지 시켜만 주세요."

사내가 손을 뻗어 앞쪽을 가리켰다. 그곳에는 막 코너를 돌아가는 리셀과 카르시안의 모습이 보였다.

"저기 로브를 걸친 늙은이랑 애새끼 보이지?"

"네, 그런데요?"

"모양새를 보아하니 여관을 찾는 모양이다. 그러니 네가 가서 저놈들을 유인해라."

"어디로요?"

"41번가 골목 정도면 되겠다. 수단 방법을 가리지 말고 저 녀석들을 그리로 유인해라. 좋은 여관이 있다고 하면 따라올 것이다."

그 말을 들은 소년이 교활하게 눈알을 굴렸다.

"잘되면 돈을 주실 건가요?"

그 말에 사내의 표정이 싸늘하게 변했다.

"흐흐. 감히 우리 빌스 패거리의 일을 하면서 대가를 바라다니, 간이 배 밖으로 나온 놈이로군. 흠, 좋다. 일만 잘 처리하면 두목에게 얘기해서 널 우리 패거리에 받아들이는 것을 고려해보겠다.”

그 말에 소년의 안색이 환히 밝아졌다. 먹을 것이 없어 거리를 배회하는 처지의 소년들에게 조직패의 일원이 될 수 있다는 것은 실로 엄청난 유혹이었다. 일단 배를 곯지 않아도 되는 것이다.

“알겠어요. 틀림없이 유인하겠어요.”

“서둘러라. 나도 두목에게 말해두겠다.”

소년이 달려가는 것을 본 사내가 몸을 돌렸다. 물론 그에게는 소년과의 약속을 지킬 생각이 전혀 없었다. 주먹패거리가 되려면 최소한 열여덟은 넘어야 한다. 그것도 신참으로 온갖 위험한 일에 투입되다 살아남아야 가능한 것이다.

‘일단 두목에게 말해본다 했으니 잘못되더라도 내 탓은 하지 마라. 흐흐흐.’

“그게 정말이냐?”

덩치가 좋은 사내가 벌떡 일어났다. 암흑가의 주먹패 중 하나인 빌스 패거리를 이끌고 있는 두목의 팔에는 잘렸다가 붙인 듯한 흉터가 선명하게 새겨져 있었다.

“틀림없어요, 두목. 우릴 애먹인 그 애송이가 분명해요.”

이를 우두둑 갈아붙인 빌스가 주먹을 거머쥐었다.

“간이 배 밖으로 나온 녀석이로군. 감히 우릴 물 먹이고 또 다시 마르타에 발을 들여놓다니 말이야.”

“처음 보는 낯선 늙은이와 함께 있던데 덮쳐도 괜찮을까요?”

“상관없다. 놈에게 반드시 그날의 대가를 받아내야 한다.”

과도한 전력질주의 여파로 하루를 끙끙 앓아야 했던 빌스였다. 당시의 분노가 그대로 표출되고 있었다. 그가 더 이상 생각할 것도 없다는 듯 명령을 내렸다.

“애들을 모아라. 이번에는 빠져나가지 못하도록 그물도 준비하고.”

“염려 놓으십시오, 두목. 이번에는 결코 벗어날 수 없을 것입니다.”

“당연히 그래야지. 나가봐.”

대답을 하고 부하가 나가자 빌스가 급하게 겉옷을 챙겨 입었다.

사실 겉으로 보기에는 별걱정 없는 직업 같았지만 빌스 패거리의 영업에는 제약이 많았다. 우선 상대를 터는데도 철저한 사전조사가 필요했다. 행여나 귀족가문의 사람이나 도시 인근 지주와 연관된 사람을 털게 될 우려가 있기 때문이다. 그럴 경우 철저한 응징이 돌아온다는 사실을 빌스는 누구보다 잘 알고 있었다.

그리고 여행자 중에서 기사나 마법사 쪽 역시 건드리면 안된다. 빌스에겐 상대를 잘못 보고 덤볐다가 쓴맛을 단단히 본 상처가 아직까지 팔에 남아 있었다. 그 생각을 하자 유난히 팔의 흉터가 욱신거리는 빌스였다.

"가진 돈을 모두 털어주고 신전에서 붙였지만 흉터만큼은 어쩔 수 없으니……."

신성력으로 붙인 팔과 원래의 팔과는 크나큰 차이가 있다. 우선 과거만큼 힘을 쓸 수 없었다. 근육이 모두 붙은 것이 아니기 때문이다. 게다가 자세히 보면 오른팔과 왼팔의 굵기도 달랐다. 왠지 모르게 애송이와 함께 다닌다는 늙은이가 마음에 걸렸지만 빌스는 깊이 생각하지 않기로 마음먹었다.

"흠, 이번에는 별 탈 없겠지. 로브를 쓴 늙은이라면 기사일 가능성은 없을 테고 마법사는 혼자서 잘 나다니지 않으니 말이야. 설마 신관은 아니겠지?"

머리를 흔들어 잡념을 떨쳐버린 빌스가 몸을 일으키며 묵직한 몽둥이를 집어들었다. 지금은 애송이에게 온 신경을 집중해야 할 때였다.

제4장
주먹패거리들의 복수

　딱히 정한 곳 없이 길을 따라 걷던 리셀 일행에게 한 소년이 접근해왔다.

　"여행자시죠? 싸고 아늑한 여관이 있는데 안내해 드릴게요."

　그 말에 리셀이 시큰둥한 표정을 지었다. 마스터에게서 들은 주의사항이 있었기 때문이었다. 호객행위를 하는 업소에 가면 틀림없이 바가지를 쓴다는 것이 바로 그것이었다. 때문에 리셀은 아무 여관이나 골라서 들어가려고 했다. 하지만 카르시안이 소년의 말에 관심을 가졌다.

　"싸고 아늑하다고 했느냐?"

"네, 그래요. 중심가 여관에 가면 비싸기만 하고 음식도 맛이 없어요. 대로변에 있어서 자릿세가 비싸기 때문이죠. 뒷골목에 가면 싸고 음식이 맛있는 여관이 많아요. 잠자리는 또 얼마나 편한데요."

그 말을 들은 카르시안이 결정을 내려버렸다. 지치고 주머니 사정이 궁한 그에게 그것은 거부할 수 없는 유혹이었다.

"좋다. 그리로 가자꾸나."

기다렸다는 듯 소년이 방긋 웃으며 손짓을 했다.

"이쪽으로 오세요. 결코 후회하지 않을 거예요."

그러나 소년의 행동은 확실히 수상했다. 보통 여관이라고 하면 도시에서 번화한 구역에 몰려 있기 마련이다. 여관이란 업종은 여행자들이 찾기 쉽게 한 군데 몰려 있는 경우가 일반적이다. 하지만 소년은 도시의 외곽, 한없이 외진 지역으로 리셀과 카르시안을 인도해갔다. 뭔가 이상함을 느낀 리셀이 눈매를 좁혔다.

"이곳에는 여관이 없을 것 같은데?"

"아니에요. 있어요. 골목 두 개만 돌아가면 돼요."

마르타의 사정을 모르는 탓에 리셀은 고개만 갸웃거릴 뿐이었다. 소년을 따라 골목을 돌아가자 막다른 길이 나왔다. 2층 높이의 건물로 빈틈없이 틀어막힌 공간이었다. 마지막까지 소년을 믿었던 카르시안이 짜증 어린 표정을 지었다.

"이곳에 무슨 여관이……."

카르시안이 입을 닫았다. 마치 기다렸다는 듯 길을 틀어막은 십여 명의 사내를 본 것이다. 나타난 사내들을 본 소년이 급히 그쪽으로 몸을 날렸다.

"성공했어요. 반드시 약속을 지킬 거죠?"

회심의 미소를 짓고 있던 두목 빌스가 눈을 둥그렇게 뜨며 처음 보고를 한 사내를 쳐다보았다.

"무슨 약속 말이냐?"

이어 사내가 귀엣말로 뭔가 속삭이자 빌스의 입가에 다시 미소가 걸렸다.

"약속은 지킨다."

소년의 얼굴이 확 밝아졌다.

"정말이죠?"

빌스가 씩 웃으며 말을 이어나갔다.

"5년 후에 말이다."

"네?"

"5년 후에도 네 녀석이 살아 있다면 우리 조직에 받아들여주지. 어떠냐?"

그 말에 소년의 얼굴이 일그러졌다.

"그, 그건 약속과 다르잖아요?"

"조그만 녀석이 억지를 쓰는구나! 혼나고 싶으냐? 당장 꺼지지 않으면 며칠 동안 침대 신세를 지게 해주마."

덩치들의 으름장에 소년은 어깨를 축 늘어뜨리고 그곳을 떠날 수밖에 없었다. 아무도 그를 쳐다보지 않는 사이 감자를 먹이는 것이 소년이 할 수 있는 복수의 전부였다.

"드디어 만나게 되었군."

빌스가 리셸을 노려보며 괴소를 흘렸다.

"흐흐흐. 이런 곳에서 마주칠 줄은 몰랐겠지? 네 녀석 때문에 우리는 며칠 동안 영업을 하지 못했다. 이제 그 대가를 치를 시간이다."

리셸의 얼굴에 난감함이 어렸다. 물론 덩치들은 리셸의 기억에 똑똑히 남아 있는 자들이었다. 자신을 털기 위해 덤벼든 패거리들을 열심히 달려서 따돌린 기억이 생생했다. 귓전으로 카르시안의 음성이 파고들었다.

"아는 자들인가?"

리셸이 급히 저들과 자신과의 관계를 설명했다. 사정을 들은 카르시안의 눈가에 노기가 서렸다.

"용서할 수 없는 자들이로군. 어떻게든 시간을 끌어주게. 내가 주문을 외워 처리해보겠네."

"부탁드립니다."

고개를 끄덕인 리셸이 허리춤의 검을 뽑아들고 앞으로 나섰다.

"무척이나 질긴 작자들이로군. 그때의 일을 잊지 않고 있다니 말이야."

순간 빌스를 비롯한 패거리들의 눈에 분노의 광망이 뿜어졌다.

"네놈 때문에 우린 며칠을 드러누워 있어야 했다."

"그때의 일만 생각하면 절로 이가 갈린단 말이다."

"그게 다 내 돈을 뺏으려다 그런 것 아닌가? 자신의 탐심 때문에 생긴 일인데 누굴 원망한단 말인가?"

빌스가 빙글빙글 웃으며 대답했다.

"사람이 세상을 살다 보면 세금이란 것을 내야 하는 법이지. 농부는 지주에게, 상인은 영주에게 세금을 내야 일을 할 수 있다. 같은 맥락으로 우리 역시 세금을 거두는 직업이야. 마르타에 와서 모피를 팔았으면 마땅히 그에 대한 세금을 내야 하는 법 아닌가?"

리셀이 냉랭하게 코웃음을 쳤다.

"정신 나간 소릴 하는군. 돈이 썩어나가도 네놈들 따위에게 줄 생각은 없다."

"어차피 순순히 거둘 생각은 하지도 않았어. 조세 저항이란 게 괜히 생겨난 말은 아니란 뜻이지."

빌스가 슬쩍 눈짓을 했다. 그러자 덩치들이 몽둥이로 손을 툭툭 두드리며 앞으로 나섰다. 그들의 귓전으로 싸늘한 경고가 파고들었다.

"몇 놈 팔 잘릴 각오는 해야 할 거야. 이래 봬도 정식 기사에게 사사받은 견습기사 신분이거든."

그 말에 덩치들이 누런 이를 드러내며 웃었다.

"견습기사들이 다 얼어 죽었나 보네. 여태껏 말로 싸우는 놈치고 잘 싸우는 놈은 못 봤거든."

“네 녀석을 위해 특별히 그물까지 준비했지. 이번엔 빠져나가지 못할 것이다.”

덩치들의 대열이 쫙 갈라졌다. 그리로 그물을 움켜쥔 두 명의 사내가 나섰다. 그들은 머뭇거릴 틈도 아깝다는 듯 리셀을 향해 그물을 던졌다.

“애송이 놈아. 받아라.”

활짝 펼쳐지며 날아오는 그물에 리셀이 흠칫 놀랐다. 그러나 망설임은 잠시였다.

번쩍.

눈부신 검광이 퍼져 나가자 그물은 곧 갈기갈기 잘려 리셀의 발밑에 흩어지는 신세가 되었다. 순식간에 여러 조각으로 잘려나간 것이다. 그쯤 되자 덩치들이 흠칫 놀랐다.

“이놈 칼 솜씨가 보통이 아닌걸?”

“진짜 견습기사인가 봐.”

덩치들이 눈에 띄게 주춤거리기 시작했다. 돈도 좋지만 몸을 상하기는 싫었기 때문이다. 그 모습을 보다 못해 빌스가 한 발 앞으로 나섰다.

“로이, 그리고 데커 나서라.”

그 명령에 덩치 두 명의 얼굴이 일그러졌다. 아직 얼굴에 앳된 기가 역력한 그들은 패거리의 신참이었다. 가장 위험한 임무에 투입되기 때문에 이런 조직에 갓 들어온 신참들은 채 1년을 버티지 못한다.

우거지상이 되었지만 로이와 데커는 나서지 않을 수 없었
다. 두목에게 밉보인다면 패거리에서 쫓겨날 수도 있기 때문
이다. 마르타는 외톨이로 살아갈 만큼 만만한 도시가 아니다.
두 명의 사내가 체념한 듯한 표정으로 앞으로 나섰다.

"개자식아. 내일 떠오르는 해를 보지 못할 줄 알아라."

입으로는 진득하게 욕설을 퍼부었지만 애석하게도 다리가
보기 안쓰럽게 떨리고 있었다. 덩치들 중 로이라고 불린 사내
가 리셀을 노려보다 손에 쥔 몽둥이를 불시에 휘둘렀다.

"에잇."

기본기조차 잡히지 않은 마구잡이식 몽둥이질이었다. 리셀
이 가만히 쳐다보다 검을 내뻗었다.

서걱.

리셀이 내뻗은 장검과 부딪힌 몽둥이 중단이 가볍게 잘려나
갔다. 이어 리셀이 다시 한 번 검을 휘두르자 몽둥이는 손잡이
만 남아버렸다. 리셀의 검면이 몽둥이 손잡이를 부여잡고 쩔
쩔매는 로이의 얼굴에 가서 작렬했다.

촤아악.

가죽 터지는 소리와 함께 로이가 비명을 내지르며 나뒹굴었
다. 검의 넓적한 옆면에 정통으로 따귀를 얻어맞은 것이다. 이
어 내지른 리셀의 검에 데커가 허벅지를 찔려 바닥에 주저앉
아버렸다. 로이에게 정신이 팔린 틈을 노렸지만 리셀은 전혀
틈을 보이지 않았다.

“으아악.”

두 명의 조직원이 삽시간에 쓰러지자 빌스의 안색이 싹 바뀌었다.

‘빌어먹을……. 견습기사란 말이 사실이었군. 저런 실력을 지닌 녀석이 어째서 그때는 그렇게 도망친 거지?’

잘못 건드렸다는 생각이 뇌리를 파고들었다. 만약 그때의 경험만 없었다면 주저 없이 손을 털고 물러났을 것이다. 그렇게 고민하던 사이 마침내 카르시안의 주문이 완성되었다.

“이놈들아, 맛 좀 봐라!”

낭랑한 고함과 함께 마법이 발동되었다. 리셀이 충분히 시간을 벌어주었기 때문에 범위가 명확히 지정되었다. 게다가 패거리들은 카르시안이 주문을 외우는 것조차 눈치채지 못했다. 고작해야 암흑가의 주먹인 그들에게 마법사를 상대해본 경험이 있을 리가 없었다. 다급한 고함소리가 여기저기서 터졌다.

“우와앗. 이게 뭐야. 에취.”

코끝이 간질간질해지는가 싶더니 걷잡을 수 없을 만큼 재채기와 기침이 터져 나왔다.

“콜록콜록.”

“뭐, 뭐야. 에, 에취, 에취.”

패거리들이 갑자기 코를 부여잡고 재채기를 해댔다. 재채기에 이어 기침이 사정없이 쏟아졌다. 패거리들은 삽시간에 무력화되었다. 하나같이 바닥을 나뒹굴며 재채기와 기침을 마구

해댔다. 리셀에게 당한 두 명을 제외한 전원이 카르시안의 마법에 걸려버린 것이다.

그 모습을 리셀이 묘한 표정으로 쳐다보았다. 이미 그는 뒤에서 느껴지는 미묘한 마나의 움직임을 명확히 감지하고 있었다. 아니, 카르시안이 캐스팅을 시작한 이후 변해가는 마나의 흐름을 인지했다는 것이 정확할 것이다.

'놀랍군. 내가 마법이 펼쳐지는 것을 미리 인지할 수 있다니……'

주먹들은 하나같이 눈물 콧물로 범벅이 된 채 시뻘겋다 못해 새파래진 얼굴로 연달아 재채기를 해댔다. 그 모습에 카르시안이 유쾌한 듯 너털웃음을 터뜨렸다.

"크하하하. 이놈들. 마법사를 건드린 대가가 바로 이런 것이다."

리셀은 공황상태에 빠진 주먹패들을 묘한 눈빛으로 쳐다보았다. 자신을 괴롭히던 자들이 고역을 겪는 것을 보니 통쾌하기도 했지만 한편으로는 안쓰럽기도 했다.

'뭐, 자업자득이지.'

고개를 흔드는 리셀을 향해 카르시안이 말했다.

"이만 가도록 하지."

리셀이 깜짝 놀라 대답했다.

"저들을 그냥 내버려둘 생각이십니까?"

마법에 당한 주먹패들 대부분이 금방이라도 숨이 넘어갈 것 같아 보였기에 걱정이 된 것이다. 카르시안이 염려 말라는 듯 고개를 흔들었다.

"저들은 앞으로 몇 분 정도 더 벌을 받아야 하네. 마법사를 건드리면 그 대가가 어떻다는 것을 몸으로 배워야지. 마법의 효력은 아마 한 5분가량 지속될 걸세."

"그러시다면."

머리를 흔든 리셀이 주먹패들을 힐끔 쳐다본 뒤 성큼성큼 걸음을 옮기는 카르시안을 뒤따랐다. 골목길에는 곧 끊임없이 기침을 해대는 빌스 패거리만 남았다. 그들 중 몇몇은 인사불성이 되어 가쁜 숨만 겨우 몰아쉬었다.

골목을 나선 리셀과 카르시안은 온 길을 되짚어 걸어갔다. 소년을 따라오며 여관들이 모여 있는 거리를 언뜻 보았기 때문이었다. 번화가에 들어서자 여관들이 줄지어 서 있는 거리가 나타났다. 카르시안이 피곤한 얼굴로 머리를 흔들었다.

"아무 데나 골라서 들어가도록 하지. 너무 피곤해서 쉬고 싶어."

"알겠습니다."

리셀은 가장 가까운 '돌고래 선술집'이라는 간판이 내걸린 여관으로 걸음을 옮겼다.

카르시안의 계산은 빗나갔다. 5분 정도 작용하다 사라질 것이라 생각했던 마법의 효력이 무려 10분 가까이 지속된 것이다. 그로 인해 두 명의 조직원이 호흡 곤란으로 숨이 멎어버렸다. 끊임없이 기침과 재채기를 하느라 역류된 눈물, 콧물이 기도를 막아버린 것이다.

겨우 정신을 차린 빌스 패거리들은 눈을 까뒤집고 죽은 두 명의 동료들을 보며 눈물을 흘렸다. 비록 막장 인생이긴 했지만 그동안 같이 살아온 이상 정이 들지 않을 수 없었다. 얼마나 고통스러웠는지 죽은 동료들의 눈가에는 눈물 자국이 새하얗게 말라붙어 있었다. 처음 리셀을 목격한 사내가 연신 흐르는 눈물을 닦았다.

"죄, 죄송합니다. 설마 마법사일 것이라곤 예상하지 못했습니다."

마법사, 그와 같은 일반인에겐 드래곤만큼이나 무서운 존재들이다. 눈에 보이지 않는 기운인 마나를 마음대로 주물러 상상도 하지 못한 물리적, 화학적 힘을 발휘하는 마법사의 능력은 일반 평민들에겐 천재지변이나 마찬가지였다.

그 사실을 증명하듯 주먹패들의 얼굴에는 한결같이 체념의 빛이 짙게 서려 있었다. 자다가 건물이 무너져 깔려 죽은 것처럼 불가항력적인, 어쩔 수 없는 일로 받아들인 것이다. 그들에겐 감히 마법사에게 원한을 품을 만한 용기가 없었다. 죽은 동료들의 시체를 앞에 두고 주먹패들이 한마디씩 했다.

"저, 정말 무서웠어."

"마법사를 보는 것은 생전 처음이야. 마탑의 지점에도 가본 적이 없으니 말이야."

대부분의 사내들이 어쩔 수 없었던 일이라 치부했다. 하지만 그들의 두목인 빌스는 달랐다. 싸늘하게 식은 얼굴에는 극도의 분노가 침잠되어 있었다.

"이봐, 두목. 포기하고 본거지에 가서 쉬도록 하자고."

"마법사에게 어찌 복수를 하겠어. 죽은 놈들만 억울한 거지."

그 말에 빌스가 타오르는 듯한 눈빛으로 주먹패들을 쳐다보았다.

"그럴 수는 없다."

주먹패들의 안색이 확 변했다. 그들의 상식으로 마법사에게 해코지하는 것은 마른 장작을 들고 불 속에 뛰어드는 것이나 다름없는 일이었다.

"말도 안 돼. 마법사를 어떻게 상대하려고?"

"마법사라고 별다른 줄 알아? 놈들도 칼에 찔리면 죽기 마련이야. 놈 때문에 우리 동료 두 명이 죽었어. 그것도 죽을 때까지 기침과 재채기를 하면서 최대한 고통스럽게 말이야."

빌스의 눈빛은 이글이글 타오르고 있었다. 집요한 면이 많은 성품의 그는 지금 마법사 카르시안에 대한 복수를 계획하고 있었다. 빌스는 부하들처럼 무턱대고 마법사에게 겁을 집어먹지 않았다. 그것은 그가 한때 암살조직에 몸담고 있었기에 가능한 일이었다.

　빌스는 젊은 시절 암살조직에서 암살 교육을 받은 적이 있다. 사람을 죽이는 도구로 키워질 뻔했던 그는 천운으로 조직을 탈출할 수 있게 되었다. 그런 과거가 있었기 때문에 그는 마법사를 겁내지 않았다: 아니, 보통 사람보다 체력적인 면에서 현저히 약한 존재가 마법사라는 것을 빌스는 잘 알고 있었다.

　　―주문만 차단할 수 있다면 마법사는 결코 두려운 존재가 아니다. 높은 클래스의 마법사라고 하더라도 주문을 외우지 못하게 한다면 단검 한 자루, 독 한 방울로도 죽일 수 있다.

　물론 교육 초기 단계에서 조직을 탈출했기에 제대로 암살기술을 배운 것은 아니다. 하지만 조직에서 도망칠 당시 빌스는 한 병의 독을 몰래 가지고 나왔다. 무려 열 마리의 황소를 죽일 수 있는 맹독이었는데 그동안은 쓸 일이 없어 비밀장소에 고이 모셔두었다. 그 독의 존재 때문에 빌스는 복수를 생각할 수 있었다. 그가 조용히 계획을 설명했다.

　"내가 가지고 있는 독을 쓴다면 마법사를 깨끗이 저세상으로 보낼 수 있어. 애송이와 함께."

　"하, 하지만."

　"암살조직에서 사용하는 맹독이야. 아무런 맛도 없어서 음식에 섞는다면 전혀 알아차리지 못해. 물론 냄새도 전혀 나지 않지."

빌스가 훔쳐온 독은 귀족가문에서나 사용하는 고급품이었다. 무색, 무취에 효과가 확실한 약이라서 쉽게 구하기 힘든 독이었다. 마법의 여파로 초췌해진 조직원들의 얼굴에 서서히 생기가 피어났다. 안전하게 복수할 길이 생기자 슬며시 죽은 동료들의 얼굴이 떠올랐다.

"좋아. 그런 방법이라면 뭐."

"확실하게 처리하자고."

그들은 머리를 한데 모아서 보복할 방법을 궁리했다.

"일단 이 사실을 마탑의 지점에서 알아서는 안 돼. 마법사들은 같은 소속 마법사들에게 닥친 일을 결코 소홀히 하지 않으니 말이야."

"저번에 나티엔 패거리들이 마법사의 돈주머니를 소매치기했는데 마탑의 마법사들이 대거 나와 암흑가를 발칵 뒤집어놓았어. 그러니 확실하게 증거를 없애야 해."

빌스가 고개를 들어 제일 처음 리셀을 목격했던 사내를 쳐다보았다.

"너, 시가지로 가서 놈들이 어느 여관에 묵었는지 알아보도록 해."

"알겠어요, 두목."

굳은 얼굴로 고개를 끄덕인 사내가 재빨리 몸을 날렸다. 그 모습을 힐끔 쳐다본 빌스가 걸음을 옮겼다. 본거지 깊숙이 숨겨둔 독병을 꺼내와야 할 순간이었다. 복수에 정신이 팔린 나머지 그는 뒤탈 따위는 생각조차 하지 않았다.

　잠시 후 빌스 패거리들은 돌고래 선술집 앞에서 간판을 올려다보고 있었다.
　"이곳인가?"
　"그렇습니다. 놈들은 이 여관의 301호실에 투숙해 있습니다."
　"확실하겠지?"
　"거리의 아이들에게 두 번 세 번 확인했습니다."
　"흠, 그럼 계획대로 진행해야겠군."
　빌스가 입고 온 로브의 후드를 눌러썼다. 돌고래 선술집은 그와 같은 주먹패 조직인 피바다 주먹패거리들의 관할 구역이다. 자칫 잘못했다간 영역 침범에 대한 책임을 져야 했다.
　"조셉은 어디 있지?"
　그 말에 앳되게 생긴 청년 하나가 앞으로 나섰다. 근거지에 있었기 때문에 얼굴이 팔리지 않은 조직원이었다.
　"받아라."
　빌스가 조셉에게 큼지막한 유리병을 하나 건넸다. 유리병 안에는 피처럼 붉은 액체가 찰랑찰랑했다. 그것이 바로 빌스가 선택한 복수의 수단이었다. 질이 좋은 포도주에 독을 섞은 것으로, 한 모금만 마시더라도 죽음을 피해 갈 수 없는 희대의 독주였다.

"이걸 가지고 올라가서 녀석들에게 먹여라. 방법은 일러준 대로 하면 된다."

그 말에 조셉이 히죽 웃었다. 그는 앳된 인상과는 달리 거리의 아이 출신으로 마르타에서 오랫동안 굴러먹은 탓에 남달리 간이 큰 청년이었다. 그 사실을 알기에 빌스는 일부러 조셉에게 이 일을 맡긴 것이다.

"맡겨주십시오. 확실하게 처리하지요."

"이번 일만 잘 성공시킨다면 승급시켜주마."

그 말에 조셉의 눈이 빛났다. 그는 빌스 패거리에 가입한 지 1년이 되지 못했다. 위험한 일이 있으면 도맡아 해야 하는 처지인 것이다. 그런 그에게 승급이란 목숨을 구할 수 있는 구명줄이나 다름없었다.

"염려하지 마십시오."

눈웃음을 친 조셉이 병을 주머니에 집어넣었다. 그가 여관으로 들어가는 모습을 빌스 패거리들이 가슴을 졸이며 쳐다보고 있었다.

카르시안은 침대에 큰 대자로 누워 있었다. 실로 오랜만에 더운 물이 가득 담긴 욕탕에 몸을 담그고 묵은 때를 씻어냈기 때문에 날아갈 것 같은 기분이었다. 제대로 된 요리로 배를 그

득하게 채웠기에 포만감까지 더해져 몸이 노곤해졌다.

반면 리셸은 간단히 몸만 씻었을 뿐 별달리 피곤한 기색을 보이지 않았다. 몸에 가득한 마나의 결정체가 그의 몸을 항상 최상으로 유지해주었다. 그런 리셸을 보며 카르시안이 혀를 내둘렀다.

"자네도 정말 대단하군. 몸가짐이 항상 깔끔해."

"감사합니다."

"제대로만 성장하면 정말 훌륭한 기사가 되겠어."

그때였다. 찾아올 사람이 없는데 난데없이 노크 소리가 났다.

똑똑.

"누구지?"

고개를 갸웃거린 리셸이 문을 향해 걸어갔다. 그가 문 앞에 서자 앳된 음성이 문밖에서 들렸다.

"여관 점원입니다."

그 말에 리셸이 문을 열었다. 문밖에는 리셸과 비슷한 연배의 청년이 조그마한 쟁반에 병과 잔 두 개를 올려놓고 서 있었다.

리셸이 눈매를 지그시 좁혔다.

"술을 시킨 적이 없는데?"

청년이 씩 웃으며 대답했다.

"서비스입니다. 저희 돌고래 선술집에서는 처음 방문하시는 손님에게 포도주를 한 병씩 드립니다. 다음에도 또 찾아주십사 하고 말입니다."

“그게 정말이오?”

“물론입니다. 하도 경쟁이 심해서 이렇게 하지 않으면 단골 손님을 잡을 수 없지요. 부근의 여관들도 대부분 같은 서비스를 하고 있습니다.”

그 말에 귀가 솔깃한 것은 카르시안이었다. 언제 그랬냐는 듯 냉큼 침대에서 일어난 카르시안이 다가와 쟁반을 받아들었다.

“허헛, 그런가? 고맙네. 앞으로 마르타에 오면 내 돌고래 선술집에 다시 들를 것을 약속하지.”

“감사합니다.”

묘한 미소를 지은 청년이 고개를 숙였다.

“그럼 편히 쉬십시오.”

문이 닫히자 카르시안이 입맛을 다시며 쟁반을 탁자 위에 놓았다. 뚜껑을 따자 향긋한 술 냄새가 실내에 짙게 풍겼다. 코를 벌름거리던 카르시안이 감탄사를 토했다.

“제법 질이 좋은 포도주로군. 이런 것을 서비스로 주다니 놀라워.”

카르시안이 술병을 기울여 잔에 따랐다. 피처럼 붉은 액체가 잔을 가득 채웠다.

“한잔하세나.”

그 말에 리셀이 난감한 표정을 지었다. 지금까지 술을 한 번도 먹어보지 못했기 때문이었다. 마스터인 아너프리는 매우

엄격했다. 수련에 방해가 된다며 일절 술을 입에 대지 못하게
했기 때문에 리셀은 지금껏 한 번도 술을 먹어본 적이 없었다.

"저, 저는 술을 먹어본 적이 없어서."

"말도 안 되는 소리! 열여덟이면 거의 성인이야. 남자로 태
어나 술을 먹지 못한다는 말은 크나큰 흠이라고 할 수 있지."

카르시안이 잔 가득 포도주를 따랐다.

"한잔 쭉 들이켜. 자고로 술맛을 알아야 사내인 법이야."

쓴웃음을 지은 리셀이 잔을 받아들었다. 카르시안이 빙글빙
글 웃으며 잔을 내밀었다.

"건배하자고. 첫 잔은 완전히 비워야 맛일세."

쩡.

잔을 마주치자마자 카르시안이 포도주를 단숨에 마셔버렸다.

"캬. 죽이는군. 자네도 얼른 들도록 하게."

거듭되는 권유에 리셀이 잔을 입으로 가져갔다. 한 모금 마
시자 묘한 향이 입안에 가득 찼다. 향과 달리 씁쓸한 맛이었기
에 리셀이 얼굴을 찌푸렸다.

"생각보다 쓰군요."

"헐헐. 원래 술맛은 쓴 법이야. 누구에게 들었는데 세상의
쓴맛을 보고 나야 술맛이 달게 느껴진다는군."

포도주가 입맛에 맞았는지 카르시안이 연거푸 잔을 기울여
술을 들이켰다. 그 모습을 보며 리셀이 한 모금씩 잔의 술을
넘겼다. 먹다 보니 달콤쌉싸름한 맛이 그렇게 나쁘진 않았다.

카르시안은 순식간에 한 병의 술을 모두 비워버렸다. 입맛을 다시는 것을 보니 많이 아쉬운 모양이었다.

"간에 기별도 가지 않는군."

뭔가를 결정한 듯 카르시안이 자리에서 벌떡 일어났다.

"이럴 게 아니라 아래층에 가서 한잔 더 하는 게 어떤가? 한 병으로는 입맛만 버릴 것 같네."

"저는 그다지 생각이……."

"어허. 자넨 내 호위야. 항상 날 지켜야지. 이번에는 술자리에서 날 호위하는 거야. 어떤가?"

싱긋 웃으며 윙크를 하는 카르시안을 보던 리셀의 얼굴이 심각해졌다.

"마, 마법사님. 얼굴색이……."

아닌 게 아니라 카르시안 역시 안색이 싹 바뀌었다. 리셀의 얼굴 역시 검게 변해 있었기 때문이었다.

"자, 자네 얼굴이…… 크허억."

리셀을 가리키던 카르시안이 별안간 신음을 흘리며 배를 움켜잡았다. 이마에 핏대가 솟은 것을 보니 극심한 통증이 치미는 모양이었다. 그것은 리셀도 마찬가지였다. 갑자기 아랫배에서 치민 극통에 오만상을 쓰며 자리에 주저앉았다.

"뭐, 뭐지?"

안색이 시커멓게 변한 카르시안이 떠듬떠듬 내뱉었다.

"도, 독이야. 이, 이런 빌어먹을……."

카르시안이 다급히 해독마법을 캐스팅하려 했다. 하지만 고작 3서클의 초급 마법사라서 해독마법과 같은 고급 마법을 캐스팅하려면 오랜 시간이 걸린다. 그리고 창자가 끊어지는 듯한 통증은 카르시안으로 하여금 도저히 정신집중을 하지 못하게 만들고 있었다. 결국 카르시안은 캐스팅을 마치지 못하고 까무러치고 말았다.

"끄으으으."

눈을 까뒤집고 몸부림치는 카르시안의 입가에서는 피거품이 마구 게워져 나왔다. 한 병의 독주를 거의 다 비운 카르시안이었다. 언뜻 보더라도 생명이 경각에 달렸음을 알 수 있었다. 리셀 역시 극도의 통증에 시달리고 있었다. 단 한 잔을 마셨지만 이미 치사량을 넘어선 상태였다.

"도, 도대체 누가 독을……."

닭똥 같은 땀을 뚝뚝 흘리던 리셀이 격하게 기침을 했다. 시커멓게 변색된 피가 입가로 주르르 흘러내렸다. 시야가 흐릿하게 흐려지며 정신이 아득해졌다.

'이, 이대로 죽는 건가? 마스터와의 맹세도 지키지 못했는데…….'

그때 이변이 일어났다. 리셀이 죽음을 인지했을 때 그의 몸속에 자리 잡은 마나의 결정체가 움직였던 것이다. 꿈틀거리던 마나가 마구 용솟음치며 리셀의 몸을 치달리기 시작했다.

콰콰콰콰.

평소에 하던 수련대로 몸을 순환하던 마나가 리셀을 괴롭히던 독 기운들을 점진적으로 빨아들였다. 마나의 결정체는 아랫배를 거쳐 가슴과 목을 통과하며 전신을 순환했다. 리셀의 세포를 서서히 괴사시키던 독 기운이 마나에 조금씩 딸려 나왔다. 그러나 그 양은 그리 많지 않았다.

"우왝."

리셀이 시커멓게 죽은 피를 토해냈다. 그러자 정신이 한결 맑아졌다. 그러나 검게 변색된 얼굴은 그대로였다.

'정신 차려야 해. 살아날 방법은 하나밖에 없어.'

리셀이 전력을 다해 마나 수련을 했다. 본능적으로 몸속의 마나를 순환시켜야 살 수 있다는 사실을 깨달은 것이다. 그는 그야말로 필사적으로 마나를 순환시켰다. 몸을 돌던 마나가 독 기운을 조금씩 흡수해서 입으로 올려보냈다.

왈칵.

또다시 리셀이 한 주먹의 독혈을 토해냈다. 두 번을 토해내자 속이 한결 편해졌다. 리셀은 끊임없이 마나를 몸속에서 돌리고 또 돌렸다. 이대로 가면 몸속의 독 기운을 모두 배출해낼 수 있을 것 같았다.

"마, 마탑으로 가야 해. 그래야만 카르시안님을 살릴 수 있어."

누가 술에 독을 탔는지는 알 수 없지만 지금 상황에서 리셀이 해야 할 일은 그것뿐이었다.

"흐흐흐. 성공이로군."

방 밖에서 기다리던 조셉의 입가에 회심의 미소가 걸렸다. 문 안쪽에서 들리는 신음소리는 작전이 성공했음을 알려주고 있었다. 조심스럽게 문으로 다가간 조셉이 살짝 문을 열어보았다. 다행히 문은 잠겨 있지 않았다.

문을 열자 방 안의 정경이 한눈에 들어왔다. 조심스럽게 살피는 조셉의 눈에 인사불성이 된 시커먼 얼굴의 노인과 바닥에 엎드려 연거푸 시커먼 피를 토하는 젊은이의 모습이 들어왔다.

"틀림없군."

고개를 끄덕인 조셉이 재빨리 문을 닫았다. 이젠 아래층으로 내려가 보스에게 보고를 할 차례였다.

빌스는 조직원 두 명을 데리고 탁자에 앉아 술을 마시고 있었다. 후드를 눌러쓰고 있었지만 용케도 점원이 그의 정체를 알아봤는지 얼마 되지 않아 피바다 패거리의 주먹패 두 명이 다가와 인상을 험악하게 구겼다.

"감히 우리 피바다 패거리의 구역을 침범하다니, 살기가 싫은 모양이지? 이 돌고래 선술집이 우리 관할이라는 사실을 모를 리는 없을 텐데."

"아, 우린 단순히 술을 마시러 왔을 뿐이야. 알다시피 우리 패거리는 관할하는 술집이 없잖아."

피바다 패거리에 속한 사내가 눈을 부라렸다.

“그거 사실이겠지?”

“그럼, 사실이고말고. 조용히 술만 먹다 갈 테니 걱정하지 붙들어 매. 매상도 듬뿍 올려줄 테니 말이야.”

느긋한 대응에 피바다 주먹패들이 어느 정도 경계심을 풀었다.

“돈도 좋지만 네놈들이 우리 관할 구역에서 어슬렁거리는 꼴을 보기 싫으니 어서 먹고 꺼지도록 해.”

단단히 으름장을 놓은 덩치들이 탁자 하나를 잡고 앉았다. 모양새를 보니 그 자리에서 빌스 패거리를 감시하려는 듯한 모습이었다. 쓴웃음을 지으며 고개를 흔드는 빌스의 눈에 2층에서 내려오는 조셉의 모습이 들어왔다.

“어떻게 되었나?”

“성공했습니다. 놈들이 시커먼 피를 토하며 엎어져 있는 것을 확실히 확인했습니다.”

“흠. 수고했다.”

빌스가 조직원들을 둘러보며 주의사항을 설명했다.

“조금 있다가 올라가서 놈들의 시체를 수습한다. 외곽으로 가지고 가서 흔적도 없이 묻어버려야 해.”

“알겠습니다. 걱정 마십시오.”

“시체를 처리하고 객실을 청소하면 아무도 모를……”

그때 빌스의 눈이 퉁방울만 해졌다. 2층에서 계단을 내려오는 누군가를 본 그가 믿을 수 없다는 듯 고개를 절레절레 흔들었다.

"어, 어떻게 된 거야?"

계단에서 내려오는 자는 리셀이었다. 아직까지 독기가 완전히 빠지지 않은 듯 안색이 창백하기 그지없었다. 얼굴이 시커멓게 변한 카르시안은 축 늘어진 채 리셀에게 업혀 있었다. 힘들게 비틀거리며 내려오는 리셀을 본 점원이 당황해서 다가갔다.

"소, 손님."

"다가오지 마시오."

리셀의 제지에 도와주려던 점원이 주춤했다. 지금 리셀의 입장에선 여관 점원을 믿을 수 없는 것이 당연했다. 독이 들어 있는 술을 주고 간 자가 자기 입으로 여관 점원이라고 했기 때문이었다. 그러나 여관 아래층을 본 그는 금세 내막을 알아차렸다.

몇 시간 전 카르시안의 마법에 걸려 단단히 혼쭐이 난 주먹패 두목의 얼굴이 시선에 들어왔다. 그 옆에 서 있는 자는 자신들에게 독주가 든 병을 건넨 바로 그 여관 점원이었다. 리셀의 입가에 싸늘한 미소가 스쳐 지나갔다.

'흠, 그렇게 된 것이로군.'

생각을 정리한 리셀이 비틀거리며 1층에 내려섰다.

"신관을 불러주시오. 마법사님이 중독되었소."

그 말에 점원이 당황했다. 손님이 중독되었다면 묵었던 여관에 여파가 미치지 않을 수가 없다.

"그럴 것이 아니라 직접 신전으로 가야겠소. 제일 가까운 신전이 어디요?”

“제, 제가 안내해 드리겠습니다.”

점원 한 명이 나섰다. 리셀이 황급히 뒤를 따라 여관을 나섰다.

그 모습을 지켜보던 빌스가 화가 잔뜩 난 표정으로 조셉을 쳐다보았다.

“어찌 된 거냐? 분명 둘 다 중독 시켰다고 하지 않았느냐?”

“그, 그랬습니다. 젊은 녀석이 시키면 피를 게워내는 것을 똑똑히 보았습니다.”

“멍청한 자식.”

진득하게 욕지거리를 내뱉은 빌스가 재빨리 명령을 내렸다.

“애들을 모아라. 신전으로 가는 길을 차단해서 애송이를 처리해야 한다. 마법사가 정신을 차리면 모든 것이 끝장이야.”

“아, 알겠습니다.”

상황의 심각성을 알아차렸는지 조직원들이 황급히 달려나갔다. 그러고도 마음이 놓이지 않았는지 빌스가 조직원 한 명을 불렀다.

“너는 저 애송이를 따라가라. 혹시라도 다른 신전으로 갈지 모르니 종적을 놓쳐서는 안 된다.”

“알겠습니다.”

그러나 리셀이 목표한 곳은 신전이 아니었다. 여관을 나서

자마자 리셀이 점원에게 다른 곳으로 길 안내를 부탁했다.

"신전 말고 마탑의 지부로 안내해주시오."

"네? 마탑의 지부는 지금 이 시간이면 문을 닫았을 텐데요?"

"상관없소. 그곳으로 안내해주시오. 이분은 마탑 소속의 마법사이시오."

그제서야 상황을 알아차린 점원이 다급한 얼굴로 몸을 돌렸다.

"절 따라오십시오."

대로를 따라 질주하는 점원의 뒤를 리셀이 바짝 붙어 뒤따랐다. 맨몸으로 달려가는 점원에게 전혀 뒤처지지 않았다.

마탑의 지부는 여관에서 약 30분 거리에 있었다. 점원이 땀을 뻘뻘 흘리며 앞서 달려갔다. 반면 카르시안을 업고 뒤따르는 리셀은 별반 힘든 기색을 보이지 않았다.

몸속의 마나 덩어리가 끊임없이 순환하며 세포와 신체 장기에 활력을 불어넣어 주는 상황이었다. 그 와중에 몸속에 남아 있던 잔독마저 모공을 통해 배출되었다. 그 효능에 리셀이 혀를 내둘렀다.

'마나의 효능이 해독작용까지 할 줄은 몰랐군.'

정확히 따지면 해독작용을 한 것이 아니라 신체에 잠식해 들어오는 독을 빨아들여 체외로 내보낸 것이었다. 만약 그런 마나의 작용이 아니었다면 리셀은 이미 죽었을 것이다.

이런저런 생각을 하며 달리는데 뒤에서 어지러운 발걸음 소리가 들렸다. 고개를 돌려본 리셀의 안색이 굳어졌다. 여관에서 본 폭력배 두목이 십여 명의 부하를 대동하고 맹렬한 기세로 추격하고 있었다.

"엎친 데 덮친 격이로군."

리셀이 재빨리 앞서 달리는 점원을 따라붙었다.

"추격자가 있소. 더 빨리 달리시오."

"추, 추격자라뇨?"

"우리에게 독을 쓴 자들 같소. 서두르시오."

그러나 점원은 이미 숨이 턱에 닿아 있는 상황이었다. 더 이상 달리기 힘들 것 같았기에 리셀은 길 안내를 받는 것을 포기했다.

"어쩔 수 없군. 마탑의 지점으로 가는 길을 알려주시오."

땀을 뻘뻘 흘리며 달리던 점원이 대답했다.

"이 길을 따라 쭉 달리다가 큰 원형광장에서 오른쪽으로 틀면 됩니다. 정면에 보이는 큰 건물이 마탑의 지점입니다."

"고맙소."

고개를 끄덕인 리셀이 속도를 올렸다. 어마어마한 속도로 달려나가는 리셀을 본 점원이 입을 딱 벌렸다.

"세, 세상에. 한 사람을 업고도 저렇게 빨리 달릴 수 있다니……."

다리가 풀어지는 것을 느낀 점원이 그 자리에 털썩 주저앉

앉다. 자신의 한계 이상으로 달렸기 때문에 도무지 다리에 힘이 들어가지 않았다. 그때 누군가가 점원의 멱살을 덥석 잡아올렸다.

"저놈이 어디로 가는 거냐?"

필사적으로 추격해온 빌스였다. 당황한 점원이 겁에 질려 사실대로 털어놓았다.

"마, 마탑의 지점으로 안내해 달라고 했습니다."

빌스의 안색이 새하얗게 질렸다. 설마 설마 했는데 우려가 현실로 다가왔다.

'빌어먹을……. 진짜 마탑 소속 마법사였군.'

그가 더 이상 생각할 것도 없다는 듯 부하들을 채근했다.

"어서 잡아라. 잡지 못하면 우린 끝장이다."

부하들의 얼굴도 사색이 되었다. 유난히도 동료를 챙기는 것이 마법사들의 습성이다. 만약 마탑의 지부에서 이 사실을 알게 될 경우 마르타의 암흑가는 발칵 뒤집힐 것이 틀림없었다.

"반드시 잡아야 해. 이번에는 놓치면 안 돼."

그러나 주먹패거리들의 악몽은 계속되었다. 축 늘어진 마법사 한 명을 업고서도 리셀은 여전히 잘 달렸다. 마나가 끊임없이 불어넣어 주는 활력을 받으며 리셀은 달리고 또 달렸다. 등에 업은 카르시안의 무게감도 느껴지지 않는 듯했다.

"뭐, 뭐야?"

야밤에 벌어진 추격전을 마르타의 시민들이 기겁을 하며 쳐다보았다. 축 늘어진 노인을 들쳐멘 젊은 청년과 한눈에 보기에도 주먹패로 보이는 사내 열 명의 추격전은 눈이 휘둥그레질 만한 광경이었다.

"늦은 시간에 뭐하는 짓이지?"

몇몇 시민들이 혀를 끌끌 찼지만 그들이 내막을 알 리가 없었다.

정신없이 달리던 리셀은 덩치들보다 한발 앞서 마탑의 지부에 도착할 수 있었다. 부유한 마탑의 재정을 보여주듯 지부의 정문 앞에는 갑옷을 잘 차려입은 용병들이 경비를 서고 있었다. 어둠을 뚫고 달려오는 리셀과 추격자들을 보자 그들이 창을 앞으로 겨눴다.

"정지하라."

"이곳은 마탑 지부다. 함부로 뛰어들 경우 공격하겠다."

그러나 리셀은 달리는 것을 멈추지 않았다.

"기, 길을 열어주시오. 이분은 마탑에 소속된 마법사이시오. 독에 당해 기식이 엄엄하니 추격을 막아주시오."

그 말에 용병들의 안색이 확 변했다. 축 늘어진 채 업혀 있는 노인이 마탑 소속 마법사라면 정말 보통 일이 아니었다. 용병들이 리셀에게 겨눈 창을 거뒀다.

"아, 알겠소."

몇몇 용병들은 추격을 차단하기 위해 달려나갔다. 그 모습을 본 빌스는 맥이 탁 풀리는 것을 느꼈다. 암흑가의 주먹패인 그들이 전장에서 단련된 용병들을 상대할 순 없었다. 이제 모든 것이 끝장난 것이다.

"젠장. 추격을 중지하고 튀어."

주춤한 조직원들이 일제히 몸을 돌려 달리기 시작했다. 귓전으로 두목 빌스의 주의사항이 들려왔다.

"모두 뿔뿔이 흩어져 숨는다. 근거지는 지금 이 시간부로 폐쇄한다."

"아, 알겠습니다. 두목."

마탑의 지부는 순식간에 발칵 뒤집혔다. 리셀이 카르시안의 신분증을 제시하자 용병들은 깜짝 놀라 상부에 보고했다.

"그게 사실인가?"

보고를 받은 당직 마법사가 달려나왔다. 천운으로 지점에서 가장 높은 클래스의 마법사가 당직을 서고 있었다. 그는 카르시안을 보자마자 해독마법을 펼쳤다.

"마나의 권능으로 모든 독의 존재를 부정할지어다. 디톡시케이션!"

마법사의 손에서 일어난 빛 무리가 카르시안의 몸에 작렬했다. 마나가 썰물처럼 빨려들며 카르시안의 몸을 잠식한 독 기운을 증발시켰다. 조금씩 원래대로 돌아오는 카르시안의 안색을 보며 리셀이 한숨을 내쉬었다.

"다행이로군요."

카르시안의 맥을 짚어본 당직 마법사도 이마에 흥건한 땀을 닦아냈다.

"조금만 늦었으면 큰일 날 뻔했군. 이미 죽은 자에겐 해독 마법도 무용지물이지. 그건 그렇고."

역시 고위급 마법사는 달랐다. 캐스팅하는 속도가 카르시안과는 비교도 되지 않는다. 감탄하고 있는데 당직 마법사가 매처럼 날카로운 눈으로 리셀을 쳐다보았다.

"그대는 누군가? 카르시안과 무슨 관계이지?"

리셀이 즉시 대답했다.

"여행 중인 견습기사입니다. 카르시안님과는 우연히 만나 계약을 맺었습니다. 베네아 공국을 거쳐 아스트리아 제국까지 호위를 해 드리기로 말입니다."

"호위? 카르시안이 호위도 없이 움직였단 말인가?"

"아스트리아에서 용병 네 명을 고용해서 오셨는데 그들이 수작을 부렸습니다. 해서……."

리셀은 카르시안으로부터 들은 자초지종을 차분한 어조로 설명했다. 그럼에도 불구하고 당직 마법사는 리셀에 대한 의심을 거두지 않았다.

카르시안이 회복실로 옮겨진 뒤 그는 리셀을 자신의 집무실로 데리고 갔다. 네 명의 용병이 동석한 것을 보니 리셀을 아직까지 믿고 있지 않은 것처럼 보였다.

"내 이름은 칼리스타일세. 자네에게 몇 가지 물어보겠네. 사실대로 대답해주게."

"말씀하시지요."

"카르시안이 어쩌다가 중독된 것이지? 저 독은 귀족가문에서나 사용 가능한 고급 독이야. 어쩌다가 저런 독에 당했는데 상세히 말해주게."

"사실은……"

리셀이 지나온 일들을 설명했다. 먼저 자신의 신분내력을 밝힌 뒤 일전에 마르타에 와서 겪었던 일과 이후 카르시안과 만난 이후 생긴 일들을 하나둘 설명해나갔다. 거리의 소년에게 유인당해 덩치들과 맞닥뜨린 일을 설명한 리셀이 심중의 의견을 토로했다.

"당시 녀석들은 카르시안님의 마법에 호되게 당했습니다. 정신을 차리지 못하고 기침과 재채기를 하며 고통스러워했습니다. 아마도 놈들은 거기에 앙심을 품은 것 같습니다."

"흠. 어느 정도 일리가 있군. 자네 말대로라면 그자들이 범인이 거의 확실할 것 같군."

마법사 칼리스타가 근엄한 표정을 지었다.

"이건 보통 문제가 아니네. 마탑의 지부가 있는 곳에서 마법사가 습격을 받았네. 그것도 마탑에 소속된 마법사이니 문제가 더 심각하지. 따라서 자넨 카르시안이 깨어나 모든 의혹이 풀릴 때까지 이곳에 머물러야 하네. 알겠는가?”

리셀은 칼리스타의 말을 받아들였다. 달리 선택의 여지가 없었다.

“알겠습니다. 그렇게 하겠습니다.”

칼리스타가 용병 하나를 불러 지시를 했다.

“이 견습기사에게 방 하나를 내어주도록 하시오.”

그 뒤로 눈짓이 오갔다. 출입을 감시하라는 지시 같았다. 기분이 나빴지만 리셀은 꾹 눌러 참았다.

‘어쩔 수 없다. 마스터께서 말씀하시길 모든 것이 내가 약해서 일어나는 일이라고 하셨다.’

마스터의 당부를 되새긴 리셀이 잠자코 용병의 뒤를 따라갔다.

제5장
마탑의 복수

  마탑은 즉각 행동에 나섰다. 휘하 마법사들을 유난히 챙기는 것이 마탑의 속성이다. 전체적인 마법사의 권익을 보호하려는 것이 그 이유였다. 그런 그들이 감히 마탑 소속 마법사를 독살하려 한 암흑가 주먹패를 가만히 내버려둘 리가 없었다.

  그러나 빌스 패거리는 이미 잠적한 상황이다. 마르타에서 활동하는 수백, 수천 개의 소규모 주먹패 조직 중에서 빌스 패거리를 찾아내는 것은 사막에 떨어진 바늘을 찾는 것이나 다름없었다.

  오죽하면 범죄자들이 붙들리지 않으려고 마르타로 숨어들

겠는가? 그러나 마법사들은 하나같이 영리한 족속들이다. 때문에 그들은 가장 효율적이고 효과적인 방법을 사용했다.

마탑 지부에서는 하나의 포고를 내걸었고 그것으로 인해 마르타가 발칵 뒤집혀버렸다.

—마탑 소속의 마법사를 독살하려 한 혐의로 마르타 암흑가 조직원들을 현상수배한다. 두목인 빌스에게는 100골드를, 그 이하 조직원들에게는 일인당 20골드의 현상금을 건다. 반드시 수배자가 살아 있어야 현상금을 지급받을 수 있다.

100골드! 평범한 사람으로서는 상상도 하기 힘든 거금이다. 평범한 농민 일가의 1년 생활비가 고작해야 2~3골드 정도이다. 100골드라면 아이를 낳을 수 있는 젊고 건강한 여자 노예를 네 명이나 살 수 있는 금액이다. 당연히 마르타에서 살아가는 사람들의 관심을 단단히 끌 수밖에 없었다.

"반드시 잡아야 해."

"잡기만 하면 팔자를 고칠 수 있어."

마르타에서 활동하는 현상금 사냥꾼들이 눈을 벌겋게 뜨고 빌스 패거리를 찾아다녔다. 100골드라는 거액의 현상금이 걸리긴 했지만 대상은 단순한 암흑가 주먹패거리들이다. 반역죄를 저지른 기사나 실력 있는 용병이 아니기 때문에 그들은 아무런 거리낌 없이 빌스 일당을 찾아다녔다.

시간이 지날수록 수색에 가담하는 자들이 늘었다. 현상수배가 내걸린 지 한 시간 뒤에는 빌스 패거리와 같은 암흑가 주먹패 조직원들마저 혈안이 되어 수색에 가담했다. 경쟁 관계인 그들이 빌스 패거리에게 의리를 지켜야 할 이유는 어디에도 없다.

사정이 그렇다 보니 빌스 패거리는 오래 버티지 못했다. 범죄자의 생리는 범죄자가 가장 잘 이해한다고, 암흑가 주먹패들이 대거 수색에 가담하자 꼭꼭 숨어 있던 빌스 패거리는 불과 한나절도 버티지 못하고 붙들리고 말았다.

"놈들을 죽여서는 안 돼."

"산 채로 잡아가야 현상금을 받을 수 있어."

조직원 한 명이 붙들리고 나자 나머지도 순식간에 붙잡혔다. 마지막으로 두목인 빌스마저 주먹패 이십여 명의 손에 붙들려 은거지에서 끌려나왔다.

"어, 어찌 나에게 이럴 수 있나? 암흑가의 주먹패가 마법사의 앞잡이 노릇을 하다니……."

"쓸데없는 소릴 하는군. 돈을 준다는데 가릴 게 어디 있겠어? 의리? 흐흐흐. 밑바닥 인생들 사이에 무슨 얼어 죽을 의리가 있다고?"

주먹패들은 빌스와 그 부하들을 꽁꽁 묶어서 마탑의 지부로 압송했다. 중간 중간 현상금을 노린 습격이 두어 번 있었지만 다섯 개의 조직이 연합하여 빌스 패거리를 호송했기에 불상사는 일어나지 않았다.

　결국 빌스 패거리는 꽁꽁 묶인 채 마탑의 지부로 인도되고 말았다. 마탑에서는 빌스 패거리를 보자 어김없이 약속을 지켰다.

　"여기 현상금이 있소. 두목인 빌스에게 내건 현상금이 100골드, 부하 열두 명에게 각각 20골드씩 240골드, 합쳐서 340골드구려. 여기 받아가시오."

　뜻밖의 거금에 주먹패들의 입이 딱 벌어졌다.

　"아, 앞으로도 저희 도움이 필요하시면 언제든지 여, 연락 주십시오."

　금화가 든 자루를 짊어지고 희희낙락해 하며 물러가는 주먹패들의 뒷모습을 망연히 쳐다보던 빌스의 안색은 어둡기 그지없었다. 마탑에서 자신들을 잡는 데 무려 300골드가 넘는 현상금을 지급했다. 그 말은 마탑에서 자신들을 단단히 벼르고 있다는 뜻이다.

　'젠장, 괜한 짓을 해가지고.'

　마법사와 애송이를 괜히 건드렸다는 후회가 밀려왔지만 이미 엎질러진 물이다. 빌스와 그의 부하 열두 명은 꽁꽁 묶인 채 마법사들의 손에 이끌려 마탑의 지부 안으로 끌려갔다.

　지부로 압송된 빌스 패거리들에게 가장 먼저 행해진 것은 심문이었다. 마법사들의 조직인 마탑이라 그런지 심문의 과정이 다른 곳과 판이하게 달랐다.

　각급 영주나 시의 자치대에서는 이런 경우 용의자들에게 고문을 가해 진술을 받아낸다. 그러나 마탑에서는 고문이라는 잔인하지만 효율적인 수단을 쓰지 않았다. 그들에겐 마법이라는 더욱 효과적인 수단이 있었기 때문이었다.

　"마탑의 마법사님을 독살하려고 한 이유는 복수심 때문입니다. 제 휘하 조직원 두 명이 그분의 마법에 걸려 죽었거든요. 그렇게 생각하면 안 되었는데……."

　말꼬리를 흐리는 빌스의 눈동자는 몽롱하게 풀려 있었다. 그는 지금 매혹마법에 걸려 있었다. 심문하는 마법사를 자신의 부모보다도 더욱 믿을 수 있는 친근한 존재로 인식하여 심중의 말을 모두 털어놓게 만드는 정신계마법, 마탑의 마법사들은 이 매혹마법을 사용하여 빌스 패거리들의 밑천을 그야말로 깡그리 털어내고 있었다.

　"그렇다면 리셀이라는 견습기사와는 한 패거리가 아니라는 말인가?"

　"리셀요? 그가 누구죠?"

　"너희들이 털려고 했던 견습기사 말이야."

　"아, 물론 그런 애송이와는 한패가 아닙니다. 그런데 애송이가 달리기만 잘하는 줄 알았더니 검술 실력도 제법 매섭더군요."

　완전히 매혹마법에 현혹된 빌스는 모든 것을 사실대로 털어놓았다. 사무원 한 명이 달라붙어 빌스의 진술을 꼼꼼하게 종이에 기록했다. 빌스의 부하들 역시 비슷한 신세였다. 하나도 남김없이 마법사에게 심문을 받고 있는 것이다.

문제는 리셀이었다. 마탑의 지점에서는 리셀을 믿고 있지 않았다. 그는 마법사 카르시안을 업고 마탑까지 달려와서 목숨을 건질 수 있게 해준 은인이다. 하지만 마법사란 인종은 원래부터 다른 사람을 잘 믿지 않는 족속이다.

"분명 뭔가 꿍꿍이가 있을 것이다. 그렇지 않고서야 어찌 혼자만 독에 중독되지 않았단 말인가? 그에게 심문을 허락한다. 매혹마법을 걸어 심중의 모든 것을 알아내도록 하라."

마탑의 지부장인 칼리스타가 내린 명령이었다. 카드리안은 해독 단계에 있었기 때문에 의식이 없어 그것을 제지하지 못했다.

그에 따라 지부 소속의 중급 마법사 세미안이 직접 리셀의 심문에 나섰다.

"대상의 모든 의지를 꺾을지어다. 어트랙션."

매혹마법이 펼쳐졌다. 마나가 재배열되며 변화한 마나가 리셀의 머릿속을 파고들어 갔다. 리셀은 꼼짝없이 매혹마법에 당할 위기에 처했다. 건장한 용병 네 명이 그의 팔다리를 꼭 붙들고 있었기 때문이었다. 처음 용병들이 방 안에 난입했을 때 리셀은 그들을 경계하지 않았다. 때문에 용병들이 달려들어 찍어 눌렀을 때 거의 저항을 하지 못했다.

"이게 뭐하는 짓이오?"

리셸이 거세게 항의했지만 용병들은 아랑곳하지 않았다. 마법사의 매혹이 걸리면 상대는 조금 전 일어났던 일을 전혀 기억하지 못한다. 마법사들이 심문을 마친 다음 마법을 걸어 기억을 지워버리기 때문이다. 때문에 용병들은 아무 거리낌 없이 리셸에게 손을 댔다.

"가만히 있어."

"시끄럽게 굴면 재미없어."

그렇게 옴짝달싹하지 못하게 눌러둔 다음 들어온 자는 마법사 세미안이었다. 그는 방에 들어오자마자 마법을 캐스팅했다. 빌스 일행으로부터 수월하게 진술을 받아낸 매혹마법이 리셸을 대상으로 펼쳐졌다. 그러나 애석하게도 마법은 리셸에게 걸리지 않았다.

"뭐, 뭐야?"

세미안이 마법을 시전하는 순간 리셸은 마나의 흐름을 똑똑하게 느꼈다. 마나가 기이하게 재배열되며 변화하는 과정이 확연히 보였다.

'마법에 걸릴 수는 없어.'

리셸은 본능적으로 마나를 움직이려 했다. 그러나 정신집중을 할 수 없는 상황이었기 때문에 마나는 순순히 통제에 따르려 하지 않았다. 그러나 리셸은 지금 용병 네 명이 내리누르는

데 강렬히 저항하는 상황. 숨이 가빠지자 마나가 스르르 움직였다. 의도적으로 움직이려 할 때에는 그토록 말을 듣지 않던 마나가 몸이 원하자 자동으로 움직이는 것이다. 그 순간 세미안의 마법이 작렬했다.

번쩍.

눈부신 빛기둥이 리셀의 몸을 훑고 지나갔다. 그런데 몽롱하게 풀려야 할 리셀의 눈동자는 변화가 없었다. 움직이는 몸속 마나의 흐름과 상쇄되어 마법의 효력이 무효화된 것이다. 세미안이 믿을 수 없다는 듯 눈을 크게 떴다.

"이게 어찌 된 일이지?"

세미안은 4서클의 벽을 돌파한 마법사이다. 아직까지 중견으로 불리진 못하지만 이 정도로 오래 캐스팅을 했으면 실패할 리가 없다. 당혹한 세미안이 재차 캐스팅에 들어갔다. 리셀을 누르고 있던 용병들이 울상을 지었다.

"빠, 빨리 해주십시오. 이 녀석 힘이 보통이 아닙니다."

용병들은 하나같이 리셀을 누르느라 진이 빠진 상태였다. 그러나 리셀은 몸속을 흐르는 마나로부터 끊임없이 활력을 부여받고 있는 상황이다. 시간이 지날수록 힘이 빠지는 용병들과는 상황 자체가 달랐다.

세미안이 땀을 뻘뻘 흘리며 캐스팅에 들어갔다. 매혹이란 상당히 높은 클래스의 마법이라 족히 1분 이상의 캐스팅 시간이 필요했다. 이윽고 주문을 마친 세미안이 마법을 발현시켰다.

"어트렉션."

눈부신 빛기둥이 리셀의 몸에 작렬했다. 마나가 틀림없이 재배열된 것을 느낀 세미안이 회심의 미소를 지었다. 그러나 그 미소는 나타나는 것보다 더 빨리 사라져버렸다.

"뭐, 뭐야?"

이번 마법도 걸리지 않았다. 리셀의 눈은 여전히 초롱초롱했던 것이다. 그 사이 리셀이 힘이 빠진 용병 한 명을 뿌리쳤다.

"어이쿠."

용병 한 명이 비명을 지르며 나가떨어졌다. 그 틈을 타서 리셀이 허리춤의 검집을 풀어 들었다. 이어 용병 한 명이 검집에 면상을 격타당해 뒤로 벌렁 자빠졌다.

퍼억.

그쯤 되자 용병들도 리셀을 놓고 물러날 수밖에 없었다.

챵 촤챵.

무기를 뽑아든 용병들을 보자 리셀 역시 망설임 없이 검을 뽑아들었다. 부릅뜬 눈에서는 불똥이 토해지는 듯했다. 극도로 화가 난 모습이었다.

"조, 조심해."

"마법사님을 우선적으로 보호해."

용병들이 세미안을 둘러싸고 경계 태세를 취했다. 그 사이 세미안이 다른 마법을 캐스팅했다. 우선 리셀을 무력화시키는 것이 급했기 때문에 세미안이 이번에는 슬립마법을 캐스팅했다.

"슬립."

그러나 이번에도 역시 마법이 발동되지 않았다. 아니, 발동되었지만 리셀의 몸에 작용하지 않은 것이다. 세미안이 황당하다는 듯 눈을 크게 떴다.

"어찌 이런 경우가 있나? 슬립까지 통하지 않다니……."

매혹마법이야 세미안이 펼치기에 벅찬 고서클 마법이니 그럴 수도 있었다. 그러나 마법사들이 흔히 사용하는 초급 마법인 슬립까지 통하지 않는다는 것은 뭔가 문제가 있다는 뜻이다. 귓전으로 리셀의 거친 음성이 파고들었다.

"이게 도대체 무슨 짓이오. 제아무리 마탑이라 할지라도 아무 죄도 없는 나를 이렇게 대할 순 없소."

세미안은 그 말에 대답하지 않았다. 아니, 대답할 권한이 없다는 것이 정확한 사실이었다.

"우, 우선 물러가도록 하지."

세미안은 용병 네 명과 함께 조심스럽게 뒷걸음질쳐서 방을 빠져나왔다. 용병들이 리셀이 방에서 빠져나오지 못하도록 견제하는 데 주력했기 때문에 별일 없이 문을 걸어 잠글 수 있었다. 용병과 마법사가 나가고 문이 닫혔다. 감옥 문에 버금갈 정도로 견고한 강철 문이었다.

철컥.

홀로 남겨진 리셀이 입술을 질끈 깨물었다. 설마 마법사들이 이렇게 경우 없게 나올 줄은 몰랐다. 물론 마법사들로서는 기억삭제의 마법을 믿고 행동한 것이었지만 애석하게도 리셀은 마법에 걸리지 않는 체질이었다. 몸에 충만한 마나가 순환하며 마법의 발동을 원천봉쇄 해버리는 것이다.

"나쁜 놈들."

화를 참지 못해 연신 씨근거리는 리셀이었다. 그러나 약자인 리셀로서는 어쩔 수 없었다. 현재 상태에서 힘을 가진 자는 마탑의 지부였다.

"도대체 나에게 무슨 마법을 걸려고 했을까?"

그러나 그것까지는 알 수 없었다. 조용히 갇혀 있을 수밖에 없는 것이 리셀의 처지였다.

"끄으으."

가느다란 신음과 함께 카르시안이 눈을 떴다. 방 안의 정경이 흐릿하게 동공에 맺혔다.

"여, 여기가 어디지?"

카르시안의 눈두덩이 가볍게 떨렸다. 그때 굵직한 음성이 귓전을 파고들었다.

"정신이 들었나?"

고개를 돌리자 흐릿한 사람의 얼굴이 잡혔다. 초점이 잡히지 않아서 도무지 용모를 알아볼 수가 없었다. 그러나 계속 눈을 깜빡거리자 조금씩 시력이 회복됐다. 잠시 후 카르시안의 눈에 근엄하게 생긴 중년 마법사의 얼굴이 들어왔다. 순간 카르시안의 눈이 커졌다.

"카, 칼리스타 선배님?"

시야에 들어온 것은 마탑 시절 안면을 익혀둔 선배 마법사 칼리스타였다. 그가 무표정한 얼굴로 카르시안을 내려다보고 있었다.

"오랜만이로군. 몸은 좀 어떤가?"

카르시안이 급히 몸을 일으키려 했다. 그러나 몸에 도무지 힘이 들어가지 않았다. 그 모습을 보던 칼리스타가 손을 들어 올렸다.

"아직 기력이 없을 걸세. 치료마법을 걸어줄 테니 잠시만 가만히 있게."

칼리스타가 들어 올린 마법 지팡이의 머리 부분에서 눈부신 섬광이 일어났다. 빛줄기가 정확히 카르시안의 몸에 작렬했다. 힐링을 받자 카르시안의 몸에 다소나마 활력이 생겨났다. 겨우 상체를 일으킨 카르시안이 머리를 숙여 절을 했다.

"오, 오랜만입니다. 칼리스타님. 그, 그런데 이곳에는 어인 일로."

"아스트리아를 떠나온 이후 쭉 마르타 지부를 맡고 있었다네. 그나저나 자넨 어쩐 일인가? 마탑과 통신을 해본 결과 고향에 간다며 용병을 고용해 떠났다는 회신을 받았네. 그런데 왜 이 꼴이 된 것이지?"

카르시안이 침중한 어조로 그간의 일을 설명했다. 고용한 용병들로부터 배신당한 일과 그 이후의 일을 나지막한 어조로 이야기했다. 설명을 들은 칼리스타가 한숨을 푹 내쉬었다.

"리셀이라는 견습기사의 진술과 맞아떨어지는군. 그렇다면 그의 말이 사실이란 말인가?"

"그, 그렇습니다. 그 견습기사 덕분에 위기를 모면했지요. 그건 그렇고 그동안 무슨 일이 있었습니까? 여관에서 독이 든 술을 먹은 것까지는 기억이 나는데……."

중독당한 사실을 알고 급히 해독마법을 캐스팅하다가 기절한 것이 카르시안이 기억하는 전부였다.

"그 리셀이라는 견습기사가 중독된 자네를 업고 이곳으로 찾아왔더군. 조금이라도 시간이 지체되었다면 자넨 회복하지 못했어."

카르시안의 눈꼬리가 파르르 떨렸다.

"그가 저를 두 번 살려주었군요. 용병들에게서 구해준 데 이어 중독된 날 이곳으로 데리고 오다니 말입니다."

"사실 난 그 견습기사가 주먹패거리들과 한패인 줄 알았어. 자네는 중독되었는데 그자는 전혀 중독되지 않았더군. 그래서 그를 의심할 수밖에 없었지."

그 말에 카르시안의 안색이 확 변했다.

"그렇지 않습니다. 리셀은 지금까지 술을 먹어본 적이 없었다고 하더군요. 마스터가 워낙 엄격해서 수련하는 동안 단 한 방울도 술을 먹어보지 않았다고 합니다. 안 먹으려는 그를 억지로 마시게 한 것은 저입니다.”

“그에 대한 의혹은 어느 정도 풀렸어. 빌스 패거리라고 했나? 자네를 중독 시킨 주먹패거리들을 모조리 잡아서 지부에 가둬두었지. 그들의 증언대로라면 리셀이란 견습기사는 그들과 작당한 일이 전혀 없더군.”

그 말에 카르시안의 얼굴에 노기가 치솟았다.

“그자들은 지금 어디 있습니까? 놈들을 당장.”

“그럴 필요 없네. 지부에서는 놈들을 내일쯤 마르타 시의 재판정에 세울 걸세.”

“그건 너무 관대한 처사 아닙니까? 마법사에게 독을 먹인 자들을 어찌?”

칼리스타의 눈가에 진득한 살기가 맺혔다. 마법사에게 위협을 가한 자들은 마탑의 공적으로 간주된다. 통상적인 처벌보다 더욱 혹독한 대가를 치르게 해야 하는 것이 철칙이다.

“더 확실하게 처벌하기 위해 놈들을 재판정에 세우는 거야. 내일 재판에서 자네가 할 일이 있네.”

“뭡니까?”

“정황을 보면 빌스라는 주먹패 두목은 사형이 확실시되네. 마법사를 독살하려 한 죄는 상당히 크지. 종범인 졸개들에겐 십중팔구 노예형이 선고될 테고. 그러니 자네가 나서서 재판장에게 선처를 요청하게.”

카르시안의 눈이 퉁방울만 해졌다.

"이, 이해가 되지 않는군요. 어찌해서."

그러나 이어지는 말에 그는 비로소 칼리스타의 속내를 알아차릴 수 있었다.

"그가 사형선고를 받지 않도록 해야 처벌이 마무리되네. 재판정에서 선처를 호소하면 십중팔구 놈에게 태형을 가한 뒤 노예형을 선고할 거야."

"노, 노예형이라면?"

"시청에서는 주기적으로 열리는 노예경매에 놈들을 내놓을 거야. 그때 우리가 나서서 사들이는 거야."

"……"

"이미 제국의 탑에 요청을 해두었네. 신병을 확보하면 우린 놈들에게 석화마법을 걸어 돌로 만들 생각일세. 그런 다음 지부의 마당에 본보기로 진열하는 거지. 본부에서 파견될 마스터들이 그 일을 해주실 걸세."

카르시안이 진저리를 쳤다. 지부에서 그토록 잔인한 복수를 꾀하고 있을 줄은 몰랐다. 사실 마탑에서 나선다면 노예로 전락한 주먹패들을 사들이는 것은 일도 아니었다.

사실 주먹패 출신 노예는 노예시장에서 별로 인기가 없다. 어여쁜 계집도 아니고, 그렇다고 전장에서 단련된 병사 출신도 아니다. 암흑가에서 굴러먹던 주먹패들을 사들일 만한 곳은 광산이나 채석장뿐이다. 통상적으로 그럴 경우 형편없이 싼 가격에 팔려나간다. 그것을 감안하면 주먹패들은 분명히 마탑의 소유가 될 수밖에 없는 운명이었다.

"소, 소름 끼치는군요. 석화마법을 건다니 말입니다."

"놈들에겐 의당 그 정도 처벌이 필요해. 돌로 만들어 지부의 마당에 전시해둔다면 그것을 본 자들은 감히 마법사를 건드릴 엄두를 내지 못할 거야. 마법사를 암살하려 한 주먹패거리들이라는 팻말을 본다면 말이야."

카르시안이 침울한 표정을 지었다. 복수를 하고 싶은 마음이 굴뚝같았지만 그 정도 처벌까지는 원하지 않았다.

"굳이 그럴 필요까지 있겠습니까?"

"어리석은 소릴 하는군. 이미 마르타 지부는 놈들을 잡아들이는 데 300골드가 넘는 거금을 썼어. 놈들을 돌로 만들기 위해 본부에서 올 마법사들에게도 그 정도 금액을 지급해야 하고."

카르시안의 눈이 화등잔만 해졌다.

"어, 어찌 그런……."

"마법사를 건드리는 자는 누구를 막론하고 확실한 대가를 치러야 한다는 사실을 세상 사람들에게 확실하게 각인시켜야 해. 그래야만 자네가 겪은 그런 일이 다시는 발생하지 않을 것 아닌가? 마음 같아서는 그 죽은 용병 놈들의 가족까지 잡아다 돌로 만들고 싶네. 어디 할 짓이 없어서 마법사를 등쳐먹는단 말인가?"

칼리스타의 숨소리가 급격히 거칠어졌다. 착잡해진 카르시안이 입을 닫았다. 칼리스타의 화살은 이번에는 카르시안에게로 향했다.

"이 모든 것이 자네가 생각 없이 행동했기 때문일세. 질 나쁜 용병 네 명을 고용해서 세상 유람을 다니다니, 정신이 있는 겐가 없는 겐가? 내가 마탑에 있었다면 결코 허락하지 않았을 거야."

할 말이 없었기에 카르시안이 조용히 침묵을 지켰다. 모든 것이 그가 돈을 아끼고자 해서 일어난 일이었다. 동료들의 조언대로 귀족가문에 부탁하여 기사들을 지원받아 출발했다면 이런 일이 없었을 것이다.

"마탑을 떠나온 것 자체가 화근이었어. 어때? 세상이 만만하지 않다는 것을 뼈저리게 느꼈겠지?"

"그렇군요. 마법사에겐 확실히 마탑이 지상낙원이었습니다. 속이려는 자도 없고 등쳐먹으려 하는 자도 없고……."

"4서클이 되지 못한 초급 마법사들의 세상 나들이를 제한하는 것은 바로 그 때문이야. 초급 마법사에겐 자신을 지킬 만한 능력이 없어. 동료들이나 선배들이 말리는 데에는 다 그럴 만한 이유가 있다고."

칼리스타가 카르시안의 눈을 들여다보며 하나하나 추궁해나갔다.

"나 같았으면 애초부터 가족들을 만나러 베네아 공국으로 갈 생각을 하지 않았어."

"그, 그럼 어떻게?"

"가족들에게 초청장을 발송해서 마탑으로 불러들였을 걸세. 자네도 알다시피 마탑을 방문할 수 있는 자는 마법사의 정식 초청을 받은 자뿐이야. 자네 식구들도 오히려 그것을 더 바랄걸? 마탑이 어디 아무나 방문할 수 있는 곳인가? 게다가 자넨 마법물품 제조에 타의 추종을 불허하는 실력을 지니고 있네. 서너 달만 연구를 하지 않고 돈을 모으면 충분히 가족들을 초청할 돈을 만들 수 있지 않나?"

칼리스타의 말이 사실이었기에 카르시안이 고개를 끄덕였다. 실제로 카르시안은 다달이 많은 돈을 벌어들인다. 마법사라기보다는 아티팩트 제조장인으로 평가받는 그이기에 가능한 것이다. 그 돈을 마법 연구에 쓰지 않는다면 실로 엄청난 돈을 모을 수 있다.

그 돈으로 가족에게 초청장을 발송한다면 칼리스타의 말대로 가족들이 더욱 기뻐할 것이다. 마탑은 아무나 방문할 수 없는 곳이기 때문이다.

"어떤가? 아직까지 세상 나들이를 하고 싶나?"

그 말에 카르시안이 고개를 흔들었다.

"이젠 그러고 싶지 않습니다. 밥 한 끼, 술 한 잔 먹는데도 신경을 곤두세우고 싶지 않으니까요. 지금까지 그래 왔던 대로 마탑에서 조용히 살고 싶습니다. 돈을 좀 모은 다음 칼리스타님의 말대로 가족을 초청하는 것이 현명한 행동일 것 같군요."

칼리스타의 입가에 만족스런 미소가 떠올랐다.

"그래야지. 그래야 마탑의 마법사라고 할 수 있지. 그러면 리셀이라는 견습기사와의 계약을 해지하도록 하게. 위약금은 특별히 우리 지부에서 부담하겠네."

"그럴 필요 없습니다. 그에게는 제가 직접 청부금을 지급하겠습니다."

"그게 아니야."

칼리스타가 조용히 손을 흔들었다.

"사실 그 견습기사에게 관심이 있네. 조사 결과 리셀이라는 견습기사는 여관에서 한 컵의 독주를 마신 것으로 판명되었네. 한 컵이라면 치사량을 넘어서는 분량이지. 그런데도 그는 자네를 업고 마탑까지 달려왔네. 놀랍지 않은가?"

"보통 사람보다 독에 저항하는 능력이 뛰어난 거 아닐까요?"

"그렇게 만만한 독이 아니었어. 무엇보다도 그에겐 마법이 통하지 않았어. 지부 소속의 4서클 마법사가 그에게 세 번에 걸쳐 마법을 걸었네. 두 번은 매혹, 한 번은 슬립을 걸었는데 놀랍게도 그는 마법에 걸리지 않았어. 마법 저항력이 상상을 초월하는 자일세. 분명 연구가 필요해."

카르시안의 안색이 침중해졌다.

"하지만 저는 그에게 큰 은혜를 입었습니다. 은인에게 어찌 함부로 할 수 있단 말입니까? 아마도 그건 제가 용납하지 못할 것 같습니다."

그 말에 칼리스타의 눈썹이 꿈틀했다.

"우리 지부는 자네의 복수를 위해 많은 자금을 소모했네. 그런데 그런 것 하나 눈감아줄 수 없단 말인가?"

"그래도 그럴 순 없습니다. 그는 두 번에 걸쳐 제 목숨을 구해주었습니다. 소모된 지부의 자금은 제가 마탑에 돌아가서 갚겠습니다. 600골드라면 1년 정도면 장만할 수 있을 테니까요."

"흠, 그렇다면 할 수 없군."

어쩔 수 없다는 듯 고개를 내저은 칼리스타가 다시 입을 열었다.

"그렇다면 내가 자네와 함께 동석하겠네. 그에게 충분한 대가를 제시하고 고용하는 것까지는 막지 않겠지?"

"그것까지 제가 어찌 관여하겠습니까? 지부장님 뜻대로 하십시오."

"고맙네. 그럼 자네 기력이 회복되는 대로 같이 찾아가도록 하지."

"알겠습니다."

칼리스타가 손을 내밀어 카르시안의 어깨를 두드려주었다.

"우선 몸을 먼저 회복하도록 하게. 아직까지 독이 남아 있어 불편할 걸세."

"신경 써주셔서 감사합니다."

카르시안이 진심 어린 표정으로 고개를 숙였다.

제6장
마법사를 건드린 자들의
운명

잠시 후 카르시안은 칼리스타와 함께 리셀을 찾아갔다.

덜컥.

육중한 음향과 함께 문이 열렸다. 침상에 앉아 명상을 하고 있던 리셀이 깨어났다. 그는 본능적으로 허리춤의 검을 움켜쥐며 경계 자세를 취했다. 또다시 용병들에게 제압당하고 싶지 않았기 때문이었다. 그러나 들어온 자는 용병이 아니었다. 리셀의 눈이 살짝 커졌다.

"카, 카르시안님?"

들어온 자는 안색이 창백한 카르시안이었다. 리셀을 보자 그가 얼굴 가득 미소를 떠올렸다.

“반갑네, 리셀.”

“회복되셨군요. 정말 다행입니다.”

“자네 덕일세. 자네가 중독된 날 지부로 데리고 왔다며? 정말 고맙네.”

카르시안의 얼굴에는 진심이 가득했다. 진정으로 리셀에게 고마워하고 있는 것이다.

“별말씀을요. 그나저나 다시 뵙게 되어 반갑습니다.”

“그건 그렇고 미안한 말을 해야 할 것 같네.”

카르시안이 겸연쩍은 표정을 지으며 뒷머리를 긁적거렸다.

“원래 자네와 함께 고향을 경유해서 아스트리아 제국으로 돌아가기로 했지만 사정이 바뀌었네. 중독까지 당하다 보니 여행하는 것이 두려워졌어. 그래서 몸이 회복되는 대로 제국으로 곧장 돌아가려 하네. 때문에 자네와의 계약을 중도에 철회해야 할 것 같네.”

리셀이 어쩔 수 없다는 듯 고개를 끄덕였다.

“그러시다면 할 수 없지요. 부디 안전하게 돌아가시길 기원하겠습니다.”

“대신 약속했던 돈은 모두 지급하겠네. 50골드를 준다고 했지?”

“일부만 주셔도 되지만 사정이 절박하다 보니 사양하지 않겠습니다. 대신…….”

카르시안의 뒤에 버티고 서 있던 칼리스타를 힐끔 쳐다본 리셀이 음성을 낮췄다.

"계약 해지는 마탑의 지부를 벗어나서 해주십시오. 잔금도 그때 지급해주시고요."

"왜, 그러지?"

"솔직히 말해 카르시안님은 믿습니다. 하지만 마탑의 지부 사람들은 좀처럼 믿지 못하겠군요."

그 말에 칼리스타의 안색이 미미하게 변했다. 리셀이 이처럼 노골적으로 나올 줄은 몰랐기 때문이었다. 익히 예상했다는 듯 카르시안이 고개를 끄덕였다.

"이곳에서 무슨 일을 겪었는가?"

"난데없이 용병 네 명이 들어와 저를 찍어 누르더군요. 한 마디 말도 없이 말입니다. 그런 다음 마법사가 들어와 마법을 걸려고 하더군요. 숙련도가 떨어져서 그런지 걸리지 않았습니다만."

"호! 그런 일이 있었나?"

리셀의 눈동자에는 분노의 빛이 짙게 서려 있었다.

"마탑의 지부에서 이렇게 경우 없이 나올 줄은 몰랐습니다. 무슨 마법을 걸려고 했는지 몰라도 이미 저는 기사의 명예를 걸고 모든 것을 진술했습니다. 그런데도 그렇게 막무가내로 대하니 저로서는 도저히 마탑 지부의 처사를 받아들일 수가 없군요. 미리 마법을 걸겠다고 한마디라도 말을 했다면 저도 이렇게 화가 나지는 않았을 것입니다."

그때 뒤에서 듣고 있던 칼리스타가 나섰다.

"그 점에 대해서는 사과하겠네. 아무래도 하급 마법사가 의욕에 넘쳐서 실수를 한 것 같네. 내가 그를 불러다 단단히 야단치겠네."

물론 새빨간 거짓말이다. 리셀에 대한 심문 명령은 칼리스타가 직접 내린 것이었다. 그때까지만 해도 그들은 뒤탈을 전혀 염려하지 않았다. 기억을 지워버리면 아무런 후환이 없기 때문이었다. 하지만 눈앞의 견습기사에겐 애석하게도 마법이 걸리지 않았다. 마법 저항력이 상상을 초월하거나 아니면 정령사의 자질이 있는 경우를 생각해볼 수 있다.

'어떻게든 조사해봐야 해. 만에 하나 가슴에 마나홀을 형성한 빛나는 검의 후보자일 수도 있어.'

이미 그는 카르시안과 많은 대화를 나누었다. 그중에는 리셀이 카르시안에게 마나 집적 마법진을 펼쳐달라고 한 내용도 있었다.

그 말을 들은 순간 칼리스타의 눈빛이 예리하게 빛났다. 어릴 때부터 마스터로부터 제대로 교육받았을 경우 심장에 마나홀이 형성되었을 가능성도 있다. 마나홀이 형성되었다면 독과 마법에 대한 저항력을 충분히 설명할 수 있는 것이다.

빛나는 검에 대한 원천기술을 지니고 있는 렌테리아 마탑과는 달리 아스트리아의 마탑에는 자료가 전혀 없었다. 때문에 아스트리아의 마탑은 수단 방법을 가리지 않고 가슴에 마나홀을 연 수련생을 찾고 있었다. 한 명이라도 구해서 연구한다면 렌테리아 마탑처럼 빛나는 검의 소유자에 대한 자료를 축적할 수 있다.

그러나 인연이 닿지 않아서인지 아스트리아 마탑은 지금껏 단 한 명의 수련생도 구하지 못했다. 가슴에 마나홀을 연 수련생은 원천기술을 보유한 렌테리아 마탑으로 가버리기 때문이었다.

'우리 마탑을 위해서는 반드시 마나홀을 연 수련생을 손에 넣어야 해.'

정황을 보면 리셀이라는 견습기사의 가슴에 마나홀이 형성되었을 가능성이 높았다. 그 때문에 칼리스타가 이례적으로 사과를 하고 나서는 것이다. 그러나 리셀의 표정은 냉랭했다.

"하급 마법사가 의욕에 넘쳐서 한 실수라고요? 마탑의 조직체계가 그렇게 느슨했던가요?"

"그의 무례에 대해서는 소정의 금액으로 보상하도록 하겠네."

그 말에 리셀은 속에서 뭔가가 욱하고 치밀어 오르는 것을 느꼈다. 모든 것을 돈으로 해결하려는 마탑의 처사에 반발심을 가지지 않을 수 없었다. 그러나 리셀은 그것을 꾹 눌러 참았다. 따듯한 표정으로 자신을 쳐다보는 카르시안을 보니 도저히 분노를 표출할 수가 없었다. 불편한 심기를 표출하듯 칼리스타를 외면한 리셀이 카르시안을 보며 말을 했다.

"지부에서 나가실 때 저를 꼭 좀 데리고 나가주십시오. 간혀 있다 보니 답답해 죽겠습니다."

그때 칼리스타가 은근한 어조로 말을 걸었다.

"자네 혹시 우리 지부에 고용되고 싶은 생각 없나?"

"무슨 말씀이신지?"

"솔직히 말해서 자네 몸에 관심이 있네. 조사를 좀 해보고 싶다는 뜻이지."

리셀은 더 이상 들어보지도 않고 손을 흔들었다.

"관심 없습니다."

"보수는 충분히 지급하겠네. 지부에서는……."

리셀이 칼리스타의 눈을 들여다보며 또박또박 말을 이어나 갔다.

"마탑과 일하고 싶은 생각이 전혀 없습니다. 그토록 강압적 으로 일을 처리하는 사람들이라면 약속도 예사로 어길 테지 요. 조사를 해본다고 했다가 절 완전히 해부하지 않는다고 누 가 장담합니까? 전 어떤 일이 있어도 이곳 사람들과 일을 하 지 않을 것입니다."

칼리스타의 얼굴이 확 변할 정도로 매몰찬 거절이었다. 카 르시안이 걱정스런 표정을 지었다.

"자네, 말이 좀 심하군. 내가 보기에 지부에서 뭔가 실수를 한 것 같은데 이만 화를 풀도록 하게."

"물론 카르시안님은 믿습니다. 하지만 이 지부의 사람들은 도저히 믿을 수가 없군요."

리셀은 완강한 태도를 접지 않았다. 사실 그에게도 꺼리는 바가 있었다. 리셀의 몸에는 마나홀이 형성된 상태였다. 심장이 아닌 아랫배이긴 하지만 충만한 마나의 결정체가 단단히 자리 잡고 있었다. 그 때문에 몸을 잠식해 들어오는 독을 배출해내고 또한 마법에 저항할 수 있었던 것이다.

그 사실을 알게 될 경우 마탑 측에서 자신을 순순히 놓아줄 리가 없었다. 자칫 잘못하면 루카스 후작가를 찾아가는 데 차질이 생길 수도 있었다.

'마탑의 실험에 협조해서는 안 돼. 어떻게든 꼬투리를 잡아 이곳을 벗어나야 해.'

리셀이 완강히 거부하는 데에는 그러한 저의가 깔려 있었다. 이어지는 칼리스타의 어조에는 노기가 짙게 배어 있었다.

"실수라고 하지 않았나? 보자 보자 하니 자네 너무하는군. 세미안은 단순히 자네 증언의 신빙성을 확인해보기 위해……."

"저는 기사로서의 명예를 걸고 진술을 했습니다. 그런 제 말을 믿지 않고 마법을 걸려고 했다는 것은 절 기사로 인정하지 않는다는 뜻인가요?"

"마법사는 맹세 따위를 믿지 않네. 오로지 드러난 증거만 믿을 뿐이지."

"그러면 더 이상 얘기할 필요가 없겠군요. 저는 절 기사로 인정하지 않는 사람들과 일할 생각이 전혀 없습니다."

　화가 머리끝까지 치밀어 올랐는지 칼리스타의 얼굴이 붉으락푸르락했다. 리셀이 조용히 그를 외면하고 카르시안을 쳐다보았다.

　"언제 이곳에서 나가실 것입니까?"

　안절부절 못해하던 카르시안이 칼리스타의 눈치를 보다 입을 열었다.

　"내일 모레쯤이면 나갈 것 같네. 뭐, 자네 뜻이 그렇다면 더 이상 권유할 수 없겠군. 나와 함께 나가도록 함세."

　"알겠습니다. 그러면 그때까지 이곳에 조용히 있겠습니다."

　말을 마친 리셀이 정좌를 하고 눈을 꼭 감았다. 더 이상 이야기를 하고 싶지 않다는 태도였다. 결국 카르시안은 칼리스타와 함께 방을 나설 수밖에 없었다. 당사자가 저토록 확고하게 거부하는데 어찌 실험을 할 수 있단 말인가? 하지만 칼리스타는 아직까지 포기하지 않았다.

　'세상을 아직 모르는 녀석이로군. 카르시안의 얼굴을 봐서 일단은 풀어주겠지만 가만히 놔두지 않을 것이다.'

　세상은 냉정하다. 방 안의 애송이처럼 마스터를 잃은 한낱 견습기사에 대해 관심을 가지는 자는 아무도 없다. 마법이 통하지 않는다면 물리적인 힘을 이용하면 될 뿐이다. 칼리스타의 눈가에 스산하게 살기가 어렸다.

　'일단은 풀어준다. 하지만 금세 잡혀오게 될 것이다.'

　마르타에는 수를 헤아릴 수 없는 현상금 사냥꾼들이 활동하고 있다. 그들에게 일정한 보수를 준다면 그 무슨 일이라도 마다하지 않고 행한다. 그들에게 청부한다면 리셀을 다시 붙잡아오는 것은 일도 아니다. 칼리스타가 리셀이 있는 방을 노려보며 눈을 부라렸다.

'놈! 오늘의 무례를 뼈저리게 후회하도록 만들어주마.'

분기를 참지 못해 연신 씨근거리는 칼리스타였다.

빌스 패거리들에 대한 공판은 바로 다음 날 열렸다. 재판관은 마르타의 시장인 마커스 남작의 대리로, 퇴역 경비대장인 제이크가 맡았다. 물론 재판 과정은 다분히 형식적이었다. 이미 마탑에서 모든 사실을 조사해서 진술서를 제출한 상태였다. 너무나 상세하고 세밀했기에 제이크는 서류를 읽는 데 한참을 허비해야 했다.

"정말 상세하게도 조사해놓았군. 역시 마법사들이야."

제이크는 혀를 내두르며 감탄을 금치 못했다. 경비대에서 추가로 조사해야 할 내용이 전혀 없었다.

그가 무표정한 얼굴로 용의자들을 쳐다보았다. 마법의 후유증으로 인해 초췌한 얼굴의 주먹패들은 잔뜩 겁을 집어먹은 상태였다. 제이크가 엄숙한 표정으로 판결을 내렸다.

"선고하겠다. 주범인 빌스에게는 사형을 언도한다. 마탑에서 제출한 증거가 확실하기 때문에 반론은 불허한다."

그 말에 피고석에 서 있던 빌스의 얼굴이 시커멓게 죽었다.

그러나 판결은 그게 끝이 아니었다.

"그러나 피해자인 마탑의 마법사 카르시안이 선처를 요구했기 때문에 이례적으로 형을 경감하도록 한다. 종범인 빌스의 부하 열두 명에 대해서는 노예형을 선고한다. 이마에 낙인을 찍은 뒤 노예경매장에 넘겨질 것이다. 그리고 주범인 빌스 역시 노예형으로 감형하도록 한다."

말을 마친 제이크가 나무망치를 들어 재판대를 내리쳤다.

쾅쾅.

선고가 내려지자 경비대원들이 시뻘겋게 단 인두와 숯불이 든 화로를 들고 다가왔다. 흉물스런 인상의 늙은 경비대원이 다 썩어 시커먼 이빨을 드러내며 씩 웃었다.

"그리 아프진 않을 게야. 아무는 과정에서만 좀 참으면 될 것이야."

경비대원들이 달려들어 빌스의 사지를 잡아 눌렀다. 꼼짝달싹도 하지 못하게 된 빌스가 이마를 향해 다가오는 시뻘건 인두를 보며 몸을 부르르 떨었다.

치이익.

살이 타는 냄새와 함께 빌스가 고통에 몸부림쳤다. 잠시 후 경비대원들이 떨어져 나가자 이마에 흉한 낙인이 찍힌 빌스가 남겨졌다.

경비대원들은 망설임 없는 태도로 패거리들의 이마에 일일이 낙인을 찍었다. 이제 패거리들의 신분은 노예였다. 설사 좋

은 주인을 만나 노예 신세에서 풀려나더라도 이마의 낙인은
영원히 사라지지 않을 것이다.

노예 신세로 전락했지만 그들의 불행은 거기에서 끝나지 않
았다. 그들은 진물이 주르르 흐르는 이마의 상처를 치료할 겨
를도 없이 노예경매장으로 이송되었다. 그곳에서 그들은 자신
들을 필요로 하는 주인에게 팔려나갈 것이며 그 대금은 시로
귀속될 것이다.

그런데 경매장에 선 빌스의 안색이 시커멓게 변했다. 경매인석
한 곳을 차지한 푸른 로브의 마법사들을 발견한 것이다. 빌스는
비로소 카르시안이 선처를 요구한 이유를 알게 되었다.

"빌어먹을……. 이유가 있었군. 지독한 마법사 놈들."

베텔 왕국에서 농노를 비롯한 노예는 인간으로 취급받지 못
한다. 주인의 마음에 들지 않는다고 해서 때려죽이더라도 아
무런 처벌을 받지 않는다. 다시 말해 마법사들이 낙찰받을 경
우 자신들의 생살여탈권은 오로지 마탑에 달려 있다. 온갖 생
체 실험을 해서 죽이더라도 누구 하나 문제 제기를 하지 않는
것이 현실이었다.

"제대로 걸렸군."

이제 그들의 바람은 한 가지뿐이었다. 마법사에게 낙찰되지
않는 것. 죽을 때까지 허리가 부러지게 일해야 하는 채석장이
나 광산이라도 상관없었다. 마법사들의 손아귀에서 벗어날 수

있다면 악마에게 영혼이라도 팔 수 있을 것 같았다.

　"제, 제발……."

　그러나 기적은 없었다. 빌스를 비롯한 패거리들이 경매대에 올라오자 광산에서 파견된 것 같은 살찐 관리가 5골드란 금액을 적어 넣었다. 광산에서 광부를 충원하는 가장 적절한 금액이었다. 그러나 마탑의 마법사는 곧장 두 배의 금액인 10골드를 제시했다.

　"10골드 나왔습니다. 더 없으십니까?"

　경매인의 부름에 광산의 관리가 미련 없이 손을 내렸다. 죄를 지어 노예로 전락하는 장정은 많고도 많다. 광산의 입장에서는 광부를 충원하는 데 일인당 5골드 이상을 지급해야 할 이유가 없었다. 결국 빌스와 그의 부하 열두 명은 마탑의 마법사들에게 낙찰되어야만 했다. 물론 그들의 운명이 어떻게 될 것인지는 아무도 몰랐다.

　"마탑으로 가자."

　마법사들의 뒤를 따라 마탑으로 향하는 빌스 일당의 발걸음은 마치 지옥으로 끌려가는 듯 무거웠다.

　리셀은 꼬박 이틀 동안 더 그 방에 갇혀 있어야 했다. 자유롭게 나다닐 수 없다는 점 말고는 불편한 점이 별달리 없었다. 이틀 동안 마법길드에서는 두 번의 수작을 부렸다. 한 번은 음식물에 수면제를 탄 경우였다.

“이런.”

수프를 떠먹던 리셀이 오만상을 찌푸리며 수저를 내려놓았다. 수프의 맛에는 아무런 이상이 없었지만 한 입 삼키자마자 몸속의 마나가 꿈틀거리기 시작했다. 몸의 이상을 마나가 먼저 간파한 것이다.

“별 수작을 다 부리는군.”

눈매를 찌푸린 리셀이 수프를 바닥에 내려놓고 급히 마나 수련을 시작했다. 마나가 몸속을 순환하면서 약기운을 빨아당겼다. 한참 마나 수련을 한 리셀이 침을 퉤 뱉었다. 그 속에는 리셀의 몸속에서 딸려 나온 약기운이 고스란히 들어 있었다. 미간을 좁힌 리셀이 음식을 조금씩 떼어먹으며 맛을 봤다.

“다행히 다른 음식에는 약이 들어 있지 않군.”

약이 들어 있지 않은 음식만을 골라 깨끗이 비운 리셀이 쟁반을 문 아래로 내밀었다. 두 번째 시도는 리셀이 졸고 있을 때 일어났다.

“응?”

꾸벅꾸벅 졸던 리셀이 눈을 떴다. 바로 지척에서 마나의 변화를 감지했기 때문이었다. 급히 깨어난 리셀이 방 안을 두리번거렸다. 마나의 움직임은 얇은 벽 너머에서 감지되었다. 정황을 보니 누군가가 자신에게 마법을 걸려는 것 같았다.

‘대상을 직접 눈으로 보지 않는다면 마법을 걸 수 없다고 했지?’

카르시안으로부터 들은 마법에 대한 상식을 떠올린 리셀이
벽을 면밀히 살폈다. 얼마 지나지 않아 리셀은 벽의 구석에 난
동그란 구멍을 발견할 수 있었다.

"여기로군."

손수건을 살짝 말아 구멍을 막아버리자 벽 너머의 마나가
마구 요동을 쳤다. 마법을 시전하던 마법사가 매우 놀란 모양
이었다. 이후 마나의 움직임이 잠잠해지는 것을 보니 리셀에
게 마법을 거는 것을 포기한 것 같았다.

'상당히 집요하군.'

리셀은 카르시안이 오기만을 기다렸다. 한시라도 빨리 마탑
의 지부를 나가고 싶은 것이 리셀의 심경이었다.

덜컥.

문이 열렸다. 고개를 돌린 리셀의 얼굴에 반색의 빛이 떠올
랐다. 기다리고 기다리던 카르시안이 마침내 온 것이다. 외출
복을 차려입은 카르시안이 만면에 미소를 띤 채 입을 열었다.

"이제야 준비가 끝났네. 많이 기다렸을 텐데 바로 출발하도
록 하지."

"그러지요."

"자네 여행물품은 내가 가지고 왔네."

지부의 일꾼 두 명이 들어와서 배낭과 지팡이를 내려놓았
다. 리셀이 죽은 용병들에게서 노획한 바로 그 여행물품이었

다. 마르타 지부로 들어서자마자 압수당한 물품이기도 했다.

말없이 배낭을 짊어진 리셀이 지팡이를 집어들었다. 겉으로 보기에는 영락없이 여행자용 지팡이였지만 속에 예리한 레이피어가 든 비상용 무기이기도 했다. 허리에 검을 찬 뒤 카르시안으로부터 얻은 로브를 입고 그 위에 배낭을 둘러멨다. 채비를 모두 갖춘 리셀을 보고 카르시안이 말했다.

"날 따라오게."

카르시안이 앞장서서 길을 안내했다.

좁은 복도를 지나자 넓은 회랑이 펼쳐졌다. 재정적으로 부유한 마탑의 지부이다 보니 건물 자체가 화려하기 그지없었다. 들어올 때에는 건물의 내부를 감상할 여유가 없었기 때문에 몰랐는데 다시 보니 매우 화려했다. 리셀은 입을 쩍 벌린 채 실내 이모저모를 쳐다보았다. 그런데 막 마당으로 나오자 리셀의 눈이 가늘어졌다.

"저, 저것은?"

지부의 마당은 매우 넓었다. 잔디가 깔려 있는 곳곳에 돌로 된 조각품들이 이리저리 널려 있었다. 리셀은 그중 하나에 관심을 가졌다. 십여 개의 석상이었다. 그런데 가까이 갈수록 리셀의 안색이 경직되었다. 절규하듯 두 팔을 치켜든 석상들의 외모가 무척 낯이 익었기 때문이었다. 가까이 갈수록 리셀의 표정은 점점 더 심각해졌다.

“미, 믿을 수 없어.”

리셀이 고개를 절레절레 흔들었다. 석상들은 리셀의 기억에 뚜렷이 남아 있는 빌스 패거리들이었다. 눈에 흥건한 눈물방울 하나, 이마에 맺힌 땀방울 하나하나까지 정교한 석상들, 앞에 붙어 있는 팻말을 보자 리셀의 눈이 저절로 부릅떠졌다.

　—이자들은 마탑 소속의 마법사를 독살하려 한 마르타 암혹가의 주먹패거리들이다. 재판을 받고 노예로 전락한 이자들을 마탑에서 지극히 합법적인 과정을 거쳐 사들였고 석화 과정을 거쳐 마르타 지부의 앞마당에 진열해두는 바이다. 석화 과정에 참여한 마법사는 아스트리아 마탑 총국에서 오신…….

팻말을 모두 읽어본 리셀은 등골이 오싹해지는 것을 느꼈다. 제아무리 노예라고 하더라도 멀쩡히 산 사람을 돌로 만들어 진열하다니……. 고개를 돌리자 침울한 카르시안의 얼굴이 들어왔다. 리셀의 말투는 자신도 모르게 떠듬거리고 있었다.

“저, 저자들이 그자들이 맞습니까?”

카르시안이 묵묵히 고개를 끄덕였다.

“너, 너무하는 거 아닙니까? 차라리 고이 죽일 것이지 돌로 만들어 진열해두다니…….”

“나도 내키진 않았어. 하지만 지부의 방침이라 어쩔 수 없었네. 마법사를 건드린 자들에 대한 본보기를 확실하게 보여야 한다고 했네.”

리셀의 안색이 착 가라앉았다. 마르타 지부와 계약하지 않기로 한 것이 잘했다는 생각이 들었다. 인명을 저토록 소홀히 생각하는 자들이라면 자신과 같은 견습기사 하나의 목숨 정도는 신경도 쓰지 않을 것이 분명했다.

‘세상 사람들이 마법사를 두려워하는 데에는 역시 이유가 있어.’

고개를 끄덕인 리셀이 몸을 돌렸다. 새삼 빌스 패거리가 불쌍해졌지만 그가 해줄 수 있는 것은 아무것도 없었다.

걸음을 옮기던 리셀이 다시 한 번 고개를 돌려 석상들을 쳐다보았다. 한때 인간이었지만 마법에 걸려 돌이 된 주먹패거리들은 초점이 사라진 눈동자로 멍하니 허공만을 응시할 뿐이었다. 카르시안을 따라 걷던 리셀이 입을 열었다.

“저들은 이제 어떻게 되는 것입니까? 죗값을 치르면 다시 인간으로 되돌려주는 것입니까?”

그 말이 카르시안이 고개를 내저었다.

“그건 아마 불가능할 걸세. 한번 돌이 되고 나면 되돌리는 것이 매우 힘들어. 그리고 저들의 생명력은 일주일이 한계야. 그 시간이 지나면 살아나지 못해. 굳이 되돌려봐야 시체가 되어 썩어들어가는 것이 고작이겠지?”

“영웅담에서 보면 나쁜 드래곤에게 잡혀 돌이 된 공주나 왕자가 마법이 풀려 다시 원래대로 돌아왔다는 말을 들었는데.”

“그건 한낱 영웅담일 뿐이지. 뭐, 마법력이 높은 드래곤이 석화마법을 걸었다면 아마도 생명력이 조금 오래갈 수는 있을 걸세. 하지만 이야기는 이야기일 뿐이야. 아마 저들은……．”

잠시 말을 끊은 카르시안이 리셀의 눈을 들여다보며 말을 이어나갔다.

“마법을 건 마법사가 죽기 전까지는 저렇게 돌이 되어 있어야 할 걸세. 마법사가 죽어 마법이 풀리면 아마도 시체로 돌아가겠지.”

“그렇군요.”

침울해진 표정의 리셀이 고개를 끄덕였다.

뜰을 가로질러 정문에 도착하자 다수의 사람들이 지부로 들어오는 모습이 보였다. 중무장을 한 사내들이었다. 각종 무기를 착용하고 등에 방패를 멘 자들이었는데 하나같이 얼굴과 몸에 보기에도 섬뜩한 흉터가 아로새겨져 있었다. 서너 명씩 짝을 지어 들어오는 것을 보니 마르타 지부로 청부를 받으러 오는 용병들인 모양이었다.

리셀은 태연히 카르시안의 뒤를 따라 걸어갔다. 그때 용병들 중 한 명이 걸음을 멈추고 리셀을 쳐다보았다. 후드를 덮어쓰지 않아서 은발에 초록색 눈동자를 한 리셀의 예쁘장한 모습이 그대로 드러나 있었다. 용병이 괴소를 머금었다.

“흐흐. 이게 웬 떡이야? 딱 내 타입인데?”

서른 정도 되어 보이는 거친 인상의 사내였다. 얼굴 가득한 흉터와 번들거리는 흰자위를 보니 어지간히 거칠게 굴러먹은 모양이었다. 걸음을 멈춘 리셀이 사내를 쏘아보았다. 그러자 용병이 휘파람을 불었다.

“이거 자세히 보니 더욱 몸이 달아오르는군. 이봐, 그렇게 섹시하게 노려보고 있으니 가슴이 설레잖아? 잠시 으슥한 곳으로 갈까?”

착 가라앉은 표정의 리셀이 허리춤에 찬 검 손잡이에 손을 가져갔다. 견습기사로서 모욕을 당하고 가만히 있을 수가 없었다. 그때 누군가가 용병의 뒤통수를 세게 내리쳤다.

“이 새끼가 아직도 나쁜 버릇을 버리지 못하다니……”

“크억.”

비명을 지르며 뒤통수를 부여잡는 용병에게 거친 욕설이 퍼부어졌다.

“그토록 말썽부리지 말라고 내가 몇 번 말했어? 그것도 마탑의 마르타 지부 안에서 말이야.”

“하, 하지만…….”

“조용히 해! 아가리 닥치지 않으면 혓바닥을 잘라 개먹이로 주겠다.”

서슬 퍼런 기색에 사내가 꼬리를 내렸다.

“자, 잘못했어. 그러지 않을게. 대장.”

사내를 진정시킨 자가 리셀을 쳐다보며 사과를 했다.

"이놈이 실례를 한 것 같은데 너그럽게 용서해주시오. 내 부하 녀석인데 보시다시피 때와 장소를 가릴 줄 모른다오. 내가 단단히 교육시키겠소."

말을 건 자는 얼굴에 십자로 가로질러 칼자국이 난 사십 대 초반의 사내였다. 수염이 덥수룩하게 난 얼굴에서 뿜어진 기세는 상대가 만만치 않은 칼잡이임을 알려주었다. 그 말을 들은 리셀이 검 손잡이에서 손을 뗐다. 사과를 받았으니 더 이상 문제 삼을 필요성을 느끼지 못한 것이다.

"당신 얼굴을 보아 참겠소."

퉁명스럽게 한마디 내뱉은 리셀이 몸을 돌렸다. 칼자국 사내가 빙글빙글 웃으며 그 모습을 지켜보았다. 정문 쪽으로 사라지는 리셀을 보며 처음 사내가 불만스러운 듯 입술을 삐죽였다.

"대장. 저런 애송이 녀석에게 사과까지 할 것 있소?"

칼자국 사내의 눈빛이 다시금 사나워졌다.

"멍청한 자식. 내가 분명히 때와 장소를 가리라고 그랬지?"

그 말에 사내가 찔끔했다.

"시내의 여관에서는 누굴 건드려도 상관없다. 어차피 여관은 힘의 논리가 지배하는 곳이니 말이다. 그러나 이곳이 어디냐? 악명 높은 마탑의 마르타 지부 아니냐? 자칫 잘못해서 마법사에게 잘못 보인다면 네놈의 인생은 그날로 끝장이야."

"아, 알겠소."

사내를 쏘아보던 칼자국 사내가 고개를 돌렸다. 돌연 그의 눈빛이 가늘어졌다. 리셸이 본 석상이 눈에 들어온 것이다. 그가 손을 내밀어 석상을 가리켰다.

"저것을 봐라."

"석상 아니오? 대리석은 아닌 거 같은데 화강암인가? 처음 보는 재질의 돌인데?"

"어휴, 누가 석공 출신 아니랄까 봐. 석상 말고 앞에 팻말을 보란 말이다. 뭐라고 적혀 있는지 읽어봐라."

그 말에 사내가 겸연쩍은 표정을 지으며 뒷머리를 긁적거렸다.

"제가 글을 모른다는 사실을 아시지 않습니까?"

"좋다. 읽어주마."

한숨을 푹 내쉰 칼자국 사내가 팻말의 글을 읽어주었다. 설명이 끝나자 사내들의 안색이 확 바뀌었다. 처음 리셸에게 시비를 건 사내가 믿을 수 없다는 표정으로 손가락질을 했다.

"그렇다면 저, 저것들이 원래 인간이었다는 말입니까?"

"그렇다. 너희들도 알고 있을 거야. 며칠 전 마탑에서 무려 100골드나 되는 현상금을 내건 마르타 암흑가의 주먹패 두목 말이다."

"물론 모를 리가 없지요. 주먹패거리들이 잡아가서 현상금을 탔다는 소릴 들었습니다. 중간에 뺏으려고 했다가 실패했는데 왜 모르겠습니까? 그건 그렇고 그때 현상수배된 녀석들이 저것들이란 말입니까?”

“그래. 재판정에서 노예형을 언도받고 노예경매장에 넘겨진 것을 마탑에서 사들인 뒤 석화마법을 걸어 진열해둔 거야. 마탑의 마법사를 독살하려 한 데 대한 본보기로 말이야.”

사내들의 안색이 하나같이 창백하게 질렸다. 그들은 용병이 아니었다. 마르타를 근거지로 활동하는 현상금 사냥꾼들이었다. 칼자국 사내가 얼굴을 찡그리며 주의를 주었다.

“그러니 시비를 걸더라도 때와 장소를 봐가면서 행하도록, 그리고 마법사는 어떤 일이 있어도 건드려서는 안 돼. 알겠나?”

“아, 알겠습니다.”

어떤 일이 있어도 마법사들과 상종하지 않겠다는 듯 현상금 사냥꾼들이 고개를 절레절레 흔들었다. 마르타 지부장 칼리스타의 노림수가 여지없이 먹혀들어가는 순간이었다.

앞장서서 걸어가던 카르시안이 돌연 음성을 낮췄다.
“조용히 하고 듣기만 하게.”
리셀의 놀란 시선이 카르시안의 등에 꽂혔다.
“이곳을 나가는 즉시 마르타를 빠져나가도록 하게. 그 누구도 믿어서는 안 돼.”
리셀의 안색이 경직되었다. 뭔가 심상치 않은 분위기를 느낀 것이다.

"마르타 지부에서 자네에게 눈독을 들였네. 마법사들이란 원래 호기심을 주체하지 못하는 족속이지. 평생을 마탑에서 보낸 내가 어찌 그 사실을 모르겠는가? 이곳 지부장인 칼리스타님이 자네에게 크나큰 관심을 보이고 있네."

카르시안의 음성은 겨우 리셀의 귀에 들릴 정도로 작았다.

"한 가지만 물어보겠네. 혹시 가슴에 마나홀을 열었는가?"

"……"

리셀은 침묵을 지켰다. 카르시안에게 사실을 밝혀야 하는지 갈피를 잡을 수 없었기 때문이었다.

"어차피 나와는 상관없는 일. 나는 더 이상 관여하지 않겠네. 하지만 지부를 나서면 조심하도록 하게. 아마도 지부에서 사람을 고용해 자네를 다시 잡아들이려 할 가능성이 크네. 내가 아는 칼리스타님이라면 충분히 그러고도 남지."

리셀의 얼굴이 어두워졌다. 그것은 리셀이 가장 우려했던 일이었다.

"애석하지만 나는 거기에 관여할 수 없네. 힘이 없기 때문이지."

카르시안의 음성에는 착잡함이 배어 있었다.

"마음 같아서는 자네를 데리고 함께 제국으로 들어가고 싶네. 하지만 난 지부에 크게 신세를 진 몸이네. 그리고 마탑의 선배인 칼리스타님의 눈치를 봐야 하기 때문에 그럴 수 없지. 그러니 이렇게 자네에게 사실을 알려주는 거야. 이곳을 나가는 즉시 마르타를 빠져나가도록 하게. 반드시 사람들에게 잘 알려지지 않은 길을 선택해야 하네.”

말을 마친 카르시안이 조그마한 양피지 하나를 내밀었다. 말없이 받아든 리셀이 그것을 주머니에 넣었다.

“내가 여행하기 위해 구한 지도일세. 거기에 보면 아스트리아 제국으로 향하는 길이 여러 갈래 있네. 그중 사냥꾼의 길이란 것이 있을 거야. 며칠 동안 생각해봤는데 그곳이 가장 안전로일 것 같네.”

사냥꾼의 길. 들어본 적이 있었는지 리셀이 고개를 끄덕였다.

아스트리아 제국과 베텔 왕국 사이에는 험하디험한 베네아 산맥이 자리 잡고 있다. 오랫동안 외국의 침입으로부터 베텔 왕국을 지켜준 천연의 방어막이었다. 워낙 길이 험하기 때문에 숙련된 사냥꾼이나 레인저 말고는 쉽사리 통과하기 힘든 길이었다.

30년 전 베텔 왕국을 복속시키기로 결정한 아스트리아 제국은 사냥꾼의 길을 개척하기로 마음먹었다. 베텔 왕국을 속국으로 만들기 위해서였다. 그 작업에 실력 있는 레인저와 공병 천오백 명이 투입되었다.

무려 5년에 걸쳐 이루어진 작업. 그러나 결론적으로 그 임무는 성공하지 못했다. 투입된 인원 중 80퍼센트의 인원이 길을 개척하다 죽어나갔다. 산악을 장악하고 있던 몬스터와 마수의 공격을 받고 죽은 자, 험한 길을 개척하다 끝이 보이지 않는 벼랑에서 실족사한 자들이 수두룩했다. 엄청난 희생자를 낸 끝에 결국 작전은 중지되었다. 당시 작전을 진두지휘했던 지휘관은 이렇게 결론을 내렸다.

"사냥꾼의 길을 대군이 통과하는 것은 불가능한 일이다. 다른 길을 찾아야 한다."

결국 아스트리아 제국은 베네아 산맥을 우회하는 다른 길을 찾아냈고 그 길이 바로 베텔 왕국 북단을 우회하는 길이었다. 카르시안이 용병들의 호위를 받으며 넘어온 바로 그 길이기도 했다. 지금은 비교적 잘 닦여 있었지만 당시만 해도 아스트리아의 정벌군은 길을 뚫으며 엄청난 손해를 입어야 했다.

많은 희생자를 낸 끝에 아스트리아의 정벌군은 베네아 산맥을 넘을 수 있었고 마침내 베텔 왕국을 아스트리아의 속국으로 삼을 수 있었다. 베텔 왕국에는 베네아 산맥을 넘어온 아스트리아의 5만 병력을 상대할 힘이 없었기 때문이다. 우회로가 생기자 사냥꾼의 길은 거의 잊혀졌다. 카르시안은 바로 그 길을 거론하는 것이다.

"가능할지 모르지만 그 길은 제국과 베텔 왕국을 연결하는 최단 통로이네. 그 길로 간다면 추격을 뿌리칠 수 있을지도 몰라."

묵묵히 카르시안의 말을 듣던 리셀이 조용히 고개를 숙였다.

“사실을 알려주셔서 감사합니다.”

“고맙기는. 내 생명을 구해준 자네에게 이 정도밖에 해줄
수 없어서 미안할 따름이지.”

조용히 대화를 나누는 사이 그들은 어느새 정문에 도착해
있었다. 정문 밖에는 십여 명의 용병들이 버티고 서 있었다.
그들을 본 카르시안이 고개를 돌렸다.

“다 왔네. 저들은 지부에서 구해준 호위들일세. 저들이 나
를 호위해서 아스트리아의 마탑으로 데려다 줄 걸세.”

용병들의 앞에는 큼지막한 마차가 서 있었다. 네 마리의 말
이 끄는 중형 마차였다. 베네아 공국을 통과해 가는 길은 많이
돌아가지만 길이 잘 닦여 있어 마차를 이용할 수 있다. 몸을
돌린 카르시안이 조그마한 주머니 하나를 건넸다.

“약속했던 청부금일세. 부디 좋은 여행하기 바라네.”

“감사합니다. 카르시안님도 부디 조심하시기 바랍니다.”

복잡한 표정으로 리셀을 쳐다보던 카르시안이 마차에 올랐
다. 리셀을 힐끔 훔쳐본 용병들이 마차 주변을 둘러쌌다. 리셀
의 시선을 받으며 마차가 느릿하게 움직이기 시작했다.

제7장
아스트리아 제국으로

　떠나가던 마차를 지켜보던 리셀이 몸을 돌렸다. 긴장감으로 인해 안색이 딱딱하게 굳어 있었다.

　'어떤 일이 있어도 붙잡혀서는 안 돼. 사냥꾼의 길을 타고 반드시 제국으로 넘어가야 해.'

　가방을 열어본 리셀이 여행물품을 꼼꼼하게 살폈다. 다행히 용병들에게서 노획한 여행물품은 완벽했다. 말린 육포와 곡식 가루의 양을 가늠해본 리셀이 쓸모없는 것을 모조리 버렸다. 험준한 베네아 산맥을 넘어가려면 조금이라도 무게를 줄여야 했다. 고개를 돌려 마탑 지부의 건물을 힐끔 훔쳐본 리셀이 입술을 깨물었다.

‘힘이 없다는 것이 이토록 서글플 줄은 몰랐군. 역시 세상은 힘 있는 자들의 것인가?’

만약 리셀이 산간마을 바르셀에 눌러살았다면 이런 일은 겪지 않았을 것이다. 물론 이름 없는 사냥꾼이나 화전민으로 평생을 살아야 했겠지만 말이다. 그러나 그것은 리셀이 원하지 않는 삶이었다. 리셀의 눈빛이 살며시 불타올랐다.

‘반드시 루카스 후작가로 가겠다. 마스터의 당부를 이행하려면 그 길밖에 없다.’

리셀의 등에는 마스터인 아너프리가 남긴 검이 매여 있었다. 그것을 제시한다면 반드시 후작가의 기사로 받아줄 터였다. 이런저런 생각을 하며 리셀은 걸음을 옮겼다. 그가 향하는 방향에는 오랫동안 잊혀졌던 통로인 사냥꾼의 길이 자리하고 있었다.

부름을 받고 온 현상금 사냥꾼들을 맞이한 이는 칼리스타였다. 마탑 지부의 책임자인 그가 직접 현상금 사냥꾼들을 맞이한 것이다. 지금까지 이런 경우는 없었기에 현상금 사냥꾼들은 당황해 했다.

‘지부장이 직접 우리를 면담하다니…….’

‘도대체 얼마나 중요한 사안이기에?’

칼리스타는 긴장한 기색이 역력한 현상금 사냥꾼들을 보며 말문을 열었다.

"그대들에게 청부할 것은 사람을 한 명 잡아오는 일이다."

얼굴에 흉한 칼자국이 새겨진 중년 사내, 클록이 조심스럽게 입을 열었다.

"잡아올 자가 누구입니까?"

현상금 사냥꾼들이 상대하는 자는 보통 큰 죄를 지은 죄인이나 흉악범이다. 나름대로 한가락 하는 자들이기 때문에 청부를 받으려면 상대에 대한 정보를 확실하게 파악해야 한다. 그러나 그는 이어지는 칼리스타의 말에 긴장을 풀었다.

"아직까지 스물이 되지 못한 견습기사 한 명이다. 어릴 때부터 체계적으로 검술을 전수받아 실력이 만만치 않을 것이다."

"견습기사라면 뭐 그리 어려운 상대라고 볼 수 없군요."

"속단은 금물이다. 문제는 그를 비공식적으로 잡아와야 한다는 점이다. 그의 정보가 결코 외부로 새어나가서는 안 돼."

그 말에 현상금 사냥꾼들이 살짝 긴장했다. 비공식적으로 잡아와야 한다는 말은 상대가 정식으로 현상수배되지 않았다는 뜻이다. 그런 일이라면 청부의 수행에 많은 애로가 따를 수밖에 없다. 클록이 조심스럽게 입을 열었다.

"그렇다면 일이 좀 복잡해집니다. 우선 치안병사의 눈에 띄지 말아야 하며……."

그의 항변은 이어지는 칼리스타의 말에 흔적도 없이 사라져 버렸다.

　"청부금으로 200골드를 책정했다. 그를 몰래 잡아오기만 하면 청부금 전액을 지급할 것이다."

　현상금 사냥꾼들은 조개처럼 입을 닫고 아무런 말도 하지 않았다. 200골드라면 실로 엄청난 청부금이다. 제아무리 흉악한 범죄를 저지른 자라도 현상금이 50골드를 넘어가는 경우는 거의 없다. 그렇다고 해서 대상이 뛰어난 실력을 지닌 기사도 아니다. 스무 살도 되지 않는 애송이 견습기사 한 명에게 걸린 금액치고는 지나치게 많은 것이다. 현상금 사냥꾼들은 길게 생각하지 않고 청부를 수락했다.

　"그 정도 금액이라면 충분히 가능합니다."

　"쥐도 새도 모르게 잡아오겠습니다."

　묘한 눈빛으로 현상금 사냥꾼들을 쳐다보던 칼리스타가 종이 몇 장을 꺼냈다. 거기에는 리셀의 초상화가 정교하게 그려져 있었다.

　"잡아올 자의 초상화이다. 조금 전에 지부를 나섰으므로 그리 멀리 가지는 못했을 것이다."

　그런데 초상화를 보던 클록의 얼굴에 묘한 미소가 걸렸다. 바로 조금 전 휘하의 부하 한 명과 말썽을 일으켰던 바로 그 애송이의 얼굴이었기 때문이었다.

　'우연치고는 참 공교롭군.'

　현상금 사냥꾼들은 리셀을 붙잡아오는 것을 시간문제로 치부하고 있었다. 쫓기는 사람들의 심리는 대동소이하다. 닳고

닳은 흉악범들도 차근차근 포위망을 좁혀드는 현상금 사냥꾼들에게 제대로 힘을 쓰지 못하고 붙잡혀오는 것이 현실이다. 하물며 성년도 되지 않은 어리디어린 견습기사 하나 붙잡아오는 일은 식은 수프 마시는 것보다도 쉬운 일이었다.

오히려 마르타 경비대원들의 눈에 띄지 않게 마탑 지부로 끌고 오는 것이 더 어려운 일이다. 그러나 그 고민마저도 칼리스타가 해결해주었다.

"혹시 모르니 경비대에 손을 써주겠네. 어지간한 일이 없으면 자네들을 검문하지 않을 걸세."

"그렇게 해주신다면 일이 더 쉬워지지요. 오늘 내로 잡아오겠습니다."

"걱정 붙들어 매십시오. 곱게 붙잡아서 대령하겠습니다."

호언장담하는 현상금 사냥꾼들을 보며 칼리스타가 빙그레 미소를 지었다. 이제 자신에게 불손했던 애송이 견습기사는 저들의 손에 붙잡혀올 것이다. 그러면 자신은 그를 마음껏 생체실험할 수 있게 된다. 어차피 뒤탈을 없애려면 리셀의 존재를 지워야 하기에 지부에 들어오는 걸 아는 자가 많지 않아야 했다.

'차라리 정식으로 계약하는 것보다 낫군. 그렇게 했다면 제약조건이 많았을 테니 말이야.'

그가 만족스런 표정으로 고개를 끄덕였다. 나름대로 마르타에서 날고 기는 자들만 골라서 불러들였기 때문에 저들은 반드시 리셀이라는 견습기사를 붙잡아올 터였다.

카르시안의 권고는 지극히 현명한 선택이었다. 지도를 토대로 길을 떠난 리셀의 앞을 가로막은 것은 산짐승들이나 통과할 정도로 험준한 산길이었다. 오랫동안 사람들이 다니지 않아 길은 흔적조차 보이지 않았다. 무성한 잡초와 무질서하게 자라난 초목이 길을 완전히 뒤덮고 있었다.

"정말 험하군. 어지간한 사람은 제대로 걷지도 못하겠어."

그러나 리셀은 어린 시절부터 악령의 숲 깊숙한 곳에서 살아온 산사람이다. 수련을 위해 끊임없이 험로를 질주해왔던 리셀에게 그것은 그리 큰 장애물이 아니었다. 리셀은 하늘에 떠 있는 해를 이정표 삼아 끊임없이 북서쪽으로 나아갔다. 카르시안이 건네준 지도도 방향을 잡는 데 큰 힘이 되어주었다.

큰 바위와 바위를 뛰어넘고 아찔한 절벽 가장자리를 걷는 것은 차라리 곡예에 가까웠다. 산길에 들어선 지 얼마 되지 않아 리셀은 숨이 가빠오는 것을 느꼈다. 단련될 대로 단련된 그가 금세 지칠 정도로 길이 험준했다. 이마에 흐르는 땀을 닦아낸 리셀이 쓴웃음을 지었다.

"이렇게 험한 길이면 하루에 얼마나 갈 수 있을지 모르겠군."

보통 사람이라면 온종일 이동해도 3~4킬로미터 정도밖에 움직이지 못할 것이다. 어느 정도 이동한 다음 반드시 휴식을 취해야 하기 때문이다. 그러나 리셀의 몸속에는 충만한 마나의 결정체가 있다. 숨이 가빠지자 자연스럽게 마나가 리셀의 몸속을 순환했다. 마나가 불어넣어 주는 활력을 느끼며 리셀은 끊임없이 걸음을 옮겼다. 문득 리셀의 머릿속에 한 가지 생각이 떠올랐다.

'만약 몸속의 마나가 모두 고갈되면 어떻게 되는 걸까?'

지금껏 리셀은 마나가 고갈될 정도로 수련을 해본 적이 없었다. 마나의 순환은 몸을 한계상황까지 몰아넣어야 이루어진다. 그런데 리셀은 지금껏 마나가 고갈될 정도의 한계상황까지 몰린 적이 없었다. 리셀의 입가에 빙그레 미소가 떠올랐다.

"잘되었군. 이번 기회에 마나가 고갈될 때까지 움직여봐야겠군."

카르시안의 말대로라면 어차피 현상금 사냥꾼들의 추격이 이루어질 것이다. 그들에게 따라잡히지 않으려면 쉼 없이 이동해야 했다.

이번 기회를 좋은 수련 기회로 생각한 리셀이 마음을 굳게 먹었다. 마나가 고갈될 때까지 몸을 혹사시키는 것이 리셀이 생각한 수련이었다.

리셀의 걸음이 빨라졌다. 빠른 속도로 사냥꾼의 길을 주파하는 것이다. 보통 사람이라면 한 시간 이동하는 것도 힘든 험지를 리셀은 쉬지 않고 움직였다. 돌과 돌을 뛰어넘고 야트막한 절벽을 기어오르는 등 상당한 난관이 리셀을 괴롭혔다. 그러나 리셀은 열심히 움직이고 또 움직였다.

"헉, 허억."

얼마 지나지 않아 숨이 턱 끝까지 차올랐다. 마나의 순환이 한계에 이른 것이다. 아랫배에 충만하게 자리 잡고 있던 마나의 결정체가 눈에 띄게 줄어들어 있었다. 험한 산길을 주파한 지 다섯 시간 만에 일어난 일이었다. 땀이 가득한 리셀의 얼굴에 긴장감이 어렸다.

'여기까지가 한계인가?'

그러나 마나의 작용은 역시 신비했다. 거의 고갈된 것으로 보였던 아랫배의 마나 결정체가 다시 조금씩 차오르기 시작했다. 기운이 부족하자 호흡을 통해 자동적으로 보충하는 것이다. 그러면서 리셀의 몸속을 순환하는 마나의 속도가 다소 빨라졌다.

풀무처럼 거칠게 숨을 몰아쉬던 리셀의 호흡이 급속도로 진정되었다. 그러나 활력은 그리 오래 지속되지 않았다. 리셀이 걷는 길은 그 정도로 험했다. 그러나 아랫배의 마나 결정체는 고갈될 듯하면서도 끈질기게 버텨주었다.

이번 기회에 체력의 한계를 시험해볼 요량으로 리셀은 움직이는 것을 멈추지 않았다. 그러자 몸에서 변화가 일어났다. 호흡을 통해 마나를 빨아들이는 속도가 현저하게 빨라진 것이다. 마나가 조금씩 차오르는 것을 느낀 리셀의 눈가에 놀라움이 스쳐 지나갔다.

‘놀랍군. 몸이 한계상황에 적응을 하고 있어.’

보통 사람이었다면 벌써 지쳐 쓰러졌을 정도의 강행군이다. 지금껏 리셀은 서너 번가량의 한계상황을 겪었다. 그러나 아랫배의 마나는 고갈될 듯하면서도 용케 호흡을 통해 모자라는 기운을 충원했다.

그에 고무된 리셀은 움직이는 것을 멈추지 않았다. 사냥꾼의 길을 이동하면서 아주 자연스럽게 마나 수련을 하는 것이다. 다리 근육이 끊어질 듯 아파왔지만 리셀은 포기하지 않았다. 마탑의 지부에 잡혀가지 않으려면 힘이 있는 한 움직여야 한다는 사실을 본능적으로 직감한 것이다.

현상금 사냥꾼들은 금세 리셀의 행방을 알아냈다. 직업이 직업인만큼 그들은 마르타 시내에 다수의 정보원들을 깔아두고 있다. 그들의 입을 통해 리셀이 사냥꾼의 길을 선택했다는 사실을 손쉽게 알아차릴 수 있었다. 목표물이 다른 길도 아닌 사냥꾼의 길을 선택했다는 사실에 현상금 사냥꾼들은 쾌재를 불렀다.

“잘됐군.”

“다른 사람들의 눈에 띄지 않고 잡아올 수 있겠어.”

리셀이라는 견습기사를 잡아오는 것은 일도 아니다. 문제는 다른 사람들의 눈에 띄어서는 안 된다는 점이다. 그런 면에서 목표물이 사냥꾼의 길을 선택했다는 것은 그들에겐 행운이나 마찬가지였다.

　게다가 그들에겐 사냥꾼의 길이 결코 낯설지 않았다. 현상금 사냥꾼들이 뒤쫓는 범죄자들은 다른 사람들의 눈을 피해야 한다. 때문에 인적이 드문 사냥꾼의 길을 도주로로 선택하는 경우가 종종 있다.

　그러나 사냥꾼의 길은 쉽사리 주파할 정도로 만만한 통로가 아니다. 대부분의 범죄자들은 얼마 가지도 못하고 탈진해서 되돌아오거나 그 자리에 주저앉는 경우가 태반이다. 덕분에 현상금 사냥꾼들은 비교적 수월하게 범죄자를 붙잡아올 수 있었다.

　"생각보다 일이 잘 풀리겠어."

　만면에 미소를 지은 현상금 사냥꾼들이 만반의 준비를 하고 사냥꾼의 길로 접어들었다. 경험상 사냥꾼의 길에 들어서려면 철저한 준비가 필수였다. 모두 합쳐 열여덟 명에 달하는 현상금 사냥꾼들은 조심스럽게 리셀의 뒤를 쫓았다. 하나같이 추적에 도가 튼 자들이었기에 흔적을 찾는 것은 금방이었다.

　"흠, 이곳으로 지나간 것이 분명하군요. 나뭇가지가 변색된 모양새를 보니 지나간 지 약 네 시간 정도 되는 것 같습니다."

　"발자국의 굳은 정도와 흙이 마른 정도를 보니 확실할 것 같습니다."

　잠정적으로 리더를 맡은 클록이 비릿한 미소를 지었다.

　"놈이 추격당하는 것을 알고 있나 보군. 그러니 무리를 할 수밖에……."

준비 기간을 감안할 때 목표물과 그들 사이의 거리는 두 시간 정도밖에 차이가 나지 않는다. 하지만 흔적을 살펴보니 목표물은 상당히 빠른 속도로 도망치고 있었다. 경험으로 미루어볼 때 상대는 얼마 가지 못하고 탈진해서 뻗을 가능성이 높았다. 오랫동안 현상범을 상대해오며 클록은 도망자들의 심리에 도통했다.

"급할 게 없으니 천천히 추격하도록 하지."

현상금 사냥꾼들이 동의한다는 듯 고개를 끄덕였다. 그들의 의견 역시 동일했기 때문이었다.

그러나 그들의 예상은 얼마 가지 않아 빗나갔다. 흔적을 주의 깊게 살피던 사냥꾼 한 명이 입을 딱 벌렸다.

"거, 거리가 더 벌어졌습니다. 최소한 여섯 시간 전에 이곳을 지나친 것이 분명합니다."

현상금 사냥꾼들의 얼굴에 놀란 빛이 역력했다. 그들은 체력 안배에 신경을 써가며 움직였다. 지쳐서 탈진하는 것을 막기 위해서였다. 예상대로라면 목표는 얼마 가지 못하고 탈진해서 움직임이 느려져야 했다. 그런데 뜻밖의 일이 벌어진 것이다.

그들이 뒤쫓는 애송이 견습기사는 마치 골렘처럼 쉬지 않고 험로를 주파하고 있었다. 그것도 상상도 하기 힘든 빠른 속도였다.

"흠. 단련이 잘된 녀석인가 보군. 하지만 인간의 체력에는 한계가 있는 법이지. 차근차근 뒤쫓다 보면 반드시 꼬리를 잡을 수 있을 것이다."

클록은 동요하지 않고 뒤쫓을 것을 당부했다. 집요함과 끈기로 무수한 현상범들을 잡아온 그들이 아니던가? 지금의 속도로 도주할 경우 반드시 체력이 바닥날 터, 탈진한 목표물을 붙잡는 것은 일도 아니었다. 다만 거리를 더 이상 벌릴 수는 없었다.

"속도를 올린다. 더 거리가 벌어지면 흔적을 찾기 힘드니 힘을 내라."

클록의 말에 현상금 사냥꾼들이 고개를 끄덕이며 짐을 챙겨 들었다. 온갖 악조건이 난무하는 사냥꾼의 길을 가는 것은 단련된 그들에게도 쉬운 일이 아니었다.

제8장
드래곤 사냥을
꿈꾸는 자들

울창한 산림. 험준한 산 아래 뻗어 있는 길이었다. 그 길을 다수의 인간들이 오르고 있었다. 하나같이 은빛 갑주를 차려 입은 기사들이었다. 중간 중간 화려하게 수가 놓인 로브를 걸친 마법사들 무리가 자리했다. 언뜻 보아도 수백 명은 되어 보이는 인원이었다.

문제는 산을 오르는 자들이 하나같이 플레이트 메일을 차려 입은 기사들이란 사실이다. 마땅히 그들을 보조해야 할 종자나 수행원 차림새를 한 자들은 눈을 씻고 보아도 없었다.

보통 한 명의 기사가 움직일 때에는 최소 네 명, 많게는 열 명의 수행원이 뒤따르게 된다. 무기와 장비를 관리하고 온갖 잡일을 도맡아 하는 것이 그들의 역할이다. 기사는 그런 대우를 받을 정도로 고급 인력이었다. 그런데 지금 산을 오르는 기사들은 그런 수행원들을 전혀 거느리지 않았다. 고작해야 십여 명 정도 되어 보이는 병사들이 등짐을 짊어지고 뒤따를 뿐이었다.

산을 오르는 사람들은 정확히 세 무리로 나뉘어 행군하고 있었다. 그중 선두 무리에 자리 잡은 자들은 날개 달린 사자, 즉 그리폰의 형상이 기하학적으로 그려진 문장을 가슴팍에 새기고 있었다. 그리폰의 문장을 가문의 상징으로 쓰는 귀족가문들은 많고도 많다. 하지만 가슴 대부분을 차지할 정도로 큰 데다 정확히 중심축을 경계로 좌측으로는 붉은색을, 우측으로는 푸른색을 칠한 그리폰의 문장은 단 한 가문, 아스트리아 제국의 아그리아 공작가에서만 사용한다.

아그리아 공작가. 아스트리아 제국의 명문 중 명문 가문으로서 최근 들어 그 성세가 급상승하여 단연 제국 제일의 부와 권력을 누리고 있는 가문이었다. 그 배경에는 빛나는 검의 힘이 자리하고 있었다.

블레이드 오너(Blade Owner), 빛나는 검의 소유자를 지칭하는 단어이다. 세상의 기틀을 만들어나가는 원소인 마나를 몸속에 가두어 쌓고 그 힘을 이용해 상상을 초월하는 물리적 힘을 발휘할 수 있는 초인을 일컫는 단어이다.

정제되고 정제된 마나의 집약체가 검에서 분출되는 순간 닿

는 모든 것을 절단해버리는 무시무시한 위용을 발휘한다. 그
힘은 기존의 수련 방식으로 힘을 쌓아온 기사들을 압도하기에
충분했다.

아그리아 공작가의 번영은 바로 그 블레이드 오너를 배출함
으로써 이루어졌다. 가문의 식솔이던 루드비히 아그리아가 빛
나는 검을 손에 넣었기에 가능했던 일인 것이다.

아그리아 공작가는 블레이드 오너인 루드비히를 전면에 내
세워 가문의 번영을 이끌어냈다. 그가 앞장서는 전투는 어떠
한 경우에도 패하지 않았다. 거침없이 적진에 난입하여 적장
의 목을 베고 주축 기사들을 마치 풀 베듯 쓰러뜨려 버리는데
어찌 배겨날 수 있을 것인가?

아그리아 공작가는 이 루드비히의 힘을 적절히 활용하여 현
아스트리아 제국에서 가장 강한 부와 권력을 손에 틀어쥘 수
있었다. 가장 넓은 영토와 강력한 기사단, 그에 걸맞은 정병.
심지어 아스트리아 제국 황제조차도 아그리아 공작가의 눈치
를 봐야 하는 실정이었다.

그런데 그런 아그리아 공작가의 문장을 새긴 기사단이 무슨
일로 이토록 험준한 산길을 힘겹게 오르고 있을까? 그들을 진
두지휘하는 자는 선두에 서서 손으로 얼굴에 흥건한 땀을 닦
아내고 있었다.

"힘들군."

갓 서른이 넘어 보이는 강인한 얼굴. 오랜 수련 때문인지 눈

빛이 예사롭지 않은 인물이었다. 그의 이름은 크릭스 아그리아. 현재 아그리아 공작가의 가주를 맡고 있는 트랜든 아그리아 공작의 둘째 아들이었다. 그리고 호시탐탐 가문의 후계자 자리를 노리고 있는 야심 많은 사내이기도 했다. 살짝 고개를 돌린 크릭스가 줄을 지어 올라오는 가문의 기사들을 쳐다보았다. 그들은 아그리아 공작가가 심혈을 기울여 키워낸 가문의 실질적인 힘이었다. 그들을 쳐다보는 크릭스의 얼굴에 안도의 표정이 떠올랐다.

'그나마 다행이야. 코멧 기사단을 데리고 올 수 있어서 말이야.'

제국 제일의 가문답게 아그리아 공작가에는 다섯 개의 기사단이 있다. 통상적인 귀족가문이 기사단 하나, 많으면 둘을 보유하고 있는 것에 비하면 이례적인 일이라 할 수 있다. 코멧 기사단은 다섯 개의 기사단 중 두 번째 서열을 차지하고 있는 기사단이었다. 최고의 정예로 이루어진 라이텐 기사단만큼은 아니지만 그래도 코멧 기사단의 힘은 무시무시했다. 전체가 오십 명으로 이루어져 있으며 하나같이 고된 수련을 거친 정예들 중 정예였다.

렌테리아 마탑에 의해 블레이드 오너라는 초인들이 세상에 선을 보였지만 아직까지 기사들은 전통적인 방법으로 수련을 했다. 블레이드 오너의 경지에 오르는 것이 너무도 힘든 일이기 때문이었다.

아그리아 공작가에서도 루드비히 말고는 블레이드 오너의 경지에 오른 기사가 등장하지 않았다. 물론 수많은 기사 수련생들이 가문의 연무장에서 불철주야 마나 수련을 하고 있기는 했다. 그러나 그들 중에서 블레이드 오너가 나올 가능성은 지극히 희박했다. 때문에 아그리아 공작가에서는 마나홀을 형성할 가능성이 희박한 수련생을 일찌감치 기사단에 내려보냈다. 빛나는 검의 가능성만 믿을 순 없었기 때문이었다.

현재 크릭스가 거느리고 온 기사는 대략 이백여 명, 그중 오십 명은 코멧 기사단원이었고 나머지 백오십 명은 그들이 거느린 견습기사들이었다. 그들이 수행해야 할 임무가 워낙 위험했기 때문에 아그리아 공작가에서는 견습기사들에게까지 비싸디비싼 풀 플레이트 메일을 지급한 상태였다. 고개를 돌린 크릭스의 얼굴이 슬그머니 어두워졌다.

'과연 저들 중에서 몇 명이나 살아남을지……'

그는 실로 엄청난 임무를 맡고 이곳에 파견되었다. 그것은 다름 아닌 드래곤 사냥이었다.

드래곤(Dragon). 명실상부한 지상 최강의 생명체였다. 마법을 자유자재로 사용하지만 드래곤의 진정한 권능은 거대한 몸집과 거기에서 뿜어져 나오는 강력한 힘에서 나온다. 게다가 외피가 강도 높은 금속질 비늘이어서 어지간한 타격에는 꿈쩍도 하지 않는다.

무엇보다도 공중을 자유자재로 날아다닌다는 것이 드래곤

을 상대하기에 가장 어려운 점이었다. 얼마나 잡기가 힘든지 드래곤을 사냥한 자는 드래곤 슬레이어라는 명예로운 칭호를 부여받을 정도였다.

고금을 통틀어 드래곤 사냥을 시도한 자는 많고도 많았다. 그러나 그들 중에서 목적을 이루는 자는 정말로 드물었다. 대부분이 드래곤의 둥지 아래에서 썩어들어가는 시체가 되고 마는 것이 현실이었다. 그런 드래곤을 아그리아 공작가에서 사냥하려는 것이다. 그러나 크릭스의 얼굴에서는 좀처럼 공포감을 찾아볼 수 없었다.

'정보가 정확하다면 우리는 임무에 성공할 수 있을 것이다.'

사실 드래곤 사냥에는 엄청난 대가를 기대할 수 있다.

인간과 마찬가지로 드래곤들은 값비싼 보석과 귀금속을 좋아한다. 보물을 손에 넣기 위해 인간들을 습격하는 드래곤들도 있다. 심지어 둥지 주변에서 살아가는 인간들로부터 정기적으로 상납을 받아 챙기는 드래곤들도 있을 정도였다. 인간들의 마을을 공격하지 않는 대가로 보물을 받는 것이다.

그러나 대부분의 드래곤들은 드워프들과의 공생관계를 유지하며 보물을 모은다. 드워프들을 인간들의 탐욕으로부터 보호해주는 대가로 레어를 장식할 보석과 귀금속을 모으는 것이다.

드래곤은 무척 오랜 세월을 살아가는 생명체이다. 천수를 누릴 경우 족히 1만 년 가까이 살아갈 수 있다. 만약 사냥에 성공하면 드래곤이 그 오랜 세월 동안 살아오며 모은 방대한 보물을 손에 넣을 수 있다. 그러니 인간들이 위험을 감수하고 끊임없이 드래곤 사냥을 시도하는 것이다.

드래곤이란 종족은 마법을 자유자재로 구사한다. 몸속에 방대한 마나를 쌓아두기 때문에 드래곤의 마법은 인간들처럼 따로 주문을 외울 필요가 없다. 캐스팅을 통해 주변의 마나를 재배열하여 마법을 발현시키는 것이 인간의 방식이라면 드래곤은 드래곤 하트에 저장된 방대한 마나를 직접 소모하여 순간적으로 마법을 발현시킨다.

한 가지 같은 점은 드래곤 역시 인간 마법사처럼 평생을 마법 연구에 몰두한다는 점이다. 그런 만큼 드래곤의 레어에는 값비싼 마법시약과 마법서, 그리고 각종 마법 아티팩트가 존재한다. 마법사라면 보기만 해도 눈이 휘둥그레질 정도의 보물들이 널려 있는 것이다. 명색이 마법사라면 목숨을 걸고서라도 욕심을 내어볼 만하지 않겠는가.

드래곤 사냥의 가장 큰 전리품은 바로 드래곤의 사체였다. 드래곤의 외피를 덮고 있는 비늘은 상상을 초월하는 강도를 지녔다. 그 비늘을 이용해 갑옷을 만든다면 어떠한 공격도 쉽사리 막아낼 수 있는 강력한 방어도를 가진다. 그리고 드래곤의 피와 살은 마법 연구를 하는데 있어서 무엇과도 비견될 수 없는 훌륭한 마법시약이다.

드래곤의 사체는 어디 한군데 버릴 곳이 없다. 드래곤의 힘줄은 활이나 석궁을 만드는 최상의 재료이다. 뼈 역시 연마해서 검과 창을 만드는 일급 재료로 평가받는다. 그러나 그 모든 것은 부산물일 뿐이었다.

드래곤의 사체에서 가장 값어치가 나가는 것은 바로 그 심장이었다. 드래곤 하트. 드래곤의 용언마법을 실현하는 마나 홀이자 상상도 할 수 없는 양의 마나가 농축된 붉은 보석이었다. 그 거대한 덩치의 드래곤이 평생을 모은 마나가 담긴 그릇인 만큼 그 마나량은 결코 마정석에 비할 바가 아니다.

아그리아 공작가에서 눈독을 들이는 것도 바로 그 드래곤 하트였다. 다시 말해 드래곤 하트를 손에 넣기 위해 드래곤 사냥을 계획한 것이나 다름없었다. 크릭스의 눈빛이 별안간 빛났다.

'반드시 드래곤 하트를 손에 넣어야 해. 그래야만 루드비히 님의 뒤를 이을 차세대 블레이드 오너를 키워낼 수 있어.'

블레이드 오너를 꿈꾸는 수련생들은 마나 집적 마법진 위에서 수련을 통해 마나홀을 열어야 한다. 물론 그 확률은 지극히 희박하다. 그런데 최근 들어 새로운 학설이 하나 흘러나왔다. 그것은 바로 마법진 위의 마나 농도뿐 아니라 그 순수성도 마나홀을 여는 데 상당한 영향을 미친다는 점이다.

통상적으로 마나의 순수성은 지금껏 그다지 조명받지 못한 항목이다. 알려진 것이라곤 수준이 높은 마법사가 그린 마법진의 마나가 그렇지 않은 것에 비해 순수성에서 미세하게 차이를 보인다는 점이다. 그리고 사람들이 많이 사는 곳보다 그렇지 않은 심산유곡의 마나가 비교적 순수하다고 알려져 있다.

지금껏 마나의 순수성이 조명받지 못한 중요한 이유는 마법을 펼치는 데 그다지 차이가 나지 않았기 때문이었다. 그러나 렌테리아 마탑에서는 오랜 연구 끝에 하나의 학설을 발표했다.

—빛나는 검 후보자들의 가슴에 마나홀을 여는 데에는
마나의 순수성이 상당한 역할을 한다.

조금이라도 순수한 마나가 마나홀의 형성에 유리하다는 사실을 알게 되자 각국의 귀족가문은 발칵 뒤집혔다. 지금까지는 마법사의 수준에 신경을 쓰지 않은 것이 현실이었다. 그러나 렌테리아 마탑의 발표로 인해 상황이 판이하게 바뀌어버렸다. 당장 귀족가문에서 수련생들의 수련장을 인적이 드문 산골로 옮기고 마법진을 유지하는 마법사를 조금이라도 높은 클래스로 교체하려고 시도한 것이다.

아그리아 공작가 역시 마찬가지였다. 그러나 그것은 결코 쉬운 일이 아니었다. 수련생들의 수련장을 옮기는 것은 그리 어렵지 않았지만 마법사의 서클을 올리는 것은 불가능한 일이었다. 이미 아그리아 공작가에서는 비싼 대가를 주고 5서클 이상의 중견 마법사들을 고용한 상태였다. 그들을 고용하는 데 상당히 비싼 대가를 치러야 했다.

그러나 5서클 마법사의 몸값과 6서클 대마법사의 몸값은 비교조차 할 수 없을 정도로 차이가 난다. 비싸디비싼 6서클 이상의 대마법사를 고용하는 것은 제아무리 부유한 아그리아 공작가로서도 벅찬 일이었다.

그래서 계획된 것이 바로 드래곤 사냥이었다. 드래곤 하트에 함유된 마나는 마법진 따위가 제공하는 마나와는 비교도 할 수 없을 정도로 순수하다. 게다가 그 방대한 마나량은 수십 년 동안 줄기차게 수련생들에게 마나를 제공해줄 터였다. 그것이 바로 아그리아 공작가에서 이번 드래곤 사냥을 계획한 이유였다.

그러나 드래곤 사냥은 제국 제일의 가문인 아그리아 공작가에서 홀로 추진할 정도로 만만하지 않았다. 드래곤을 사냥하려면 뛰어난 실력의 기사 말고도 충분히 서클이 높은 마법사도 필요했기 때문이었다.

그것을 위해 아그리아 공작가에서는 마탑의 힘을 끌어들였다. 드래곤의 레어에 쌓여 있을 마법시약과 마법서를 미끼로 마탑으로부터 마법사를 지원받은 것이다. 그것으로도 모자람을 느껴 아그리아 공작가는 함께 드래곤 사냥에 나설 가문을 물색했다. 대가는 드래곤의 레어에 쌓인 보물이었다. 그 사실을 떠올린 크릭스가 돌연 얼굴을 찡그렸다.

'설마 황가에서 한 발 걸칠 줄은 몰랐는데.'

아그리아 공작가에서 드래곤 사냥을 한다는 소문을 듣고 어느날 황실에서 사신이 찾아왔다. 사신은 말을 돌리지 않고 단도직입적으로 목적을 밝혔다.

"황가에서도 드래곤 사냥에 관심이 있습니다. 기사가 필요하다면 지원해 드릴 수 있습니다. 물론 전리품을 나누는 조건으로 말입니다."

당연히 아그리아 공작가에서는 난색을 표했다. 그들로서는 드래곤 하트를 양보할 수 없었기 때문이었다. 그러나 다행히 황가가 원하는 것은 드래곤 하트가 아니라 드래곤의 레어에 쌓인 보물이었다. 그 사실을 듣고 난 아그리아 공작가에서는 황가의 합류를 달게 받아들였다. 아스트리아 황실이라면 그 어떤 귀족가문보다 질적으로나 양적으로 뛰어난 기사들을 지원할 수 있기 때문이었다.

드래곤 사냥을 위한 편성은 그렇게 해서 완료되었다. 아그리아 공작가에서 코멧 기사단을 위시한 기사 이백 명을, 황실에서는 수도 경비에 투입되는 기사단 일백오십 명을 명장으로 소문난 브렌트 백작에게 맡겨 보냈다.

거기에 마탑 소속의 마법사 삼십 명과 6서클을 넘어선 대마법사 두 명이 가세했다. 실로 엄청난 전력이 아닐 수 없었다. 그러나 그런 전력으로도 드래곤을 사냥하는 데에 확신을 가질

수 없었다. 드래곤은 그 정도로 강한 생명체였다. 뭔가 하나라
도 틀어진다면 원정대 전부가 시체가 되어 드래곤의 레어에서
쓸쓸히 썩어가게 될 터였다.

이것은 아그리아 공작가에게 하나의 도박이나 마찬가지였
다. 만약 드래곤 사냥에 성공할 경우 아그리아 공작가는 드래
곤의 사체를 차지하게 된다. 그리고 황실은 드래곤 둥지의 보
물을, 그리고 마탑은 드래곤의 마법시약과 마법서를 전리품으
로 획득하기로 계약이 되어 있다. 문제는 드래곤의 사체를 손
에 넣기가 만만치 않다는 점이다.

드래곤이란 생명체는 그 생명이 다할 경우 마법주문을 외워
시체를 대자연의 품으로 돌려보낸다. 자신들의 시체가 인간들
의 손에 훼손되기를 바라지 않기 때문이었다. 그 때문에 지금
껏 드래곤 사냥에 나선 자들은 임무에 성공하고도 시체를 얻
지 못하는 경우가 많았다.

드래곤은 자신이 죽을 경우를 대비해 자연적으로 시체가 대
자연의 품으로 흩어지도록 마법을 걸어놓는 경우가 많다. 드
래곤 하트를 매개체로 걸어두는 마법이라 제아무리 수준 높은
마법사도 그것을 막을 수 없다. 이러한 사실을 떠올린 크릭스
가 뒤에서 따라오는 것이 확실할 수도경비 기사단이 있는 쪽
을 쳐다보았다.

'아마도 황실에서는 그 점을 염두에 두고 계약을 했을 테
지.'

　현재 아스트리아 황실은 나날이 강대해져 가는 아그리아 공작가를 경계하고 있는 실정이었다. 아마도 이번 원정에 참가한 것은 바로 그 때문이리라. 아그리아 공작가가 드래곤 사냥에 성공한다면 안 그래도 강대한 위세가 더욱 강해질 것이다. 자칫 잘못하면 황권을 넘볼 수도 있기 때문에 억지로 드래곤 사냥에 참가했을 가능성이 컸다.

　드래곤의 사체 대신 드래곤 둥지의 보물을 요구한 것도 바로 그 때문일 터였다. 그러나 크릭스에게는 달리 믿는 바가 있었다.

　'하지만 이번은 가능해.'

　이미 아그리아 공작가는 엄청난 돈을 들여 정보를 수집했다. 가문의 대소사를 관할하는 정보조직뿐만 아니라 각지의 정보길드에게 의뢰를 해서 사냥이 가능한 드래곤에 대한 정보를 모은 것이다.

　드래곤은 족히 1만 년 가까이를 살아가는 생명체이다. 그중 4천 살이 넘은 드래곤은 인간의 힘으로는 사냥이 불가능하다. 죽을 때까지 성장하는 드래곤의 특성상 4천 년 이상 묵은 드래곤의 힘은 인간으로썬 감히 감당할 수 없다. 사냥을 성공시키려면 반드시 4천 살이 되지 않은 드래곤을 노려야 한다.

　지금 아그리아 공작가에서 노리는 드래곤은 약 3천5백 년 정도 살았으리라 추정되는 드래곤이었다. 종류와 덩치를 계산

해보면 대략적인 수명을 추정해볼 수 있다.

오랜 조사를 통해 아그리아 공작가가 결정한 드래곤은 아스트리아 제국 남서부, 베텔 왕국과의 접경지에 둥지를 틀고 살아가는 골드 드래곤이었다. 험하디험한 베네아 산맥에 둥지를 튼 드래곤이 사냥감으로 낙점되었다.

드래곤의 종류는 천차만별이다. 바다를 주 활동지로 삼고 살아가는 실버 드래곤은 드래곤 중에서 가장 강력하다고 알려져 있다. 강한 것은 둘째 치고 둥지가 깊은 바닷속에 위치해 있기 때문에 인간들은 감히 실버 드래곤을 사냥할 엄두를 내지 못한다.

그다음으로 강한 드래곤이 레드 드래곤이다. 그러나 레드 드래곤 역시 인간들이 쉽사리 범접할 수 없는 존재이다. 세상의 원소 중 가장 강한 기운인 화(火)의 기운을 자유자재로 사용하는 데다 성격이 매우 흉포하고 사납기 때문에 사냥하기가 무척이나 힘들다.

레드 드래곤의 브레스에 맞을 경우 제아무리 단단한 갑옷을 입고 있어도 녹아내리는 운명에서 벗어나지 못한다. 뇌전의 힘을 사용하는 블루 드래곤 역시 금속 갑옷을 입은 기사들이 상대하는 데 까다롭기는 마찬가지였다.

아그리아 공작가에서 골드 드래곤을 사냥하기로 마음먹은 데에는 바로 그런 드래곤의 특성이 충분히 고려되었다. 바람의 힘을 사용하는 골드 드래곤은 그나마 갑옷 입은 기사들이

상대하기에 용이했다. 무엇보다도 아그리아 공작가의 선택에서 가장 큰 역할을 한 것은 목표한 드래곤이 새끼를 데리고 있는 어미 드래곤이라는 사실이다.

오랜 조사 결과 골드 드래곤은 이삼백 년쯤 전 새끼를 낳아 기르고 있다는 사실이 확인되었다. 성룡이 되지 못한 드래곤의 새끼를 지칭하는 단어인 해츨링이 우연히 나무꾼에 의해 목격되었던 것이다. 그 사실을 알게 된 아그리아 공작가에서는 머뭇거림 없이 해당 드래곤을 사냥감으로 지목했다.

해츨링이 있으니 도망칠 걱정을 하지 않아도 되는 것이 가장 큰 이유였다. 사실 드래곤 사냥에 있어 가장 큰 애로점은 드래곤의 날개이다. 궁지에 몰릴 경우 드래곤은 얼마든지 날개를 펴고 도망칠 수 있다. 그러나 새끼가 있을 경우 그렇게 하지 못한다. 각성하여 성룡이 되지 못한 해츨링은 날지 못한다. 다시 말해 새끼만 붙잡고 있으면 드래곤이 도망칠 걱정을 하지 않아도 되는 것이다.

게다가 새끼를 키우는 드래곤은 그렇지 않은 드래곤에 비해 약할 수밖에 없다. 새끼를 키우고 교육시키는 데 많은 힘을 소모한 상태이기 때문이다. 크릭스의 입가에 미소가 번져갔다.

'새끼가 있는 드래곤이라면 자신의 몸에 쉽사리 마법을 걸 수 없을 테지.'

사실 아그리아 공작가에서 가장 우려하는 것은 드래곤이 죽기 직전 자신의 몸에 마법을 걸어 몸을 구성하는 원소를 자연의 품으로 돌려보내는 것이다. 그렇게 되면 아그리아 공작가로서는 닭 쫓던 개 지붕 쳐다보는 격이 될 수밖에 없다.

황실에서 파견한 기사단은 드래곤 둥지의 보물을, 마탑의 마법사들은 드래곤이 쓰던 마법시약과 마법서를 차지하는 반면 아그리아 공작가의 전리품은 드래곤의 사체에 불과하다.

만약 드래곤이 죽기 직전 주문을 외워 자신의 시체를 대자연의 품으로 돌려보낸다면 아그리아 공작가는 엄청난 희생을 치르고도 아무것도 손에 넣지 못하는 결과가 나온다. 바로 그것을 방지하기 위해 새끼를 가진 드래곤을 선택한 것이다. 고개를 들어 전방을 쳐다보던 크릭스의 눈빛이 날카롭게 빛났다.

"반드시 드래곤 하트를 손에 넣어야 한다. 그 길만이 우리 아그리아 공작가가 끝없이 번영을 누릴 수 있는 길이야."

문득 크릭스의 머릿속에 가문의 유일한 블레이드 오너인 루드비히의 얼굴이 떠올랐다. 그의 얼굴이 떠오르는 순간 크릭스의 안색이 경직되었다. 올해로 구십이 넘은 노령이었지만 루드비히는 전혀 젊음을 잃지 않았다. 겉으로 보기에는 고작해야 사십 안팎의 중년으로밖에 보이지 않는 루드비히였다.

블레이드 오너, 몸속에 잠재한 방대한 마나의 힘 때문인지 루드비히는 인간에게 부여된 수명을 거부하고 아직까지 젊음과 힘을 잃지 않고 있었다. 형과 동생이 모두 노환으로 세상을 떴음에도 불구하고 루드비히는 아직까지 맑은 정신과 육신으로 가문의 대소사를 관할하고 있었다.

그가 세상에 남긴 다섯 명의 손자는 지금도 호시탐탐 아그리아 공작가의 가주 자리를 노리고 있다. 다시 말해 크릭스의 가장 큰 경쟁자인 것이다. 크릭스가 입술을 지그시 깨물었다.

"이번 일을 반드시 성공시켜야 해. 그래야만 가문에서 내 입지를 확고히 굳힐 수 있어."

좁디좁은 산길을 걸어가는 크릭스의 눈동자에는 확고한 결심이 서려 있었다.

뭔가를 결심한 이는 크릭스뿐만이 아니었다. 대열의 후미에 서서 행군하는 백오십여 명의 기사들, 그들을 진두지휘하는 이는 흰머리가 희끗희끗한 초로의 기사였다. 각진 얼굴에 당당한 체구, 얼굴과 손에 아로새겨진 흉터는 그가 지금껏 평탄치 않은 인생을 살아왔음을 말해주었다.

브렌트 아포리아 백작. 가문 대대로 황제에게 충성을 바쳐온 황제파 귀족으로, 평생을 전장에서 살아온 무장이었다. 황제의 신임이 비교적 깊었기에 드래곤 사냥이라는 막중한 임무를 맡고 이곳으로 파견되었다. 그가 상기된 눈빛으로 깎아지른 듯한 산허리를 쳐다보았다.

'긴장되는군. 과연 드래곤 사냥에 성공할 수 있을까?'

그러나 그는 금세 걱정을 머릿속에서 지워버렸다. 이번 임무는 황제가 직접 그를 불러 신신당부한 임무였다.

‘아그리아 공작가가 목적을 이루게 해서는 안 된다. 아그리아 공작가에 또 다른 블레이드 오너가 탄생할 경우 제국의 권력구도가 흔들릴 수밖에 없다.’

현재 아그리아 공작가는 황가에 맞먹는 부와 권력을 지니고 있다. 아그리아 공작가를 지지하는 귀족가문의 힘을 합치면 제국 전체 전력의 절반을 넘어선다. 다시 말해 황제조차도 아그리아 공작가의 눈치를 볼 수밖에 없다는 결론이 나온다.

이번 원정에 참가한 것은 바로 그 때문이었다. 아그리아 공작가가 드래곤 하트를 손에 넣는 것을 최대한 방해하는 것. 그러나 그것은 결코 쉬운 일이 아니었다. 임무가 쉽지 않았기 때문에 브렌트 백작의 안색은 그리 밝지 않았다.

‘아그리아 공작가에서 설마 코멧 기사단을 투입할 줄은 몰랐는데.’

코멧 기사단이라면 브렌트 백작이 데리고 온 수도경비 기사단보다 상위의 기사단이다. 기사 개개인의 실력과 역량이 월등했다. 물론 백오십여 명은 견습기사들이라고 하지만 코멧 기사단원들로부터 철저히 조련을 받은 자들로 보였다. 행군할 때 드러나는 모습은 그들이 혹독한 훈련을 거친 정예들임을 보여주었다.

그렇다고 드러나게 방해해서는 안 되는 것이 브렌트 백작의 입장이었다. 그럴 경우 아그리아 공작가에서 가만히 있을 리가 없었다. 아그리아 공작가에서 강력하게 항의하고 나설 경우 황제는 눈물을 머금고 이번 임무의 책임자인 브렌트 백작을 숙청할 수밖에 없다.

'이것 참 난감한 문제로군.'

머리를 흔들어 잡념을 날려버린 브렌트 백작이 묵묵히 행군에 열중했다. 사실 황제도 임무의 성공에 대해 그리 완강하게 주장하지 않았다. 그리 쉬운 임무가 아님을 알고 있는 것이다. 게다가 브렌트 백작은 이번 임무로 다쳐서는 안 되는 상황이었다. 왜냐하면 그는 이번 임무를 마치고 남부군 사령관으로 취임할 예정이기 때문이다.

제국의 남쪽에는 드넓은 라할리아 사막이 자리 잡고 있다. 온통 모래로 덮여 있는 라할리아 사막은 아스트리아 제국의 팽창정책을 효과적으로 가로막고 있는 자연의 관문이었다.

라할리아 사막 너머에는 레오폰 왕국이 자리 잡고 있다. 사막 부족의 지도자인 칼리프가 절대 권력을 지니고 있는 레오폰 왕국은 사막을 매개로 한 중계무역으로 엄청난 부를 쌓은 나라였다.

아스트리아 제국은 오래전부터 레오폰 왕국에 눈독을 들여왔다. 만약 레오폰 왕국을 정복하여 복속시킨다면 천문학적인 조공과 함께 대륙 남부로 무역로를 넓히는 효과를 기대할 수 있다. 때문에 제국에서는 두 차례에 걸쳐 대규모 원정군을 조직하여 레오폰 왕국으로 진군시켰다. 그러나 레오폰 왕국을 가로막고 있는 라할리아 사막은 대규모 원정군이 진입하기 힘든 천고의 방벽이었다.

원정군은 준비 부족으로 인해 참담한 패배를 했다. 각지의 오아시스에 대해 개략적으로 조사를 하긴 했지만 그것으로는 부족했다. 사막의 오아시스가 주기적으로 움직인다는 사실을 미처 간파하지 못해 물을 보충하는 데 실패했던 것이다. 그로 인해 첫 원정군은 사막의 전사들과 칼 한번 섞어보지 못하고 많은 병사를 사막의 모래바람에 묻어야 했다.

그 실패를 발판삼아 이루어진 두 번째 원정은 불과 10년 전에 감행되었다. 이번에는 사막에 분포한 수원에 대한 조사와 라할리아 사막의 특성을 충분히 고려했기 때문에 무난히 레오폰 왕국을 정복할 수 있을 것이라 기대했다.

그러나 제국의 무장들은 레오폰 왕국이 보유한 사막 전사들의 힘을 과소평가했다. 사막 부족들은 하나하나가 잘 단련된 전사들이었고 사막에서 어떻게 싸워야 하는지 잘 알고 있었다. 무엇보다도 레오폰 왕국에는 잘 보기 힘든 흑마법사와 네크로맨서들이 즐비했다. 죽은 시체를 이용해 끔찍한 흑마법을 자유자재로 사용하는 네크로맨서들과 잘 정련된 칼날과도 같은 사막의 전사들로 인해 두 번째 원정 역시 실패로 돌아갔다.

사막 전사들의 치밀한 작전에 의해 보급대가 유사에 빠져 전멸한 것이 가장 큰 이유였다. 결국 원정대는 레오폰 왕국 정벌을 포기하고 퇴각할 수밖에 없었다. 물론 사막 전사들은 퇴각하는 제국군을 가만히 내버려두지 않았다.

제국군의 퇴각로를 따라 사막 전사들에게 죽은 제국군 병사들의 시체가 꼬리에 꼬리를 물고 늘어졌다고 알려져 있으니 그 참담함은 굳이 입을 열어 말하지 않아도 익히 알 수 있었다. 두 번째 원정에 투입한 십만 대군 중 태반의 병사들이 사막에서 죽어갔으니, 원정 실패로 제국이 입은 피해는 실로 엄청나다고 할 수 있었다.

문제는 그 이후에 발생했다. 한 대 얻어맞은 레오폰 왕국은 당하고 있지만 않았다. 국력 차이가 있기에 전면적인 침공은 하지 못하지만 소규모의 기병으로 이루어진 약탈부대가 끊임없이 국경을 넘어와 남부의 영지들을 공격했다. 그로 인해 많은 제국의 영지민들이 죽고 마을이 약탈당했다. 심지어 영주가 사막 전사들의 칼날에 목이 달아나는 일도 생겼다. 제국으로서는 마땅히 그에 대한 대책을 마련할 수밖에 없었다.

국경을 지키던 남부군 태반이 원정에 투입되어 돌아오지 못했다. 그래서 제국의 장군들은 급히 타 지역의 병사들을 투입하여 국경선을 철통같이 지켰다. 그러나 다른 지역 출신 병사들이 사막전에 대해 잘 알 리가 없다.

레오폰 왕국의 기병들은 천고의 방벽인 라할리아 사막을 오고 가며 사막에 익숙하지 않은 수비군을 끊임없이 교란하고 괴롭혔다. 급기야는 전선 시찰에 나선 최고 사령관마저 레오폰 왕국의 특작부대에 사로잡히는 수모를 겪어야 했으니……

결국 황제는 남부 출신으로 사막의 전투에 능한 브렌트 백작을 남부군의 신임 사령관으로 임명하여 내려보내려 했다. 그런 와중에 이번 일이 생겨 갑작스럽게 드래곤 사냥에 투입된 것이다.

그런 만큼 브렌트 백작으로서는 어떤 일이 있어도 이번 전투에서 살아남아야 했다. 3차 원정대가 구성될 때까지 국경을 굳건히 지키고 약탈을 일삼는 사막 전사들을 일망타진하는 것이 브렌트 백작이 해야 할 임무였다.

'할 일이 무척 많군. 아그리아 공작가의 작전도 방해해야 하고, 남부로 가서 사막 두더지들도 일망타진해야 하고.'

고개를 끄덕인 브렌트 백작이 머리를 흔들어 상념을 날려버렸다. 따듯한 햇살이 평생 아스트리아 황실에 충성을 바친 노무장의 어깨를 비추고 있었다.

"포기한다."

클록이 입술을 질끈 깨물었다. 그러나 그의 명령을 듣는 자는 고작해야 열 명이 전부였다. 견습기사 리셀을 추격하는 데 모두 열여덟 명의 현상금 사냥꾼이 동원되었다. 그렇다면 나머지 인원은 어떻게 되었단 말인가? 그들 중 세 명은 강행군에 버티지 못해 낙오되었다. 두 명은 그들을 보살피기 위해 남겨두었고 한 명은 일찌감치 추격을 포기해버렸다.

"난 그만두겠소. 도저히 잡을 수 없을 것 같구려."

그리고 나머지 두 명은 험로를 걷다 실족해서 추락사해버렸다. 시체조차 수습하지 못할 정도로 험한 곳이라 사냥꾼들은 아득한 벼랑 아래 보이는 동료들의 시체를 멍하니 쳐다볼 수밖에 없었다.

느긋한 마음으로 출발했지만 상황이 절박하게 바뀌는 데에는 그리 오랜 시간이 걸리지 않았다. 목표물이 남긴 흔적은 시간이 지날수록 그들의 마음을 급하게 했다.

"최소한 열두 시간 이상 벌어져 있습니다. 거리가 점점 벌어집니다."

흔적을 살핀 현상금 사냥꾼의 말이었다. 그 말에 추격자들은 입을 딱 벌렸다.

"세, 세상에 어떻게 그럴 수가?"

"언데드나 골렘이 아니고서야 쉬지도 않고 이렇게 빠른 속도로 험로를 주파할 수는 없어."

이미 현상금 사냥꾼들의 체력은 한계에 도달해 있었다. 추격으로 단련된 현상금 사냥꾼들조차도 힘에 겨워할 정도로 사냥꾼의 길은 험준했다.

"어쩔 수 없다. 전속 전진한다."

더 이상 거리를 벌릴 수 없었기 때문에 클록은 빠른 속도로 목표물을 따라잡을 것을 명했다. 그때부터 현상금 사냥꾼들의 고난이 시작되었다. 그들은 제대로 쉬지도 않고 험지를 질주했다. 그들이 바라는 것은 단 하나, 흔적이 사라지기 전에 목표물을 따라잡는 것이었다.

산속에 난 흔적은 그리 오래가지 않는다. 산짐승들도 돌아다니는 곳이다 보니 어느 정도 시간이 지나면 흔적이 사라져 버린다. 그렇게 되면 추격하는 것이 불가능해진다. 그것을 알기에 클록이 큰 소리로 사냥꾼들을 독려했다.

"서둘러야 해. 혹시라도 놈이 잠을 잘 수도 있으니 거리를 조금이라도 좁히자."

사람은 쉬지 않고 움직일 수 없다. 혹시라도 목표물인 애송이 견습기사가 잠을 자거나 휴식을 취한다면 벌어진 거리를 현저히 좁힐 수 있다. 그러나 그들의 예상은 철저하게 어긋나 버렸다. 리셀이 일체 잠을 자지도, 그렇다고 휴식을 취하지도 않고 계속해서 움직인 것이다. 결국 그들 사이의 거리는 계속 벌어졌고 종국에는 흔적을 분별할 수 없을 정도로 뒤떨어져 버린 것이다.

그들의 앞에는 세 갈래의 갈림길이 있었다. 동물들이 오가는 통로와 겹쳐진 것이다. 문제는 리셀이 어느 길로 갔는지 흔적이 제대로 남아 있지 않다는 점이다. 자칫 길을 잘못 들어선다면 전혀 엉뚱한 곳으로 갈 수 있기 때문에 한참을 고민하던 클록은 결국 추격을 포기해버렸다.

"어쩔 수 없다. 비록 현상금이 쉽게 받기 힘든 거금이지만 목숨은 그보다 더욱 귀한 법. 이쯤에서 포기하자. 더 가봐야 거리를 좁힌다는 보장도 없고 말이다."

그 말에 사냥꾼들이 긴장이 풀린 듯 그 자리에 풀썩풀썩 주저앉았다. 바람이 싸늘했지만 그들의 얼굴과 목에는 땀이 흥건했다. 기가 찬 듯 그들이 한마디씩 내뱉었다.

"세상에 어찌 이런 놈이 있단 말인가? 사람도 아니야."

"가히 인간의 한계를 벗어던진 체력을 가진 녀석이로군."

동료들이 한마디씩 던지는 것을 묵묵히 듣던 클록이 갈림길을 쳐다보았다. 벌써 20년가량 현상범 사냥을 해왔지만 이처럼 어이없이 추격을 포기한 것은 처음이었다. 그것을 증명하듯 그의 눈초리에는 감탄의 빛이 어려 있었다.

"헉, 헉."

끊임없이 가쁜 숨을 토해내며 빠른 걸음으로 산길을 달려가는 인영. 걸음을 옮김에 따라 등에 멘 묵직한 배낭이 끊임없이 덜렁거렸다. 리셀은 꼬박 이틀 동안 한시도 쉬지 않고 사냥꾼의 길을 질주했다. 평범한 인간이라면 꿈도 꾸지 못하는 일이다.

그러나 리셀의 몸속에 충만한 마나가 그것을 가능하게 해주었다. 쉬지 않고 신체 장기에 활력을 불어넣어 주었기 때문이다. 끊임없이 몸속을 순환하는 마나를 느끼며 리셀은 걷고 또 걸었다. 산에 익숙한 리셀에게 사냥꾼의 길은 더 이상 장애가 되지 못했다.

"아흠. 지루하다."

늘어지게 하품을 하는 사내는 얼굴이 털로 뒤덮인 텁석부리였다. 거친 가죽갑옷을 입은 그는 느긋하게 책상에 다리를 올려놓고 있었다. 그가 있는 곳은 돌로 만들어진 나지막한 초소. 털보 말고도 초소 안에는 두 명의 사내가 더 있었다. 얼굴 생김새가 비슷한 것을 보니 한 배에서 태어난 형제 같았다. 문가에 서 있던 사내가 빙그레 웃으며 말을 걸었다.

"지루한 게 하루 이틀이 아닌데 웬 불평이십니까? 저는 이제 만성이 되었습니다."

그 말을 들은 털보가 눈을 부라렸다.

"이놈! 네 녀석하고 나하고는 먹은 짬밥이 다르다. 고작해야 6년 복무한 네놈과 10년 이상 복무한 나하고 어찌 같은 맥락에서 생각할 수 있단 말이냐?"

서슬이 퍼렇지만 문가의 사내는 조금도 주눅 들지 않았다.

"짬밥 많이 먹은 게 자랑이십니다. 요릭 형님."

느물거리는 태도에 발끈하려던 털보가 한숨을 내쉬었다.

"그만두자. 네놈하고 무슨 말을 섞는다고."

그때 잠자코 있던 비교적 젊은 사내가 빙그레 웃으며 끼어들었다.

"그만들 하세요, 형님들. 애들도 아니고 매일 투닥거리십니까?"

둘의 시선이 일시에 집중되었다.

"보릭, 이놈. 숭어가 뛰면 망둥이도 뛴다고 이마에 피도 마르지 않은 네놈까지 기어오르는 게냐?”

“그러게 말입니다, 요릭 형님. 레인저가 된 지 1년도 되지 않은 핏덩이가 어찌 하늘 같은 고참에게 저런 소리를 할 수 있단 말입니까? 칼 같은 군기로 소문난 베네아 레인저의 위명도 이제 한물갔나 봅니다.”

그 말에 요릭이라는 이름의 털보가 눈을 부릅떴다.

“토릭, 이놈. 네놈부터 기어오르니 레인저들의 군기가 옛날 같지 않은 게야. 너와 나는 형제이기에 앞서 베네아 레인저의 선임병과 후임병의 관계야. 하늘 같은 고참이란 말이지.”

“그렇다고 해도 형제란 것을 부정할 수는 없지 않습니까?”

느물느물한 대꾸에 요릭이 더 이상 대꾸하기 싫다는 듯 눈을 질끈 감았다. 토릭의 말대로 그들은 한 부모 밑에서 태어난 형제였다.

올해 마흔이 된 요릭이 이 자리에서 가장 형이었다. 그리고 집안에서 가장 먼저 베네아 레인저에 투신한 선임병이기도 했다. 그가 지원해서 터를 닦아놓은 덕분에 6년 전 동생인 토릭이 레인저가 되었다. 그리고 1년 전쯤에는 막내인 보릭마저 지원하고 나서서 지금은 삼형제가 모두 이곳 레인저의 신분으로 베네아 산맥의 경비초소에서 근무하고 있었다.

사실 세 형제가 한곳에서 근무하는 일은 거의 일어나지 않는다. 함께 복무하는 형제라면 의도적으로 근무하는 부대를 갈라놓는 것이 일반적이다. 하지만 그들의 경우는 예외였다.

사정이 다른 것이 그들이 근무하는 곳은 험하디험한 베네아 산맥의 국경 검문초소였다. 산세가 워낙 험하고 또한 지대가 높다 보니 산에 익숙하지 않은 병사는 근무하는 데 애로가 있다.

그러나 요릭 삼형제는 베네아 산기슭 마을 출신이었다. 어릴 때부터 산을 타고 놀았기 때문에 산취에도 적응을 잘했고 험한 산속에서 움직이는 데도 문제가 없었다. 그것이 요릭 삼형제가 베네아 산 국경초소에 배치된 이유였다.

이 세계에서 레인저는 상당한 고급 병과에 속한다. 석궁을 자유자재로 다루는 데다 훈련도 혹독하게 받은 정예 중 정예들이다. 그런 만큼 보수가 상당히 높은 편이었다. 그러나 인적이 드문 산악지역에 근무하는 데다 근무 여건이 상당히 열악했기 때문에 레인저가 되고자 하는 자는 그리 많지 않았다.

특히 레인저라는 병과는 여자들에게 그리 인기가 없는 편이었다. 근무시간 중 태반을 인적 없는 길이나 산에서 보내는데 어떤 여자들이 좋아할 것인가? 요릭이 마흔이 넘은 나이에도 결혼을 하지 못하고 있는 것은 바로 그 때문이었다.

요릭이 근무하는 국경초소는 베텔 왕국에서 연결되는 사냥꾼의 길 길목에 설치되어 있었다. 우회통로가 설치된 후로 거의 사람이 통행하지 않지만 그래도 지도에 기재된 통로이기 때문에 이곳에 배치된 십여 명의 레인저들은 눈에 불을 켜고 근무를 섰다. 요릭이 창밖을 쳐다보는 사이 토릭과 보릭이 입

씨름을 이어나갔다.

"젠장. 갑갑해 미치겠네. 마을에 내려가서 술이라도 한잔 마셨으면 원이 없겠어."

"그만두세요, 형. 그러다 순찰사관에게 걸리면 어떻게 하려고 그러우. 레인저들에게 적용되는 군법이 유난히 혹독하다는 사실을 알면서도 뻴소리를 하는 게요?"

"이노무 자식이, 뻴소리라니. 오랜만에 군기 좀 잡아야겠다. 이리 와."

"헹! 형 같은 느림보가 날 잡겠다고?"

엎치락뒤치락하던 토릭, 보릭 형제가 결국 일을 저질렀다. 보릭이 밀려 넘어지면서 방구석에 놓인 책상을 건든 것이다. 책상 위에 놓여 있던 수정구가 충격을 받아 움직였다. 순간 벼락같은 고함이 울려 퍼졌다.

"이 미친놈들아. 그만두지 못해!"

보릭과 토릭의 얼굴 역시 사색이 되어 있었다. 책상 위의 수정구는 그들이 목숨을 걸고서라도 지켜야 하는 귀물이었다. 그 수정구는 적군의 침공이 있을 경우 산 아래 국경수비대 본부로 보고를 하는 통신수단이다. 감정이 격양되었는지 요릭의 얼굴이 시뻴겋게 달아올라 있었다.

"이 수정구 가격이 얼마나 하는지 알아? 너희들과 내 봉급을 평생 모아도 살 수 없는 물건이란 말이야."

경비초소의 레인저들에게 부여된 임무는 초소 관리와 사주 경계에 더불어 이 수정구를 관리하는 것이다. 주기적으로 소켓에 마정석을 갈아 끼워 수정구가 항상 잘 작동되도록 해야 한다. 만약 수정구 관리에 실패할 경우 사주 경계에 소홀히 한 것과 동일한 군법의 적용을 받는다.

"당장 군장을 싸서 나가. 이놈들. 정찰로 두 바퀴 돌 각오를 해야 해."

요릭의 서슬 퍼런 기세에 토릭과 보릭이 주춤거릴 무렵 변화가 일어났다. 벽에 걸린 줄이 미미하게 흔들린 것이다. 그에 따라 줄에 매달린 종이 나지막이 울었다.

딸랑딸랑.

그것을 들은 요릭의 안색이 변했다. 전방초소와 연결된 줄이 흔들린다는 것은 침입자가 있다는 뜻이었다. 토릭과 보릭 역시 그 의미를 알고 있었기에 벽에 걸어둔 무기를 집어들었다. 손도끼와 석궁을 집어든 요릭이 재빨리 경계초소 밖으로 나왔다.

"토릭은 날 따르고, 보릭은 상황실을 지켜."

초소 밖으로 나온 요릭은 머뭇거림 없이 전방 감시초소 방향으로 달려갔다. 명받은 대로 토릭이 재빨리 그 뒤를 따랐고 보릭은 상황실을 지키기 위해 다시금 초소 안으로 들어갔다.

전방초소까지의 거리는 약 2백 미터 정도 되었다. 산악에 익숙한 레인저답게 금세 전방초소에 도착한 요릭이 입을 열었다.

"무슨 일인가?"

초소를 지키던 경계병은 레인저 두 명과 뼈다귀라는 이름의 덩치가 큰 개 한 마리였다. 잘 훈련된 군견인 뼈다귀가 길 아래쪽을 노려보며 나지막이 으르렁거리고 있었다. 전방초소는 산 아래쪽으로부터 바람이 불어오는 길목에 설치되어 있다. 인간보다 몇백 배 예민한 것이 개의 후각인 법. 길을 걸어오는 침입자는 결코 군견의 후각에서 자유로울 수 없다.

"침입자가 있는 것 같습니다. 뼈다귀 녀석이 냄새를 맡은 모양입니다."

그 말을 들은 요릭이 머뭇거림 없이 명령을 내렸다.

"전원 경계준비."

그에 따라 레인저들이 일사불란하게 움직였다. 탄성을 유지하기 위해 평소에는 풀어두던 시위를 팽팽히 당겨서 쿼렐을 장전하는 손길이 꽤나 능숙해 보였다. 초소 앞에 설치된 참호에 들어간 레인저들이 일제히 석궁을 전방으로 겨눴다. 숲에서 초소로 이어지는 길은 간벌을 해서 길이 훤히 드러나 있었다. 전방을 뚫어지게 노려보던 토릭이 입가에 미소를 지었다.

"저번처럼 길 잃은 사슴이었으면 좋겠네요. 오랜만에 바비큐 파티나 하게."

태평한 토릭의 말에 요릭이 인상을 썼다.

"주둥이 다물어."

"에이, 형도. 너무하는 거 아닙니까? 주둥이라뇨?"

"네놈이 이러니까 다른 녀석들도 기어오르는 것 아냐? 이번 기회에 군기 한번 확실히 잡아볼까?"

투닥거리면서도 그들의 시선은 빈틈없이 접근로를 노려보고 있었다. 잠시 후 침입자가 숲에서 모습을 드러냈다. 요릭의 눈이 휘둥그레졌다.

"뭐야? 애송이잖아? 설마 젊은 녀석 혼자서 사냥꾼의 길을 넘어온 것은 아니겠지?"

산에서 오래 복무했기 때문에 요릭의 시력은 레인저들 중에서도 발군이라고 볼 수 있었다. 그의 시야에 들어온 것은 스물도 되어 보이지 않은 애송이가 등에 묵직한 배낭을 메고 숲에서 나오는 장면이었다. 오랫동안 걸었는지 몸이 온통 먼지투성이였다. 뒤를 이어 나오는 사람이 아무도 없자 토릭이 입을 딱 벌렸다.

"말도 안 돼. 그 험한 사냥꾼의 길을 어찌 혼자서?"

산악에 익숙한 레인저들이라 그들은 사냥꾼의 길이 얼마나 험한지 누구보다도 잘 알고 있었다. 베텔 왕국을 침공할 당시 얼마나 많은 레인저들이 사냥꾼의 길에서 죽어갔던가? 그런 만큼 그들로서는 젊은 애송이 혼자 사냥꾼의 길을 넘어왔다는 사실을 쉬이 믿지 못했다.

그러나 임무는 임무인 만큼 철저한 조사를 해야 했다. 불청객이 가까이 왔을 때 요릭이 버럭 고함을 질렀다.

"정지하라!"

그 말을 들은 불청객이 걸음을 멈췄다. 머리와 옷에 묻은 먼지를 털어내는 모습이 지극히 자연스러웠다.

"이곳은 아스트리아 제국의 국경경비초소다. 접근하는 자는 정체를 밝혀라."

모습을 드러낸 자는 리셀이었다. 일주일 만에 사냥꾼의 길을 주파하여 마침내 아스트리아 제국의 국경에 나타난 것이다.

산을 넘어오는 일주일 동안 리셀은 거의 쉬지 않았다. 이번 기회에 마나 수련에 대한 한계를 겪어보겠다는 일념으로 쉬지 않고 길을 걸었다. 그 덕에 뒤를 쫓는 현상금 사냥꾼들을 떼어낼 수 있었지만 리셀이 그것을 알 턱이 없었다. 어쨌거나 리셀은 끊임없는 마나 수련으로 피로를 떨쳐내고 걸음을 재촉해 마침내 아스트리아 제국에 도착할 수 있었다.

'아스트리아 제국의 국경경비가 예상보다 삼엄하군.'

일단 생각을 접어두기로 한 리셀이 머뭇거림 없이 대답을 했다.

"견습기사 리셀입니다. 마스터의 유지를 받들기 위해 아스트리아 제국으로 가는 길입니다."

"베텔 왕국인이시오?"

"그렇습니다. 그러나 마스터께서는 아스트리아 황제폐하로부터 직접 서임받으신 제국의 기사이십니다."

요릭이 미간을 지그시 좁혔다. 상대의 말대로라면 국경을 통과시키는 데 아무런 문제가 없었다. 제국 기사를 모시는 견습기사라면 조건은 확실했다. 그러나 세상에 기사를 사칭하는 자는 많고도 많다. 국경경비초소장의 입장에서 확실하게 신원 조사를 해야 한다.

"좋소. 무기를 풀어 바닥에 내려놓고 이리로 오시오."

무장해제는 간단했다. 가지고 온 검 한 자루와 지팡이를 바닥에 내려놓은 리셀이 두 손을 들고 참호 쪽으로 걸어갔다. 그 모습을 본 요릭의 눈이 가늘어졌다. 무장해제를 하라고 명했지만 상대는 아직까지 검으로 추정되는 물건을 천에 둘둘 말아 등에 짊어지고 있었다.

"등에 멘 검은 왜 풀어두지 않는 거요?"

"이것은 마스터의 신표입니다. 그분께서 사용하시던 검으로 제 신원을 증명할 물건이기도 하지요."

"좋소. 그렇다면 그것은 허락하겠소."

두 손을 들고 다가온 리셀을 베네아 레인저들이 달려들어 몸수색을 했다. 다른 레인저들은 리셀이 내려놓은 검과 지팡이를 집어들었다. 아무런 무기가 발견되지 않자 요릭이 얼굴을 풀었다.

"팔을 내리셔도 좋소. 그래, 마스터가 제국의 기사였다는 말씀이시오?"

"그렇습니다. 그분은 루카스 후작가의 적손으로서 아너프리라는 이름을 사용하셨습니다."

"흠. 루카스 후작가라."

　국경경비초소를 맡은 장교답게 요릭은 제국의 귀족계보도에 대해 훤했다. 비록 지금은 몰락해가는 가문이지만 한때 제국의 명문이었던 루카스 후작가를 요릭이 모를 리가 없었다. 그리고 아너프리라는 이름 또한 알고 있었다. 왜냐하면 그는 엘라임 백작가의 식솔을 살해한 혐의로 현상수배 중인 인물이기 때문이었다. 기억을 되짚어보던 요릭이 확인이라도 하듯 되물었다.

　"마스터 아너프리께서 사망하신 것이 확실하오?"

　"그렇습니다. 제가 직접 묻어드렸지요."

　요릭이 씁쓸한 표정으로 고개를 흔들었다. 만약 아너프리 본인이었다면 즉각 체포해야 했지만 그의 견습기사까지 그럴 순 없었다. 물론 견습기사는 기사의 모든 부채와 채무를 이어받는 존재이다. 마스터가 진 핏값은 견습기사가 고스란히 물려받아야 한다.

　그러나 그것은 국경경비대가 나서서 해야 할 일이 아니었다. 핏값을 받아내는 것은 전적으로 당사자인 엘라임 백작가에서 해결할 문제였다. 고개를 끄덕인 요릭이 몸을 돌렸다.

　"나를 따라오시오. 추가적인 조사를 한 뒤 제국 내에서 사용할 수 있는 임시 신분증을 발급해주겠소."

　아스트리아 제국은 제국민과 위성국 국민과의 차별정책을 시행하고 있다. 때문에 위성국 국민이 제국에서 활동하려면 반드시 신분증이 필요했다.

경계태세가 해제되어 레인저들이 제각기 근무 위치로 돌아
갔다. 요릭과 리셀은 초소로 걸어가며 두런두런 대화를 나누
었다.

"국경경비대의 경계상태가 무척 삼엄하군요. 길이 워낙 험
해서 사람이 잘 드나들지 않을 텐데."

"솔직히 말해 나는 당신이 혼자서 사냥꾼의 길을 넘어왔다
는 말이 믿어지지 않소. 하지만 따로 길이 없으니 사실이겠지
요. 그 길에서 나오려면 반드시 사냥꾼의 길을 지나야 하니 말
이오."

요릭이 묘한 눈빛으로 리셀을 쳐다보았다.

"모르긴 몰라도 마스터로부터 혹독한 수련을 받으셨나 보
오."

"마스터께서 제게 많은 것을 주셨지요."

대수롭지 않게 둘러대는 애송이 견습기사의 얼굴을 힐끔 쳐
다본 요릭이 말을 이었다.

"임시 신분증을 발급해 드리면 제국 내에서 여행하는 데 문
제점은 없을 것이오."

현실적으로 위성국 국민이 제국민으로 인정받는 방법은 몇
가지로 한정되어 있다. 그중 하나는 제국군에서 5년간의 군역
을 치르는 것이다. 5년 동안 제국군에 복무한다면 정식으로
제국민임을 인증하는 신분증을 받을 수 있다.

풍요롭고 부유한 아스트리아 제국에서 사는 것은 위성국 청

년들이 가장 바라는 바이다. 그러나 그것은 그리 쉽지 않았다. 우선 제국의 군대는 하나같이 봉급을 받는 직업군인으로 구성되어 있다. 특출나게 검을 잘 쓰거나 체력조건이 좋지 않다면 제국군이 될 수 없었다.

두 번째 방법은 제국의 귀족가문으로부터 기사서임을 받는 것이다. 루카스 후작가로 가서 정식으로 기사서임을 받으면 자동적으로 제국의 신민이 될 수 있다. 요릭은 리셀이 두 번째 절차를 거쳐 제국민으로 인정받을 수 있을 것이라 생각했다.

'행운아로군. 베텔 따위 산간 촌마을 사람이 우리 아스트리아 제국의 신민이 될 수 있다니 말이야.'

초소로 들어간 요릭은 머뭇거림 없이 양피지를 꺼냈다. 국경경비초소를 통과하는 모든 사람은 자세한 신상명세와 제국으로 들어온 목적을 기재하도록 규정되어 있다.

"태어난 곳은 어디시오?"

"베텔 왕국의 수도인 브란트 시입니다."

"태어나서 줄곧 그곳에서 사신 거요?"

"아닙니다. 태어나기는 브란트 시에서 태어났지만 여덟 살 되던 해에 베텔 왕국 북동부에 위치한 산간마을 바르셀로 이주했습니다."

지도에 기재되어 있지 않은 지명이었기에 요릭이 눈매를 좁혔다.

"바르셀? 지도에 없는 지명이오만."

　"산간 개척마을이라 지도에 없을 것입니다. 자유도시 마르타에서 북동쪽으로 사흘 거리에 위치한 마을이지요."

　"악령의 숲 깊숙이 자리 잡은 마을이로구려."

　리셀로부터 신상명세를 하나하나 캐물은 요릭이 그것을 양피지에 꼼꼼히 기재했다. 국경을 통과하는 위성국 국민은 예외 없이 이와 같은 절차를 거쳐야 한다.

　사실 아스트리아 제국민이 위성국으로 가는 데에는 이런 번거로운 절차를 겪지 않아도 된다. 형식적인 조사만 받고 바로 통과하는 것이 대부분이다. 그러나 반대의 경우는 그리 만만치 않았다.

　아스트리아 제국은 국토 대부분이 평야로 이루어져 있고 수원지가 풍부해 산물이 많았다. 위성국으로부터 적지 않은 조공을 거둬들이는 탓에 제국의 신민들은 위성국의 사람들에 비해 풍족한 삶을 영위할 수 있었다. 그것 때문에 많은 위성국 사람들이 살기 좋은 제국으로 이주하려는 마음을 먹고 있었다. 그들을 다 받아준다면 제국 세금체계의 근간이 뒤흔들리기 때문에 이처럼 국경경비초소에서부터 철저한 입국심사를 하는 것이다.

　만약 리셀이 아너프리의 견습기사가 아니라 평범한 화전민 청년이었다면 결코 초소를 통과하지 못했을 것이다. 한참을 진술받은 요릭이 만족스러운 표정을 지었다.

　'진술이 일관적인 것을 보니 거짓은 아니로군.'

　게다가 리셀이 내민 장검은 아무나 가질 수 없는 고급품이었다. 특별히 루카스 후작가의 문장이 새겨져 있지 않았지만 마스터의 신분을 증명하는 데에는 충분했다.

　"마스터 가문의 문장이 새겨진 방패는 부장품으로 마스터와 함께 묻었습니다."

　"알겠소. 질문은 이것으로 충분하오."

　서랍에서 목패 하나를 꺼낸 요릭이 임시 신분증을 작성하기 시작했다. 리셀이 제국 동남부에 위치한 루카스 후작가문으로 가려면 반드시 신분증을 소지해야 했다. 그렇지 않으면 각지의 관문에 설치된 검문소를 통과하지 못한다. 진술이 적힌 양피지를 서류철에 끼워 넣은 요릭이 완성된 임시 신분증을 리셀에게 건넸다.

　"자, 이것을 받으시오."

　"감사합니다."

　"감사까지야 뭐, 어차피 이게 우리 일인데 말이오. 그나저나 시간이 되었는데 우리와 식사라도 같이 하지 않으려오?"

　사람이 그리웠던지 요릭이 리셀에게 식사를 권했다. 밥을 먹으면서 여행자의 사정을 듣는 것은 레인저들에겐 특별한 여흥이기 때문이었다. 리셀이 웃는 낯으로 예를 취했다.

　"감사합니다. 안 그래도 배가 무척 고팠던 참이었는데 잘되었군요."

　"찬은 변변치 않지만 먹을 만할 것이오."

몸을 일으킨 요릭이 식당 쪽으로 휘적휘적 걸음을 옮겼다. 이미 당직자를 제외한 다른 레인저들은 식당에 모여 있는 상황이었다.

제9장
드래곤 하트

콰아앙.

굉음이 터져 나왔다. 소름 끼치는 비명과 함께 뭔가가 으스러지는 소리가 들렸다.

"크아악."

거대한 기둥과도 같은 드래곤의 앞발에 짓밟힌 불행한 기사의 단말마였다. 사방 3백 미터 정도 될 듯한 큼지막한 분지. 이곳에서 수많은 인간들과 드래곤 한 마리의 혈투가 벌어지고 있었다.

"콰우우우."

전신이 금빛으로 빛나는 드래곤은 거대한 눈동자에 흉포한 기운을 줄기줄기 내뿜으며 마구 날뛰었다.

휘이이이잉.

직선으로 휘둘러 치는 꼬리에 기사 한 명이 걸려 훨훨 날아 갔다.

콰직.

운 없는 기사는 암벽에 정면으로 틀어박혔고 갑옷 틈새에서 진득한 피가 자욱하게 뿜어져 나왔다. 볼 것도 없는 즉사였다.

그러나 드래곤이라고 해서 피해가 없는 것은 아니었다. 네 개의 다리와 하체 부분, 기사들의 검이 닿을 수 있는 부위는 보기조차 흉측할 정도로 난자당해 피를 줄줄 흘리고 있었다. 언뜻 보아도 치사량에 육박하는 출혈이었다.

그럼에도 불구하고 금빛의 드래곤은 광분하여 기사들을 마 구 짓밟았다. 쉰 목소리가 분지를 쩌렁쩌렁 울렸다. 드래곤 사 냥의 책임자인 크릭스의 음성이었다.

"전원 공격하라. 드래곤은 더 이상 버티지 못한다. 공격!"

기사들을 독려하느라 크릭스의 목은 반쯤 쉬어 있었다. 드 래곤과의 전투는 그 정도로 흉험했다.

드래곤을 사냥하러 온 사백 명의 인간들은 조심스럽게 드래 곤의 둥지가 있는 분지로 접근했다. 드래곤 사냥에 있어 가장 중요한 점은 새끼를 먼저 손에 넣는 것이다. 그래야만 드래곤 이 도주하는 것을 방지할 수 있을뿐더러 전황을 유리하게 이 끌 수 있다.

드래곤의 둥지에는 드래곤만 있는 것이 아니다. 오래 사는 만큼 드래곤은 잠자는 시간이 인간과 비교할 수 없을 정도로 길다. 한번 잠들면 족히 백 년 이상 자는 경우도 있다. 물론 그때에는 제아무리 강한 드래곤이라도 무방비 상태에 노출될 수밖에 없는 법이다. 그것을 방지하기 위해 드래곤들은 가디언이라 불리는 파수꾼들을 둥지 주변에 배치한다.

가장 흔하게 볼 수 있는 가디언은 오우거나 트롤 따위 중형 몬스터들이다. 먹이사슬의 최상위를 차지하는 드래곤답게 오우거나 트롤은 감히 드래곤의 의지를 거역하지 못한다.

그러나 오우거나 트롤은 백 년 이상 살지 못하는 단점이 있다. 때문에 드래곤들은 직접 마법을 써서 만든 각종 골렘을 가디언에 포진시킨다. 나무나 돌로 된 골렘들은 드래곤이 불어넣어 준 마력이 허락하는 시간까지 마르고 닳도록 드래곤의 둥지를 지킨다.

그런 가디언들이 전투에 가세한다면 사냥이 어려워지기 때문에 드래곤 헌터들은 해츨링을 수중에 넣는 것을 제일 목표로 삼았다.

거기에 동원된 것은 마법사들이었다. 마법사들이 일제히 패밀리어 마법을 전개해 드래곤의 둥지 주변을 샅샅이 살폈다. 패밀리어 마법이란 새나 박쥐 따위 조그만 짐승의 심령을 제압해 마법사의 눈과 귀가 되도록 하는 마법을 뜻한다. 마법사에게 지배되는 여러 마리의 새가 드래곤의 둥지 주변을 날아다니며 해츨링이 있는 위치를 파악했다.

인간들에겐 다행스럽게도 골드 드래곤의 해츨링은 장난기와 호기심이 많았다. 만류하는 어미의 손길을 뿌리치고 둥지 주변을 마구 뛰어다니는 장난꾸러기였던 것이다.

그 해츨링이 마법사에게 지배받는 새를 발견했다. 새끼라고는 하지만 해츨링 역시 뛰어난 마법 실력을 지녔다. 묘한 마력이 느껴지는 데 관심을 가진 해츨링이 새를 붙잡으려 달려들었다. 그것을 파악한 마법사들이 쾌재를 불렀다.

"잘됐어. 해츨링을 이쪽으로 유인하도록 해."

마법사의 지배를 받는 종달새는 폴짝폴짝 뛰며 해츨링을 유인했다. 아직 어려 아무것도 모르는 해츨링은 겁도 없이 종달새를 쫓아왔다. 마법사들의 노력은 헛되지 않아 마침내 해츨링을 기사들이 대기하고 있는 곳까지 유인할 수 있었다. 해츨링이 육안으로 식별되자 기사들이 머뭇거림 없이 달려들었다.

"죽여서는 안 돼. 어미가 도망치지 못하도록 하려면 살려두어야 해."

실력이 뛰어난 기사들이라 해츨링은 금세 사로잡혔다. 미리 준비해온 그물에 얽혀 버르적거리던 해츨링이 어미를 불렀다. 물론 그것은 헌터들이 의도한 것이기도 했다.

캬아아악.

새끼의 구원요청을 받고 달려온 어미는 분지를 메운 기사들을 보고 분노의 포효를 내질렀다. 그리고 끔찍한 전투가 시작되었다.

기사들은 목숨을 아끼지 않고 달려들었다. 드래곤의 몸에 한칼 먹일 수만 있다면 그 대가로 죽어도 좋다는 기세가 눈빛에서 줄기줄기 뿜어져 나왔다. 그러나 드래곤은 인간들의 힘으로 사냥하기가 지극히 힘든 최강의 생명체였다. 거대한 몸에서 뿜어지는 강력한 힘과 자유자재로 구사하는 마법에 기사들은 그야말로 악전고투를 겪어야 했다.

드래곤의 공격은 마법으로 시작했다. 감히 새끼를 붙잡고 있는 가증스러운 인간들을 향해 골드 드래곤 아슈페론은 광범위 공격마법을 퍼부었다. 드래곤의 마법시전에 캐스팅은 필요치 않았다. 용언마법이 펼쳐지자 기사 수십 명의 몸이 허공으로 떠올랐다.

"어엇."

"마, 마법이야."

기사들을 허공에 띄워놓은 뒤 해츨링에게 영향이 가지 않도록 풍계공격마법으로 산산조각낼 심산이었다. 하지만 그런 드래곤의 의도는 마법사들의 개입으로 인해 무산되었다. 마탑의 마법사들이 달려들어 기사들을 옥죄고 있던 마법을 파훼해버린 것이다. 마법이 풀려 기사들이 바닥에 거칠게 내려서자 드래곤은 마법을 중지할 수밖에 없었다. 무턱대고 공격을 가하면 해츨링이 다칠 수도 있었다.

―이런 벌레 같은 인간들이.

물론 드래곤의 권능은 마법뿐만이 아니다. 아슈페론은 생각할 것도 없다는 듯 거대한 주둥이를 열어 브레스를 내뿜었다.

콰아아아.

헤아릴 수 없는 바람의 칼날이 사방으로 휘몰아쳤다.

통상적으로 드래곤은 자신의 브레스에 내성을 지니고 있다. 그렇지 않다면 레드 드래곤이나 블랙 드래곤은 뱃속에서 끌어올린 기운에 목구멍이 먼저 타거나 녹아버릴 터였다. 해츨링 역시 새끼이긴 하지만 골드 드래곤 특유의 내성을 지니고 있기에 아슈페론은 아무런 망설임 없이 드래곤이 지닌 최강의 권능인 브레스를 퍼부었다.

그러나 애석하게도 상대는 튼튼한 판금갑옷을 걸친 기사들이었다. 운 나쁘게 갑옷 틈새에 바람의 칼날이 적중당한 몇몇 기사들만 피를 흘렸을 뿐 대부분의 기사들은 무사했다. 물론 드래곤의 권능을 접한 대가로 갑옷에 깊숙하게 흠집이 났지만 말이다. 당황해 하는 드래곤을 향해 기사들이 벌떼처럼 달려들었다.

"모두 공격하라. 드래곤 슬레이어의 명예가 그대들의 미래에 펼쳐져 있다."

드래곤 슬레이어, 드래곤 살해자란 명칭은 기사들에게 있어 최고로 명예로운 호칭이다. 이 세계 최강의 생명체인 드래곤을 사냥한 인간. 이 호칭이야말로 검의 길을 추구하는 기사들에겐 명예 그 자체일 수밖에 없었다.

드래곤을 향해 달려드는 기사들의 눈동자에선 두려움을 찾아볼 수 없었다. 브레스가 통하지 않아 당황하긴 했지만 드래곤은 머뭇거림 없이 기사들의 공격을 맞받아쳤다. 거대한 덩치와 거기서 뿜어지는 괴력은 드래곤이 지닌 가장 원초적이고 강력한 권능이었다.

앞발로 후려치고 짓밟는 공격에 많은 기사들이 생명을 마감해야 했다. 게다가 강력한 드래곤의 꼬리치기에는 방패마저 소용이 없었다. 분지에는 곧 드래곤의 발에 짓밟혀 으스러진 기사들의 처참한 시체와 핏자국이 즐비하게 늘어졌다.

예상치 못한 드래곤의 힘에 주춤하는 것도 잠시, 기사들의 눈동자에는 공포와 함께 죽은 동료들에 대한 복수심이 아로새겨졌다.

“다리를 집중 공격하라.”

“우선 드래곤을 쓰러뜨려야 해. 그래야 급소를 공격할 수 있어.”

날개가 달리지 않은 이상, 수십 미터 상공에 있는 드래곤의 머리와 몸통을 공격할 순 없다. 때문에 기사들은 드래곤의 다리와 꼬리를 집중 공격했다.

드래곤의 외피는 견고한 금속질 비늘로 덮여 있다. 어지간한 공격으로는 비늘을 뚫고 동체에 상처를 입힐 순 없다. 그러나 드래곤 사냥에 투입된 기사들은 하나같이 혹독한 훈련을 거친 정예들이다. 수천, 수만 번 해본 찌르기로 판금갑옷마저 꿰뚫을 수 있도록 단련된 기사들의 검은 어렵지 않게 드래곤의 비늘을 관통했다.

베네아 산맥 깊숙한 곳에 위치한 분지, 평온하고 고즈넉한 드래곤의 둥지는 피와 비명이 난무하는 아수라장이 되어버렸다.

"으아아악."

또 한 명의 기사가 드래곤의 기둥 같은 앞발에 짓눌려 생을 마감했다. 그러나 그 대가로 드래곤은 수십 개의 칼자국을 다리에 아로새겨야 했다. 드래곤의 동체에서 흘러나오는 피가 분지를 흥건하게 적셨다. 그 위에 죽은 기사들의 피가 더해졌다.

드래곤의 적은 기사들뿐만이 아니었다. 마탑의 마법사들 역시 각종 공격마법으로 드래곤을 괴롭혔다. 원래대로라면 마법사들의 공격은 드래곤에게 별다른 피해를 입힐 수 없다. 드래곤의 비늘 자체가 강력한 마법 저항력을 지니고 있기 때문이다. 하지만 지금 드래곤의 몸은 기사들의 공격에 의해 만신창이가 되어 있었다. 마법사들이 쏘아붙인 각종 원소마법이 비늘의 흠집 사이로 파고들어 타격을 입혔다.

―크으으. 이런 벌레 같은 인간들이.

드래곤이 분노의 광망을 토해냈지만 마법사를 공격할 순 없었다. 사방을 완전히 포위한 채 벌떼처럼 공격을 감행해오는 기사들을 먼저 처리해야 했다. 한 명 한 명 압도적인 힘으로 죽여나갔지만 그 대가로 드래곤은 엄청난 상처를 동체에 아로새겨야 했다.

　출혈로 인해 정신마저 혼미해지는 상황. 만약 새끼가 없었다면 골드 드래곤 아슈페론은 머뭇거림 없이 날개를 펴고 날아올랐을 것이다. 그러나 해츨링이 인간들에게 붙잡혀 있었기에 아슈페론은 도망칠 생각을 일절 하지 못하고 맞서 싸우기만 했다. 그러나 생명체는 일정량 이상의 피를 잃으면 생존할 수 없는 법이다.

　점점 힘을 잃어가던 아슈페론은 급기야 거대한 육신을 지탱하지 못하고 힘없이 무너져버렸다.

　콰우우우.

　비통한 단말마만이 드래곤의 최후를 알리는 듯했다. 드래곤이 쓰러지자 기사들은 머뭇거림 없이 달려들어 드래곤의 급소를 공격했다. 많은 동료들을 잃었기에 그들의 눈동자는 복수심에 불타고 있었다. 새끼에 대한 걱정이 가득하던 눈동자에 날카로운 장검이 파고들었다.

　슈가가각.

　강인한 목덜미에도 무정한 칼날이 파고들어 피를 빨아냈다. 골드 드래곤 아슈페론은 마지막 숨을 몰아쉬며 하나 남은 눈동자로 붙잡혀 있는 새끼를 쳐다보았다.

　몸길이 10미터 남짓한 어미와 동일한 생김새의 새끼는 그물에 완전히 뒤덮인 채 눈물이 그렁한 눈으로 어미를 쳐다보고 있었다. 세상에 홀로 남겨질 새끼에 대한 걱정이 어리는 순간 무정한 기사의 검이 유일하게 남은 눈에 파고들었다.

세상이 암흑으로 덮이는 것을 느끼며 아슈페론은 모든 것을 체념했다. 마음 같아서는 주문을 외워 몸을 구성하는 원소를 대자연의 품으로 돌려보내고 싶었지만 아슈페론에게 그럴 만한 힘이 남아 있지 않았다. 새끼에 대한 걱정에 마지막 힘까지 남기지 않고 인간들과 맞서 싸웠기 때문이었다.

쿠우웅.

드래곤의 마지막 숨이 끊어지며 거대한 동체가 힘없이 대지에 늘어졌다. 그럼에도 불구하고 기사들은 흉흉한 기세로 식기 시작한 드래곤의 동체를 마구 난자했다. 그들의 칼질은 크릭스의 호통이 있고 나서야 멈췄다.

"그만. 드래곤은 죽었다. 시체를 난도질할 생각인가?"

기사들은 그의 말을 듣고 나서야 진정했다. 대부분 코멧 기사단 소속 기사들이었다. 수도경비 기사단의 기사들은 이미 브렌트 백작의 지시를 받고 전투를 중지한 상태였다.

'마치 꿈만 같군.'

크릭스가 상기된 얼굴로 다가왔다. 목적했던 대로 드래곤 사냥에 성공했기 때문에 그의 가슴은 힘차게 뛰고 있었다.

그의 예상은 적중했다. 목표로 삼은 골드 드래곤은 새끼 때문에 도망치지도, 자신의 몸에 마법을 걸지도 못하고 생을 마감했다. 피투성이이긴 하지만 온전한 드래곤의 사체를 손에 넣었으니 어찌 기쁘지 않겠는가? 마치 날아갈 것 같았지만 우선적으로 해야 할 일이 있었다. 그가 신속하게 기사들에게 명령을 내렸다.

"우선 드래곤 하트를 적출하라."

드래곤 사냥에 있어 가장 중요한 전리품은 단연 드래곤 하트이다. 바로 그것 때문에 무수한 희생을 감수하고 드래곤 사냥을 계획했던 것 아니던가? 명을 받은 기사들이 지체 없이 드래곤의 사체에 달라붙었다.

드래곤의 긴 목과 몸통을 잇는 부분에 자리한 마나로 구성된 드래곤의 심장. 그 속에 간직된 지극히 순수한 마나는 아그리아 공작가에서 제2의 블레이드 오너를 탄생시킬 귀중한 보물이었다.

좌아아악.

기사들은 능숙한 손길로 검을 휘둘러 드래곤의 비늘 사이를 갈랐다. 시뻘건 속살이 드러나며 잠시 후 찬란하게 붉은빛을 발하는 아름다운 보석이 모습을 드러냈다. 어린아이 머리통만 한 크기의 드래곤 하트가 세상에 모습을 드러낸 것이다. 그 모습을 본 크릭스가 침을 꿀꺽 삼켰다.

"조심해서 적출하라. 행여나 흠집이 나서는 안 된다."

명을 받은 기사들이 피에 젖은 건틀릿조차 벗어던진 채 조심스럽게 드래곤 하트를 꺼냈다.

그 모습을 지켜보며 피눈물을 흘리는 자가 있었다. 눈동자의 주인은 인간이 아닌 드래곤이었다.

—어, 엄마.

골드 드래곤의 해츨링인 아슈레인. 세상에 태어난 지 3백 년이 지났지만 기나긴 드래곤의 수명 상 아직까지 어린아이에 불과했다. 어미로부터 세상을 더 배우고 마법을 연구하여 각성하고 나서야 제대로 된 드래곤으로 인정받을 테지만 기구한 운명은 아슈레인이 성룡이 되기 직전 그에게서 어미 드래곤을 빼앗아 가버렸다.

세상에서 가장 든든한 보호자이자 조건 없는 사랑을 베풀어 준 어미 드래곤이 인간들에 의해 무참히 죽어가는 모습을 아슈레인은 두 눈으로 똑똑히 지켜보았다. 마음 같아서는 달려들어 인간과 싸우고 싶었다.

하지만 각성하지 못한 해츨링인 그에겐 힘이 없었다. 힘껏 발버둥쳐보아도 마법적 처리가 된 그물은 아슈레인을 꼼짝도 하지 못하게 만들었다.

결국 어미 드래곤 아슈페론은 힘이 다해 쓰러지고 말았다. 자식에 대한 걱정으로 도망치지도 못하고 그 자리에서 최후를 맞이한 것이다. 마지막 순간 자신을 쳐다보는 눈동자에는 걱정이 가득 담겨 있었고 아슈레인은 그것을 똑똑히 목격했다.

—가, 간악한 인간들. 내 너희들을 결코 용서치 않으리라.

버럭 고함을 지르며 저주를 퍼부었지만 기사들은 미동도 하지 않았다. 아슈레인의 눈동자에는 침통한 빛이 어려 있었다. 어차피 인간들에게 사로잡힌 이상 아슈레인 역시 어미와 같은 운명에 처할 것이다. 아니, 그게 아니더라도 어차피 아슈레인에게는 세상을 살아갈 수 있는 힘이 없었다. 성룡이 되지 못하고 보호자를 잃은 해츨링의 앞날은 굳이 입을 열어 말을 하지 않아도 뻔하다. 인간들과 각종 몬스터의 추격에 시달리다 힘이 다해 쓸쓸히 죽어가는 것이 보호자를 잃은 해츨링의 운명이었다.

아슈레인은 절망 어린 눈빛으로 죽은 어미의 시체를 멍하니 쳐다보았다. 여러 명의 기사들이 어미 드래곤의 사체를 밟고 한창 드래곤 하트를 적출하고 있었다. 돌연 아슈레인의 눈빛이 빛났다.

—어머니의 시체를 이대로 인간들이 더럽히게 놔둘 순 없어.

아슈레인은 알고 있었다. 어머니인 아슈페론이 자신을 걱정해 마지막 순간 주문을 외우지 못했다는 사실을 말이다. 만약 자신이 없었다면 어머니는 틀림없이 주문을 외워 몸을 구성하는 원소를 대자연의 품으로 돌려보냈을 것이다. 하지만 자신 때문에 어머니는 주문을 외우지 못하고 결국 인간들의 손에 그 고귀한 몸을 내맡기는 신세가 되고 말았다.

—이대로 있어서는 안 돼. 어머니의 시체를 지켜야 해.

굳게 마음먹은 아슈레인이 살짝 눈을 감았다. 다행히 시체를 분해해 대자연의 품으로 돌려보내는 마법주문은 아슈레인도 알고 있었다. 다만 자신이 펼치기에 너무 고서클의 마법이라 마력이 모자랄 뿐이었다. 그러나 방도가 없는 것은 아니었다.

—어머니의 드래곤 하트. 그것을 이용한다면 무리 없이 주문을 완성할 수 있을 거야.

드래곤 하트는 드래곤이 마법을 펼칠 수 있는 원천이다. 아직까지 성룡이 되지 않아 아슈레인의 몸속에는 드래곤 하트가 없다. 하지만 성룡이 될 때를 대비해 운용법은 충분히 공부해 두었다. 그러므로 어머니의 드래곤 하트를 이용할 수만 있다면 어지간한 마법은 펼치는 것이 가능하다.

그 사실을 떠올린 아슈레인이 조용히 마법을 메모라이즈했다. 미리 주문을 외워 각인시켜두면 시동어를 외치는 순간 마법이 발동될 것이다. 그러려면 반드시 드래곤 하트를 손에 쥐고 시동어를 외쳐야 한다. 아슈레인은 암암리에 마법 한 가지를 더 캐스팅했다. 그것은 바로 셀프 폴리모프 마법이었다.

폴리모프, 따로 변신마법이라 불리는 이 마법은 다른 생명체의 모습으로 형질을 바꾸는 고위급 마법이었다. 원래대로라면 해츨링이 구사하기 힘든 마법이었지만 다행히도 아슈레인은 그 마법을 쓸 수 있었다. 호기심 많은 아슈레인이 어미의 눈을 피해 둥지 밖으로 도망치기에 참으로 유용한 마법이었기 때문이다.

아슈레인은 바로 그 때문에 무척 힘들여 이 마법을 익혀두었다. 아슈레인이 오우거나 트롤 등 가디언의 모습으로 변신

해서 도망칠 경우 어머니 아슈페론은 붙잡느라고 상당히 애를
써야 했다.

　게다가 아슈페론과 아슈레인은 평상시 둥지에서 인간의 모
습으로 지낼 때가 많았다. 거대한 드래곤의 덩치로 비비적대
기에는 둥지가 너무 좁기 때문이었다. 드래곤들이 굳이 인간
의 모습으로 폴리모프해서 생활하는 데에는 별다른 이유가 없
었다. 단지 그것이 편하기 때문이었다. 인간들은 나름대로 문
화생활을 영위하는 생명체들이다. 따라서 인간의 모습으로 변
할 경우 인간들이 사용하는 옷과 물건을 편하게 사용할 수 있
다는 장점이 있다.

　아슈레인은 바로 그 폴리모프 마법을 사용하려고 하고 있었
다. 인간으로 변할 경우 그를 옭아매고 있는 그물에서 빠져나
올 수 있을 터였다. 그런 다음 드래곤 하트를 빼앗아 마법주문
을 외운다면 어머니의 몸을 무사히 대자연의 품으로 돌려보낼
수 있을 것이다. 그런 아슈레인의 꿍꿍이를 아는지 모르는지
기사들은 해츨링에게 눈길 한번 주지 않았다.

　기사들이 드래곤 하트를 적출하는 모습을 크릭스가 희열 어
린 표정으로 쳐다보고 있었다. 그때 뒤에서 굵직한 음성이 들
렸다.

　"축하하오."

　브렌트 백작의 음성이었다. 갑옷이 온통 찌그러지고 패여

엉망인 기사들과는 달리 크릭스와 브렌트 백작의 외관은 말끔했다. 전투에 가세하지 않고 후방에서 진두지휘만 했기 때문이었다. 그런데 브렌트 백작의 얼굴은 그리 밝지 않았다. 크릭스의 용의주도한 대처로 인해 드래곤 사냥을 몰래 방해하려는 계획이 어긋나버렸기 때문이었다.

그는 휘하 기사단 중 부대장급 기사들에게 몰래 명령을 내려둔 상태였다. 그것은 바로 전투 중 드러나지 않게 코멧 기사단의 행동을 방해하라는 명령이었다. 어떻게든 틈을 만들어 드래곤이 도망치게 하거나 아니면 자신의 몸에 소멸마법을 걸게끔 하려는 의도에서였다.

그러나 크릭스는 용의주도하게 직접적인 공격을 코멧 기사단에게만 맡겼다. 수도경비 기사단을 퇴로 차단이나 포획한 해츨링 관리에 투입하여 사냥을 방해하는 것을 원천 봉쇄했다. 드래곤에 대한 공격은 오로지 아그리아 공작가 휘하의 기사들에게만 허락되었다. 그 때문에 변변찮게 방해공작을 펼치지 못하고 만 것이다.

지금도 사로잡힌 해츨링의 신병을 브렌트 백작 휘하 수도경비 기사단이 붙잡고 있었다. 멀리서 지원공격을 하던 마탑의 마법사들도 이마의 땀을 닦으며 다가왔다. 6서클의 마스터이자 이곳에 파견된 마탑 마법사들 중 가장 지위가 높은 알프레드가 가늘게 한숨을 토해냈다.

"휴. 드래곤이 정말 강하긴 끔찍하게 강하구려."

“수고 많으셨습니다.”

“수고라고 할 것이 뭐 있겠소? 그나저나 코멧 기사단의 피해가 무척 큰 것 같은데.”

알프레드가 걱정스러운 표정으로 한쪽 구석에 누워 있는 부상자들을 쳐다보았다. 거의 대부분 코멧 기사단 소속의 기사들이었다.

이번 사냥으로 코멧 기사단은 실로 큰 피해를 입었다. 실력이 떨어지는 견습기사들은 거의 괴멸 상태였고 정규기사들도 반수에 달하는 사상자를 기록했다. 수도경비 기사단의 피해가 30퍼센트 정도란 것을 감안하면 실로 엄청난 손실이었다.

그러나 크릭스의 얼굴에서는 근심걱정을 찾아볼 수 없었다. 전리품을 생각하면 코멧 기사단의 피해는 가볍게 잊어버릴 수 있을 정도였다.

“어쩔 수 없지요. 사냥감이 사냥감인 만큼.”

“그나저나 사로잡은 해츨링은 어떻게 할 작정이시오? 혹시 우리 마탑에 파실 의향이 없으시오?”

알프레드가 은근한 어조로 말을 걸었다. 그물에 싸여 있는 해츨링을 쳐다보는 그의 눈동자는 탐욕에 차 있었다. 그럴 것이 오랜 인간들의 역사상 해츨링을 포획한 적이 몇 번이나 있었던가? 만약 해츨링을 마탑으로 데리고 가서 연구한다면 베일에 싸여 있는 드래곤의 생리에 대해 많은 것을 알아낼 수 있을 터였다. 그러나 크릭스의 대응은 단호했다.

"이미 전리품 분배에 대한 논의를 끝낸 것으로 알고 있습니다만."

논의에 따르면 드래곤 자체에 대한 권리는 전적으로 아그리아 공작가에 있다. 황실에서 파견한 수도경비 기사단은 드래곤 둥지의 각종 보물을, 그리고 마탑은 드래곤이 쓰던 마법시약과 마법서를 차지하기로 약조되어 있다. 그에 따르면 드래곤의 사체뿐만 아니라 사로잡힌 해츨링 역시 아그리아 공작가의 전리품이었다.

"저는 해츨링을 산 채로 본가로 데리고 갈 생각입니다."

그러나 알프레드는 호락호락 물러서지 않았다. 쉽게 구하기 힘든 귀한 연구재료를 쉽사리 포기하기 힘든 모양이었다.

"데리고 가서 어찌할 생각이시오? 크릭스 경도 아시다시피 드래곤이란 생명체는 어떤 일이 있어도 길들여지지 않는다오. 인간보다 더한 지적 생명체이니 오죽하겠소? 그러니 우리 마탑에 양도를 해주시오. 마탑의 재정이 허락하는 한 대가를 치를 용의가 있소."

그러나 크릭스는 일고의 가치도 없다는 듯 머리를 흔들었다. 물론 해츨링을 특별히 쓸 데는 없었다. 값을 잘 쳐 팔아넘기면 그뿐이었다.

사실 아그리아 공작가에는 방대한 자금이 필요했다. 이번 사냥으로 인해 사망한 기사들의 유족들에게 지급할 보상금 지급과 사냥에 들어간 재원 마련은 크나큰 골칫거리가 아닐 수 없었다. 정작 드래곤의 둥지에 있는 보물은 황실에 귀속될 터, 어떻게든 드래곤 시체에서 나온 부산물과 해츨링을 이용해 돈을 마련해야 한다.

그런 관점에서 해츨링은 상당히 돈이 될 수 있는 전리품이었다. 크릭스는 일단 해츨링을 공작가로 가지고 간 뒤 여러 마탑에 통지를 해서 경매에 부칠 생각이었다. 그렇게 한다면 월등히 좋은 가격을 받을 수 있다. 살아 있는 해츨링이라면 각 마탑에서 눈에 불을 켜고 사들이려 할 것이 분명했다. 그러니 굳이 이곳에서 가격을 흥정해야 할 필요가 없었다.

'어차피 내가 받은 명령은 죽었건 살았건 해츨링을 가문으로 가지고 가는 것이었으니.'

알프레드가 여러 번 사정을 했지만 크릭스는 들은 척도 하지 않았다. 그러던 사이 드래곤 하트의 적출이 모두 끝이 났다.

"끝났습니다."

기사 한 명이 드래곤의 몸에서 빼낸 드래곤 하트를 조심스럽게 가슴에 안고 시체에서 내려왔다. 피투성이가 되어 죽어 있는 드래곤의 모습은 일견 을씨년스럽기까지 했다.

드래곤 하트의 적출이 끝나자 기사들이 한쪽으로 이동했다. 거대한 드래곤의 사체를 옮기려면 꼬박 하루를 작업해야 한다. 그렇다고 해서 험한 산길에 마차를 끌고 올 수도 없는 노릇. 들것을 많이 준비해야 할 것 같았기에 몇몇 기사들은 도끼를 들고 나무를 하러 숲으로 들어갔다.

  수도경비 기사단의 분대장 중 하나인 헨리가 얼굴을 찌푸린 채 드래곤의 사체를 쳐다보고 있었다.
  '큰일이로군. 안 그래도 위세가 등등한 아그리아 공작가에서 드래곤의 사체마저 손에 넣었으니 말이야.'
  그는 브렌트 백작으로부터 밀명을 받은 분대장 중 하나였다. 그러나 드래곤 사냥의 총책임자인 크릭스는 수도경비 기사단의 분대장들을 철저히 전투에서 제외시켰다. 그래서 그는 처음부터 쭉 사로잡은 해츨링을 지키는 임무를 맡았다. 브렌트 백작의 밀명은 시도조차 할 수 없었기에 그의 얼굴빛은 그리 밝지 않았다.
  '어쩔 수 없지. 아그리아 공작가에서 워낙 용의주도하게 일을 진행시켰으니.'
  머리를 절레절레 흔드는데 갑자기 이상한 느낌이 들었다. 고개를 돌린 그의 눈이 커졌다.
  "아니?"
  그물에 얽혀 꼼짝달싹하지 못하는 해츨링이 이상한 행동을 했기 때문이었다. 해츨링은 눈을 꼭 감은 채 주문을 웅얼거리고 있었다. 기이함을 느낀 헨리가 허리춤에 찬 검 손잡이를 불끈 거머쥐었다. 다음 순간 그의 눈이 찢어져라 부릅떠졌다.
  "뭐, 뭐야?"

그가 쳐다보는 사이 해츨링의 동체에서 눈부신 빛이 뿜어졌다.

번쩍.

그와 동시에 10미터에 달하는 큼지막한 해츨링의 몸집이 점점 줄어들었다. 그에 따라 팽팽히 당겨져 있던 그물이 급속도로 느슨해졌다. 급기야 해츨링의 몸에서 눈을 뜨고 보지 못할 정도의 섬광이 뿜어져 나왔다.

"헉."

급히 눈을 감았다 뜬 헨리의 시선에 잡힌 것은 고작 일고여덟 살 정도 되어 보이는 어린 소녀의 모습이었다. 실오라기 하나 걸치지 않은 알몸 상태의 어린 소녀가 겁에 질린 표정으로 주위를 두리번거리고 있었다. 키가 고작해야 1미터 남짓이었기 때문에 그물은 더 이상 소녀를 붙잡아놓지 못했다. 헨리는 본능적으로 소녀가 해츨링이 변신한 것이란 사실을 직감했다.

"비……."

반사적으로 비상을 외치려던 그가 급히 입을 닫았다. 굳이 경고를 해서 해츨링을 다시 붙잡아 들인다고 해도 고작해야 아그리아 공작가만 좋은 일을 시킬 뿐이었다. 그가 아무 짓도 하지 않고 지켜보는 사이 소녀가 그물을 완전히 풀고 몸을 날렸다. 그제서야 이를 알아차린 부하 기사들이 화들짝 놀라 소녀를 붙잡으려 했다.

"헛."

그러나 그들은 더 이상 행동에 나서지 못했다. 헨리가 손을 뻗어 그들을 제지했기 때문이었다. 기사들이 의아한 표정으로 헨리를 쳐다보았다.

"왜, 왜 그러십니까?"

"일단은 내버려둔다. 이건 명령이다."

단호한 헨리의 명령에 기사들은 두 눈에 의문을 가득 담았을 뿐 섣불리 소녀를 붙잡으러 나서지 않았다. 헨리는 소녀가 그들의 손을 완전히 벗어나고 나서야 경고성을 외쳤다.

"비상이다. 해츨링이 사람으로 변해 도망친다."

그의 고함으로 좌중의 시선이 일시에 집중되었다. 크릭스도 깜짝 놀라 고개를 돌렸다.

"뭐라고? 해츨링이 도망쳤다고?"

기사들의 시선은 일제히 외곽으로 향했다. 해츨링이 당연히 밖을 향해 도망칠 것이라 지레짐작한 것이다. 그러나 그들의 눈에 보이는 것은 아무것도 없었다. 소녀로 변한 해츨링이 역으로 가운데 놓인 드래곤의 사체를 향해 달려가고 있었기 때문이었다. 워낙 작았기 때문에 쉽사리 눈에 띄지 않았다.

"이크, 조심조심."

코멧 기사단의 부단장인 오릭스는 조심스럽게 걸음을 옮겼다. 그의 가슴에는 드래곤의 사체에서 막 적출해낸 드래곤 하트가 안겨 있었다. 만에 하나 바닥에 떨어뜨려 깨뜨린다면 그의 목숨으로 보상해야 할 일이다. 그도 그럴 것이 이번 드래곤 사냥에 그가 속한 코멧 기사단원 중 절반의 목숨이 날아가 버렸다.

원래대로라면 기사단장인 칼리아가 해야 할 일이었지만 애석하게도 그는 드래곤과의 전투에서 전사해버렸다. 그 때문에 그가 직접 드래곤 하트를 옮기는 것이다. 드래곤 하트를 안고 크릭스에게 다가가려는 순간 헨리의 음성이 장내에 메아리쳤다.

"해츨링이 사람으로 변해 도망쳤다!"

그의 시선이 반사적으로 그쪽으로 쏠렸다. 그로 인해 그는 자신을 향해 일직선으로 다가오는 조그마한 그림자를 보지 못했다.

"어, 없잖아? 찾았다. 저기다."

눈이 밝은 기사 한 명이 마침내 해츨링의 위치를 파악했다. 그가 손가락으로 드래곤의 사체가 있는 곳을 향해 쏜살같이 질주하는 해츨링을 가리켰다.

"해츨링은 열 살 안팎의 소녀로 폴리모프했다. 알몸상태로 오릭스 부단장님을 향해 달려가고 있어."

그 말에 기사들의 시선이 일시에 집중되었다. 오릭스 역시 화들짝 놀라 주위를 살펴보았다. 그러나 그때는 이미 해츨링이 그의 바로 앞에까지 파고든 상태였다.

깜짝 놀란 그가 허리에 찬 검의 손잡이로 손을 가져가려다 멈칫했다. 자칫 잘못하면 품에 안고 있는 드래곤 하트를 떨어뜨릴 우려가 있었다. 때문에 그는 발을 들어 자신을 향해 달려드는 그림자를 걷어차 버리려 했다. 그러나 해츨링은 어린 인간 소녀의 모습으로 달려오고 있었다. 어리고 약해 보이는 모습에 오릭스는 일순 발길질을 하지 못하고 머뭇거렸다.

"이, 이런."

그것이 실착이었다. 오릭스가 주춤거리는 사이 해츨링이 드래곤 하트를 향해 뛰어올랐다.

오릭스가 반사적으로 드래곤 하트를 품속에 끌어안았다. 드래곤 하트를 빼앗기지 않기 위한 본능적인 행동이었는데 이것이 그의 두 번째 실수였다. 애당초 해츨링의 의도는 드래곤 하트를 빼앗는 것이 아니었다. 드래곤 하트에 손을 대고 주문을 외우는 것이 목적이었다.

만약 드래곤 하트를 번쩍 들어 올렸다면 괜찮았을 테지만 행여나 깨뜨릴지도 모른다는 생각에 가슴에 끌어안아 버렸고 그 덕분에 해츨링은 목적을 이룰 수 있었다.

"$\Omega\Psi\Phi\Sigma\Gamma\theta\delta$."

시동어를 외치는 순간 메모라이즈된 마법이 발동했다. 원래대로라면 마나가 충분하지 않아 발동되지 않았을 마법이다. 그러나 시동어를 외친 순간 해츨링의 손은 드래곤 하트에 닿아 있었다.

쉬이이익.

바람 빠지는 소리와 함께 드래곤 하트에서 방대한 마나가 뿜어져 나왔다. 그 마나는 해츨링이 발동시킨 마법과 맞물려

급격히 재배열을 시작했다.

쾌쾌쾌쾌.

부르르 진동하던 드래곤 하트가 갑자기 허공에 떠올랐다.

사색이 된 오릭스가 드래곤 하트를 단단히 움켜쥐려 했다. 그러나 진동하는 드래곤 하트의 공진 주파수는 인간의 힘으로 감당하기 힘든 수준이었다.

파파팍.

손가락 끝이 터져나가며 피가 튀었다. 힘을 이기지 못한 오릭스가 뒤로 벌렁 나가자빠졌고 드래곤 하트가 유유히 허공에 떠올랐다. 동시에 드래곤 하트를 축으로 허공에 기하학적인 문양이 생겨났다.

대기는 급격히 재배열되는 마나의 파동에 몸살을 앓아야 했다. 그러면서 마침내 해츨링이 펼친 마법이 실행되었다. 드래곤 하트에서 눈 뜨고 볼 수 없을 정도로 찬란한 섬광이 뿜어졌다.

화아아악.

섬광은 정확히 죽은 드래곤의 사체를 향해 집중되었다. 섬광이 닿는 순간 드래곤의 거체가 부르르 진동했다.

놀라운 일이 벌어졌다. 섬광에 휩싸인 드래곤의 사체가 꼬리 끝에서부터 서서히 부스러지기 시작한 것이다. 그토록 단단하던 드래곤의 표피가 오랜 세월이 흐른 것처럼 힘없이 부서지며 금빛 가루가 되어 바람에 실려 날아갔다. 그 사이로 비통한 음성이 울려 퍼졌다.

"아, 안 돼."

뜻밖의 상황에 넋을 놓고 있던 크릭스의 음성이었다. 그가 시뻘겋게 충혈된 눈으로 고래고래 고함을 질렀다.

"놈을 붙잡아. 마법을 중지시켜야 해."

명을 받은 기사들이 달려들어 아슈레인을 붙잡으려 했다. 가장 가까이 서 있던 오릭스가 거친 손길로 아슈레인을 붙잡았다. 그러나 애석하게도 마법의 주체는 아슈레인이 아니었다. 허공에 떠오른 드래곤 하트로부터 마나가 차곡차곡 풀려나오며 마법을 유지시키고 있었다. 보고 있던 알프레드가 조언을 해주었다.

"드래곤 하트를 회수하시오. 그래야만 마법을 중지시킬 수 있소."

그 말을 들은 기사들이 달려들다 말고 고개를 들었다. 2~3미터 허공에 떠 있지만 단련된 도약력이라면 충분히 붙잡을 수 있다고 생각한 기사들이 잇달아 땅을 박차고 뛰어올랐다. 그러나 갑옷을 입은 상태라서 몸이 무거웠기에 드래곤 하트에 손이 닿는 기사는 없었다. 보다 못한 기사들이 동료들을 무등 태워 드래곤 하트를 낚아채려 했다.

그 모습을 본 아슈레인이 비명을 내질렀다. 기사들이 드래곤 하트를 회수한다면 기껏 걸어둔 마법이 중지될 것이다. 급히 머리를 굴린 아슈레인이 주문을 외웠다. 그것은 바로 아공간 주머니를 여는 주문이었다.

아공간 주머니. 차원의 문을 열어 공간의 한쪽에 물건을 보관하는 주머니로 드래곤들은 흔히 보물을 아공간 주머니에 보관하곤 한다. 주인이 아니면 열지 못하기 때문에 보물을 도둑맞을 염려가 없다. 주인이 살아 있는 한 아공간 주머니는 그 누구에게도 접근을 허락하지 않는다.

그러나 그 조건은 아공간 주머니를 생성한 주인이 살아 있을 때까지만 유지되었다. 다시 말해 주인이 죽는다면 미리 지정해둔 장소에 모든 보물을 토해내고 조용히 소멸되는 것이 아공간 주머니의 운명인 것이다.

어머니인 아슈페론 역시 아공간 주머니를 사용했다. 그러나 그녀는 이미 기사들의 공격에 목숨을 잃었다. 따라서 아슈페론의 둥지에 보관된 아공간 주머니 역시 속의 내용물을 모두 토해내고 소멸되었을 것이다. 하지만 아슈레인의 아공간 주머니는 그렇지 않았다.

삼백 번째 생일날 아슈페론은 아슈레인에게 아공간 주머니를 선물해주었다. 머지않아 각성하여 자신의 곁을 떠날 자식에게 큰마음을 먹고 선물을 한 것이다. 절체절명의 순간 아슈레인은 바로 그 아공간 주머니를 떠올렸다. 아공간 주머니에 집어넣는다면 자신의 숨이 끊어지지 않는 한 드래곤 하트를 빼앗기지 않을 터였다.

"ΓΔΛΕΨΠΩ."

주문을 외우는 순간 허공에 거무스름한 음영이 생겨났다. 표면이 일렁이는 물결 같은 타원형의 음영. 이어 아슈레인이 범위를 지정하고 손가락으로 허공에 뜬 드래곤 하트를 가리키자 아공간 주머니가 그쪽으로 움직였다.

"세, 세상에, 아공간 주머니라니."

알프레드의 눈은 찢어질 듯 부릅떠져 있었다. 말로만 들어보았던 아공간 주머니가 그의 앞에 나타난 것이다. 아공간 주머니. 마법사에겐 한마디로 꿈의 보물창고였다. 이론적으로는 인간 마법사는 9서클을 넘어서야만 아공간 주머니를 만들어 낼 수 있다. 그러므로 지금껏 아공간 주머니를 보유한 인간 마법사는 오랜 인간의 역사를 통틀어 다섯 손가락에 겨우 꼽을 수 있을 정도였다.

그런데 저토록 어린 해츨링이 아공간 주머니를 가지고 있다니, 역시 마법의 지배자인 드래곤다웠다. 그러나 지금 상황은 아공간 주머니를 보고 멍하니 감탄만 하고 있을 때가 아니었다.

"막으시오. 이미 마법이 임계점을 돌파했기 때문에 드래곤 하트가 아공간 주머니에 들어가더라도 중지되지 않을 것이오."

그 말을 들은 기사들의 안색이 다급해졌다. 그러나 드래곤 하트는 잡힐 듯하면서도 좀처럼 잡히지 않았다. 그러던 사이 유유히 다가온 아공간 주머니가 드래곤 하트를 덥석 집어삼켜

버렸다. 드래곤 하트가 들어간 것을 확인한 아슈레인은 지체 없이 아공간 주머니를 닫아버렸다.

"이, 이런……."

사색이 된 크릭스가 드래곤의 사체를 쳐다보았다. 혹시라도 드래곤 하트가 사라졌으니 마법이 풀리지 않았을까 하는 일말의 바람을 담고서. 그러나 그의 안색은 금세 시커멓게 죽어갔다.

드래곤 하트가 아공간 주머니에 수납되었음에도 불구하고 드래곤의 사체는 계속해서 분해되고 있었다. 이미 다리와 꼬리의 절반이 분해되어 흩어졌고 몸통마저 분해되며 주위로 금빛 가루를 분분히 흩날렸다.

"마, 망했어."

맥이 풀린 크릭스가 그 자리에 풀썩 주저앉았다. 엄청난 희생을 치르고 얻은 전리품이 눈앞에서 사라지고 있는 것이다. 그러나 이대로 포기할 수는 수 없었다. 크릭스가 이를 악물며 명령을 내렸다.

"드래곤의 사체를 잘라내라. 분해되기 전에 조금이라도 챙겨야 한다."

명이 떨어지자 기사들이 분분히 달려들었다. 검을 휘두르며 드래곤의 사체를 도려내는 손길에는 급한 마음이 그대로 드러나 있었다. 아그리아 공작 휘하의 기사들 대부분이 드래곤의 사체에 달라붙어 칼질을 했다. 해츨링을 붙잡고 있는 십여 명의 기사들을 제외하면 말이다. 그 모습을 지켜보던 크릭스가 입술을 깨물었다.

"도대체 해츨링을 지키고 있던 녀석들이 누군가?"

그 말에 누군가 움찔했다. 보고를 위해 브렌트 백작에게 다가와 있던 헨리의 얼굴이 살짝 경직되었다. 때마침 아그리아 공작가의 기사 한 명이 헨리를 향해 손가락질을 했다.

"저자입니다."

크릭스의 얼굴이 사나워졌다. 허리에 찬 검 자루를 움켜쥐고 성큼성큼 걸음을 옮기는 모습이 금방이라도 칼부림이라도 할 것 같았다. 그때 통렬한 타격음이 울려 퍼졌다.

퍼억.

얼굴을 움켜쥐고 주춤주춤 뒷걸음질치는 자는 다름 아닌 헨리였다. 귓전으로 벼락같은 호통소리가 울려 퍼졌다.

"이런 멍청한 놈. 분명 해츨링을 감시하는 임무를 맡겼거늘 어찌 임무에 소홀했다는 말인가?"

벌겋게 부어오른 볼을 부여잡은 헨리가 떠듬떠듬 변명을 했다.

"죄, 죄송합니다. 그러나 해츨링이 인간으로 변할 줄 전혀 예상하지 못했던 터라……."

"예상치 못했던 일이라고 해도 보고는 해야 하지 않나?"

"해츨링이 탈출하고 나서 곧바로 경고성을 울렸습니다."

서슬 퍼런 기색과는 달리 브렌트 백작은 입가에 미미하게 미소를 띠고 있었다. 마치 잘 처신했다는 듯한 표정. 하지만 등을 돌리고 있던 터라 크릭스는 그 모습을 볼 수 없었다.

"아무리 그렇다고 해도 책임을 면할 수 없다. 돌아가면 책임을 물을 것이니 각오하도록."

헨리가 면목없다는 듯 고개를 숙였다. 하지만 그의 입가에는 살며시 미소가 피어나고 있었다. 물론 그가 브렌트 백작의 의도를 왜 모르겠는가? 만약 브렌트 백작이 적절하게 나서지 않았다면 모르긴 몰라도 크릭스의 분노 어린 칼부림을 당해야 했을 터였다.

그로 인해 기세등등하던 크릭스의 기세가 주춤했다. 브렌트 백작이 먼저 화를 내었기 때문에 분풀이를 할 시기를 놓친 것이다. 몸을 돌린 브렌트 백작이 정중한 어조로 말을 걸었다.

"이자는 합당한 벌을 받을 것이오. 그러니 이만 화를 풀도록 하시오."

어쨌거나 헨리는 크릭스의 부하가 아니라 수도경비 기사단의 기사이다. 상관이 먼저 처벌하겠다고 나섰으니 더 이상 나설 수가 없었다.

입술을 지그시 깨문 크릭스의 고개가 돌아갔다. 그의 시선이 닿는 곳에는 기사들에게 붙잡혀 있는 해츨링이 자리하고 있었다. 어쨌거나 일을 망친 주범은 전적으로 이 해츨링이라 볼 수 있었다.

"용서할 수 없다."

크릭스가 생각할 것도 없다는 듯 그쪽으로 걸음을 옮겼다.

어린 소녀의 모습을 한 해츨링은 기사들에게 꼼짝달싹도 할 수 없을 정도로 짓눌려 있었다. 또 무슨 수작을 부릴지 모르기 때문에 기사들은 눈에 불을 켜고 해츨링의 움직임을 감시했다. 가까이 다가간 크릭스가 생각할 것도 없다는 듯 주먹을 날렸다.

퍼어억.

둔탁한 타격음과 함께 해츨링의 몸이 힘없이 그 자리에 주저앉았다. 어린 소녀의 모습을 한 해츨링의 얼굴을 사정 보지 않고 후려갈겨 버린 것이다. 귀족가의 자제라고는 하나 크릭스는 어릴 때부터 충실히 기사수련을 받은 몸이다. 잘 단련된 강철 같은 주먹으로 후려갈겼으니 어린 소녀의 몸으로 어찌 버틸 수 있겠는가?

해츨링은 코와 입으로 낭자하게 피를 뿜어내며 그대로 혼절해버렸다. 그래도 분이 차지 않았던지 크릭스가 늘어진 해츨링을 냅다 걷어차려 했다. 그때 늙수그레한 음성이 귓전을 파고들었다.

"폴리모프 마법은 형질을 완전히 바꾸는 마법이오. 따라서 그 해츨링의 체력조건은 어린 소녀의 것과 동일하오."

그 말에 크릭스가 멈칫했다. 알프레드의 말이 사실이라면 발길질을 해서는 안 된다. 기사 출신인 그의 발길질을 어린아이의 몸으로 버틸 수 있을 리가 없다. 자칫 잘못하면 숨이 끊어질 수도 있기에 그는 심호흡을 하며 화를 삭였다.

'지금 상황에서 해츨링을 죽일 수는 없지.'

알프레드의 말이 계속 들려왔다.

"우선 드래곤의 몸에 펼쳐진 마법을 어느 정도 중화시켰소. 완전히 풀지는 못했지만 분해되는 속도를 현저히 늦출 수 있을 거요. 그러니 차근차근 생각합시다. 드래곤 하트는 사라진 것이 아니라 해츨링의 아공간 주머니에 들어 있소. 회수하면 그만 아니오?"

그 말을 들은 크릭스의 표정이 다소 완화되었다. 드래곤 하트만 건질 수 있다면 드래곤의 사체는 그리 중요하지 않았다.

그러나 분노는 아직까지 남아 있었다. 그가 고개를 돌려 부기사단장 오릭스를 쳐다보았다. 어쨌거나 해츨링이 드래곤 하트를 만지도록 허용한 당사자는 그였다. 서릿발 같은 시선을 받고 오릭스가 주춤거렸다.

"죄, 죄송합니다."

"이런 머저리 같은……. 당신 같은 자가 어찌 코멧 기사단의 부단장이란 말이오? 내가 분명히 말하지 않았소? 드래곤 하트를 철저히 관리하라고 말이오."

독설이 퍼부어졌지만 오릭스는 아무런 말도 하지 못했다. 어쨌거나 모든 것이 전적으로 자신의 실책이었기 때문이었다.

"성으로 돌아가면 질책이 있을 것이니 단단히 각오를 해야 할 것이오."

“면목없습니다.”

“듣기 싫소. 그대는 지금 즉시 부하들을 데리고 드래곤 해체 작업에 가세하시오. 마법사들이 마법을 걸어 분해되는 과정이 지연되었으니 최대한 건져야 하오.”

“아, 알겠습니다. 모두 가자.”

오릭스가 머뭇거림 없이 몸을 날리려 했다. 그때 크릭스가 손을 들어 그를 만류했다.

“노련하고 실력 좋은 기사 두 명은 남겨두시오. 내 일을 도와야 할 거요.”

“알겠습니다. 라일, 피센은 이곳에 남아서 공자님을 도와드려라.”

두 명의 기사가 머뭇거림 없이 복명하고 크릭스에게로 다가왔다. 하나같이 중년 이상의 노련한 기사들이었다. 크릭스가 그들을 향해 명령을 내렸다.

“그대들이 할 것은 간단하오.”

크릭스가 손가락을 뻗어 기절해 있는 해츨링을 가리켰다. 어린 소녀의 모습을 한 해츨링이 코와 입으로 낭자하게 피를 흘린 채 늘어진 모습이 꽤나 애처로웠지만 크릭스의 눈빛은 차디차기만 했다.

“해츨링을 맡으시오. 수단 방법을 가리지 말고 육체적 고통을 가해 아공간 주머니에 집어넣은 드래곤 하트를 회수하란 말이오.”

“유, 육체적 고통 말입니까?”

“간단히 말해 인정사정 보지 말고 두들겨 패서 물건을 내놓게 만들란 뜻이지. 마음 같아서는 내가 직접 하고 싶소. 그러나 내가 하면 감정이 격해진 나머지 해츨링을 죽일지도 모른다는 생각에 그대들을 시키는 거요.”

설명을 들은 기사들의 얼굴에 난감함이 떠올랐다. 물론 그들은 아그리아 공작가에서 잔뼈가 굵은 기사들이다. 각종 전투기술은 물론 사로잡은 적병을 심문해본 경험도 있다.

그러나 상대는 사내가 아니다. 비록 본질은 드래곤의 해츨링이지만 겉으로 보기에는 어리디어린 연약한 소녀의 모습을 하고 있다. 그러니 선뜻 손을 쓰기가 어려웠다. 기사들이 주춤거리는 것을 보자 크릭스의 눈썹이 급격히 휘말려 올라갔다.

“왜? 하고 싶지 않다는 뜻이오?”

피센과 라일이 급히 머리를 내저었다.

“그, 그렇지 않습니다.”

“경험 많은 그대들이라면 육체에 심각한 손상을 입히지 않고 최대한의 고통을 가할 수 있을 것이오. 그러니 지금 즉시 시행하시오.”

“알겠습니다.”

피센과 라일이 어쩔 수 없다는 듯 머리를 내젓고는 늘어진 해츨링에게로 다가갔다. 특히 피센의 표정은 침통하기 그지없었다.

올해 마흔여덟 살인 피센은 손녀를 본 상태였다. 열두 살 때에 기사의 종자로 발탁되어 정통적인 과정을 밟아 올라 스무 살 때에 기사서임을 받은 그였다. 안정적인 경로를 밟아온 기사들은 통상적으로 일찍 혼인하는 경향이 있다.

아그리아 공작가의 견습기사라면 그야말로 일급 신랑감이었기 때문에 피센은 열여덟 살 때 아리따운 아가씨와 결혼을 했고 그 이듬해 아들을 낳았다. 그 아들 역시 피센과 같은 과정을 거쳐 아그리아 공작가의 기사로 발탁되었고 아버지처럼 일찍 결혼해서 일찌감치 손녀를 피센에게 안겨주었다. 그 손녀가 올해로 여섯 살이 되었다.

나이가 들어 은퇴를 생각하고 있는 피센에게 손녀 아로나는 그야말로 형언할 수 없는 기쁨을 안겨주었다. 매일매일 퇴근하여 손녀를 보는 재미로 살아간다고 해도 과언이 아니었다. 그런 피센에게 손녀와 비슷한 연배의 어린 소녀를 고문하라는 명이 내려졌으니…….

피센으로서는 결코 내키지 않는 명령일 수밖에 없었다. 그러나 어찌할 것인가? 기사로서 주군의 명령에 복종하는 것은 철칙이었다.

촤아악.

물을 길어와 뿌리자 헤츨링이 정신을 차렸다. 피로 얼룩진 참혹한 얼굴의 헤츨링이 깨어나 멍한 눈빛으로 주위를 두리번거렸다. 피센이 나지막이 동료 라일에게 말을 걸었다.

“우선 손가락부터 시작하자고.”

“그, 그래야지.”

라일 역시 내키지 않는 것은 마찬가지인 듯했다. 그러나 명령을 받은 이상 어길 수는 없는 노릇이다.

‘사로잡은 적병의 입을 열기 위해 가장 먼저 하는 것은 손가락을 부러뜨리는 것이지.’

고문의 상식을 떠올린 피센이 부들부들 떨리는 손으로 소녀의 손가락을 붙들었다. 한없이 가느다란 손가락은 살짝 힘만 주더라도 부러질 것이다.

뚜둑.

이내 처절한 비명 소리가 메아리쳤다.

“아아아악.”

아슈레인은 도무지 정신을 차릴 수 없었다. 생각만 해도 가증스러운 인간 기사 두 명이 다가오더니 다짜고짜 손가락을 부러뜨리기 시작하는 것이 아닌가? 가느다란 손가락이 뒤로 꺾이며 시퍼렇게 변색되었다. 퉁퉁 부어오르는 손가락에서 전해지는 통증은 상상을 초월했다. 마구 몸부림을 쳤지만 도리가 없었다. 어린 소녀의 힘으로는 도저히 기사들의 우악스런 손길에서 벗어날 수 없었다. 아슈레인이 할 수 있는 것이라곤 오로지 목청이 터져라 비명을 지르는 것뿐이었다.

“꺄아아악.”

눈 깜짝할 사이에 손가락 열 개가 모두 부러져 덜렁거렸다.
어미 드래곤의 보호 아래 귀하게 자라온 아슈레인이 어찌 이
런 고통을 겪어보았겠는가? 고통으로 인해 정신이 혼미한 아
슈레인의 귓전으로 착 가라앉은 음성이 파고들었다.

"아공간 주머니에서 드래곤 하트를 내어준다면 더 이상의
고통은 겪지 않을 것이다."

통증으로 의식이 오락가락하는 와중에서도 아슈레인은 거
세게 고개를 흔들었다. 그럴 수 없다는 거부의 뜻이었다. 싸늘
한 크릭스의 음성이 매정하게 울려 퍼졌다.

"아직 혼이 덜 났나 보군. 계속 고문을 시행하시오."

얼굴을 찡그린 피센이 이번에는 아슈레인의 발을 잡았다.
손가락 다음의 고문 순서는 발가락이다. 비상용으로 차고 다
니는 단검을 뽑은 피센이 뭉툭한 손잡이 끝 부분으로 아슈레
인의 발가락을 겨냥했다. 손잡이로 내려찍는다면 어린 소녀의
발가락은 그대로 으스러져 버릴 것이다.

콰직.

둔탁한 음향과 함께 처절한 비명이 터졌다. 그 비명은 단검
이 내려쳐 질 때마다 예외 없이 울려 퍼졌다.

"저, 저런 나쁜 놈들."

수풀 속에서 그 모습을 지켜보던 눈동자 한 쌍이 있었다. 국
경경비초소에서 레인저들과 작별을 하고 내려온 리셀이었다.

리셀은 사건이 끝난 직후 이곳에 도착했다. 때문에 기사들과 드래곤이 펼치는 숨 막히는 공방전을 목격하지 못했다. 그가 본 것은 죽어 널브러진 드래곤의 사체와 수많은 기사들이 드래곤을 해체하는 모습이었다. 처음 그 광경을 목격한 순간 리셀은 재빨리 수풀 속에 몸을 숨겼다.

"이런. 하필이면."

생전 처음 보는 드래곤에게 관심이 없지는 않았지만 장내에는 무수한 기사들이 득시글거리고 있다. 뿜어내는 기세를 보아 하나같이 혹독한 수련을 거친 정규기사들이 분명했다. 이런 상황에서 기사들의 눈에 띄어 좋을 것은 아무것도 없었다. 이미 리셀은 여러 번 고난을 겪으며 세상의 험난함을 체득한 상태였다.

'혹시라도 기밀 엄수를 위해 내 입을 막을 수도 있어. 죽이는 것은 입을 막는 데 가장 유용한 방법이지.'

때문에 리셀은 그곳에 숨어 기사들이 일을 마치고 돌아갈 때를 기다릴 생각이었다. 시간이 얼마가 걸리건 기다리는 것이 상책이었다. 그런데 갑자기 참혹한 일이 벌어졌다.

화려한 갑옷을 입은, 한눈에 보기에도 지체 높은 기사가 나이 지긋한 기사 두 명을 데리고 리셀이 숨어 있는 곳 부근으로 왔다. 그리고 기사로서는 결코 해서는 안 될 일을 시작한 것이다. 화가 치밀어 올라 리셀의 숨결이 거칠어졌다.

"어리디어린 소녀를 발가벗겨놓고 저게 뭐하는 짓이야."

그 자리에 없었기에 리셀로서는 일의 전후사정을 알 턱이 없었다. 눈에 보이는 장면만으로는 그가 오해를 할 수밖에 없는 상황이었다. 잠시 후 고문이 시작되고 소녀가 비명을 지르기 시작하자 리셀의 눈동자에서는 불똥이 튀었다.

"저런 나쁜 놈들. 저런 것들이 어찌 기사란 말인가?"

마음 같아서는 당장이라도 달려나가 만류하고 싶었다. 그러나 리셀이 무작정 나선다고 해결될 문제가 아니었다.

우선 소녀를 고문하는 두 기사는 한눈에 보기에도 산전수전 다 겪은 노련한 기사로 보였다. 마스터인 아너프리에게 훈련받은 리셀이라고는 하나 저들의 상대가 될 수는 없어 보였다.

게다가 그곳에서 그리 멀리 떨어지지 않은 곳에는 백 명이 넘는 기사들이 열심히 드래곤의 사체를 해체하고 있었다. 만약 리셀이 소란을 일으키면 그들이 즉각 달려올 것이다. 리셀이 참담한 표정으로 눈을 감았다.

"힘이 없는 것이 서럽군."

눈을 뜨자 처절하게 울부짖는 어린 소녀의 모습이 아리도록 시야를 파고들었다. 얼굴에 착잡함이 어리는 것도 잠시, 리셀의 눈이 커졌다. 어린 소녀에게 고문을 가하는 기사들과 바로 옆에서 그것을 지켜보는 사내의 가슴팍에 새겨진 문장을 본 것이다. 입술을 비집고 신음 같은 한마디가 흘러나왔다.

"아그리아 공작가."

물론 리셀이 아그리아 공작가의 문장을 직접 본 적은 없다.

그러나 마스터인 아너프리는 헤아릴 수 없을 만큼 리셀에게
문장을 그려서 보여주었다. 마스터의 가문 루카스 후작가를
몰락시킨 아스트리아 제국 제일의 명문가가 아그리아 공작가
이다. 리셀이 반드시 꺾어야 하는 가문의 문장을 몰라볼 리가
없었다.

　"그럼 그렇지. 아그리아 공작가 놈들이니 저런 후안무치한
짓을 하는 게지."

　입술을 깨문 리셀이 수풀 속으로 더 몸을 숨겼다. 저들과 맞
닥뜨려서 좋을 것이 하나도 없었기 때문이었다. 그런 상태로
리셀이 고문을 당하는 소녀를 안타까운 눈빛으로 쳐다보았다.

　"안타깝지만 나로서는 어쩔 수 없구나. 혹시라도 죽을 경우
시신이나 수습해주마."

　발가락 열 개가 모두 으스러졌지만 아슈레인은 항복하지 않
았다. 극도의 고통으로 인해 기진맥진한 상태에서도 해츨링의
고개는 좀처럼 끄덕여지지 않았다.

　"생각보다 질기군. 하지만 결국 드래곤 하트를 토해내야만
할 것이다."

　크릭스는 냉혹한 눈빛으로 재차 명령을 내렸다. 그것은 바
로 무차별적인 구타였다. 명을 받은 피센과 라일이 아슈레인
을 마구 두들겨패기 시작했다.

　피센은 해츨링이 움직이지 못하도록 몸통을 꽉 붙잡았고 라

일은 사냥할 때 쓰는 가죽장갑을 끼고 해츨링의 몸을 무차별 가격했다. 노련한 기사였기에 라일은 인체의 어느 부분을 가격하면 상처를 입히지 않고 심각한 통증을 줄 수 있는지 잘 알고 있었다.

퍽 퍼퍽 퍽.

끔찍한 파육음이 울렸다. 아슈레인은 이제 비명을 지를 기력조차 사라져 간간이 신음만 흘릴 뿐이었다. 그런 상황에서도 아슈레인은 한 가지를 걱정하고 있었다.

'이대로 죽는다면 아공간 주머니가 사라지며 어머니의 드래곤 하트를 토해낼 텐데.'

그 생각을 하자 아슈레인이 돌연 몸을 부르르 떨었다. 설사 죽는 한이 있어도 어머니의 드래곤 하트를 놈들에게 빼앗길 수는 없었다.

'방법은 한 가지뿐.'

드래곤 하트를 빼앗기지 않으려면 어떻게든 이 자리를 벗어나야 한다. 그 생각을 한 아슈레인이 눈을 감고 몸을 축 늘어뜨렸다. 기사들의 방심을 유발해 도망칠 방법을 강구하려는 의도에서였다. 아슈레인의 몸이 축 늘어지자 라일이 구타를 멈췄다.

"이 녀석 기절했는걸?"

"어떻게 하지?"

그때 크릭스가 냉정하게 명령을 내렸다.

"기절했으면 물을 뿌려 깨우면 되지 무슨 고민이오. 깨운 다음 계속 진행하시오."

"아, 알겠습니다."

고개를 돌린 라일이 난감한 표정을 지었다. 물통이 텅 비어 있었기 때문이었다.

"물을 길어와야겠군."

"내가 갔다 오지. 자네가 이 아이를 붙잡고 있도록 하게."

피투성이가 된 어린 소녀를 붙잡고 있는 것이 내키지 않았던지 피센이 자청해서 물을 길어오겠다고 했다. 묵묵히 고개를 끄덕인 라일이 다가와서 해츨링을 건네받았다.

물통을 집어든 피센이 개울 쪽으로 걸어가자 라일은 해츨링을 바닥에 내려놓았다. 기절한 것으로 믿고 있었기에 경계를 조금이나마 푼 것이다. 그러나 그의 눈은 빈틈없이 해츨링을 주시하고 있었다. 하지만 입속에서 일어나는 일까지 알 수는 없는 노릇이다. 그 틈을 타서 아슈레인은 몰래 주문을 외웠다. 기사를 무력화시키고 탈출할 수 있는 주문을 시동어만 외치면 발동되도록 머릿속으로 메모라이징하는 것이다.

피센이 물을 길어오는 시간은 제법 오래 걸렸다. 개울이 이곳에서 비교적 먼 곳에 있었기 때문이었다. 기다림을 참지 못한 크릭스가 역정을 냈다.

"왜 이렇게 늦는 거요."

“개울이 멀리 있었습니다. 아마 시간이 좀 걸릴 것입니다.”

“더 이상 기다릴 수 없소. 그러니 그대는 기사들에게 가서 수통을 전부 수거해오도록 하시오. 그동안 해츨링은 내가 지키겠소.”

“알겠습니다.”

머뭇거림 없이 복명한 라일이 기사들이 있는 쪽으로 뛰어갔다. 크릭스가 느긋하게 걸어와서 해츨링의 등허리를 밟았다. 순간 아슈레인의 눈이 살짝 뜨여지며 빛났다. 이미 메모라이징은 완성된 상태였다. 감시자가 한 명만 있는 상태라면 도망치기가 월등히 수월할 것이다. 눈을 번쩍 뜬 아슈레인이 피투성이가 된 손을 뻗어 크릭스의 다리를 짚었다.

“뭐, 뭐야?”

화들짝 놀란 크릭스가 발에 힘을 주려는 순간 묘한 캐스팅음이 울려 퍼졌다.

“$\Psi \kappa \xi \, \Phi \, \Sigma \psi \Theta$.”

주문이 끝나는 순간 강력한 전격의 기운이 크릭스의 몸을 관통했다. 금속제 갑옷을 입고 있었기에 충격이 가중되었다.

“우아악.”

크릭스가 비명을 지르며 뒤로 벌렁 나가떨어졌다. 그 틈을 타서 아슈레인이 몸을 일으켰다. 정신없이 달리는 아슈레인의 뒤로 피에 젖은 발자국만 점점이 남겨졌다.

크릭스는 금세 정신을 차렸다. 약해질 대로 약해진 상태에서 캐스팅한 마법이라 크릭스에게 그리 큰 타격을 입히지 못했던 것이다.

"자, 잡아라."

그의 외침을 들은 기사들 중 반수가 드래곤 해체를 중단하고 분분히 달려왔다. 수통을 수거하던 라일 역시 화들짝 놀라 몸을 날렸다. 그러나 크릭스의 입가에 실소가 맺히는 것은 금방이었다.

"그러면 그렇지. 발가락이 부러진 상태에서 제대로 달릴 수가 있나?"

그의 말대로 해츨링은 거의 걸어가는 것과 마찬가지로 힘겹게 걸음을 떼고 있었다. 고문을 받아 발가락이 으스러졌기 때문에 제대로 땅을 디딜 수가 없었던 것이다. 한결 안색이 편안해진 크릭스가 이를 우두둑 갈아붙였다.

"감히 나에게 수작을 부리다니. 대가를 톡톡히 치르게 해주마."

느긋하게 몸을 날리는 크릭스의 뒤로 기사들이 열심히 뒤따르고 있었다.

제10장
해츨링 아슈레인과
견습기사 리셀

　장내를 쳐다보던 리셀의 눈이 커졌다. 고문을 받다 기절한 것으로 보이던 어린 소녀가 갑자기 도주하기 시작한 것이다. 그러나 그의 눈에 금세 안타까움이 서렸다. 고문의 후유증인지 소녀는 제대로 달리지 못했다. 정신없이 버둥거렸지만 달리는 속도는 성인이 걷는 것보다 못한 속도였다. 이대로라면 잡히는 것은 시간문제였다. 리셀의 눈에 결심이 어렸다.

　"나는 기사도를 추구하는 기사다. 사악한 일을 보고 좌시한 것도 죄악인데 불행한 처지의 소녀를 외면할 수는 없는 법."

　리셀이 슬그머니 등에 진 배낭을 풀어 바닥에 내려놓았다. 소녀를 구하고자 하는 일념에 리셀은 아무것도 생각하지 않았다. 다행히 소녀는 정확히 리셀이 숨어 있는 곳으로 달려오고 있었다. 엎어졌다 일어나기를 반복하는 소녀의 몸은 온통 흙과 피가 뒤엉겨 엉망이었다.

리셀이 몸을 일으킨 순간 소녀가 그를 보고 멈칫했다. 깜짝 놀라 도망치려는 기색이 역력했다. 그러나 리셀은 상관하지 않고 달려가 소녀를 품에 안아 올렸다.

"아, 안 돼."

리셀이 마구 버둥거리는 소녀의 등을 토닥여주었다.

"걱정하지 마라. 널 붙잡으려는 것이 아니라 구해주려는 것이다."

리셀은 소녀를 품에 안은 채 쏜살같이 질주하기 시작했다. 도주로는 이미 봐두었다. 드래곤의 해체작업을 하는 기사들의 남쪽으로 길이 하나 나 있었다. 기사들이 올라온 바로 그 길이었다. 지금까지는 기사들의 눈에 띌까 봐 가지 못했지만 소녀를 구하기로 마음먹은 이상 망설일 것이 없었다.

난데없이 수풀 속에서 청년 하나가 튀어나와 해츨링을 끌어안자 크릭스가 화들짝 놀랐다.

"웨, 웬 놈이냐?"

그러나 리셀은 그 말에 대답하지 않았다. 지금은 소녀를 안고 필사적으로 도망쳐야 할 때였다. 말 한마디 할 기력이라도 아껴야 한다. 마음을 정한 그가 머뭇거림 없이 달음박질을 시작했다.

"이, 이놈. 서라."

그러나 리셀은 들은 척도 하지 않고 달리는 데 열중했다. 그 모습을 본 기사 한 명이 품에서 뿔나팔을 꺼내 불었다.

뿌우우우.

그러자 드래곤 해체작업을 하던 기사들의 시선이 일시에 집중되었다. 그들은 볼 수 있었다. 청년 하나가 피투성이가 된 소녀를 품에 안고 산 아래로 통하는 길을 향해 마구 달려가는 모습을.

"막아라. 막아야 한다."

그의 외침에 드래곤의 사체 곁에 남은 기사들이 일제히 달려와 리셀의 진로를 막으려 했다. 그러나 리셀이 달리는 속도는 상상을 초월했다. 거추장스럽고 묵직한 배낭을 벗어던진 터라 몸이 마치 날아갈 것 같았다. 뒤쫓던 기사들의 눈이 휘둥그레졌다.

"뭐 저렇게 빠르지?"

결국 리셀은 기사들이 내려와 진로를 차단하기 전에 좁은 산길로 접어들었다.

"서라, 서지 않으면 화살을 쏘겠다."

"이것은 아스트리아 황실과 아그리아 공작가의 공동작전이다. 평생 감옥에서 썩고 싶으냐?"

리셀은 모든 고함을 귓전으로 흘려 넘기며 달리는 데 열중

했다. 다행히 품속의 소녀는 구해주려는 자신의 의도를 파악
했는지 더 이상 버둥거리지 않았다.

　'말을 타고 달릴 수 없는 산길인 이상 갑옷 입은 기사들이
날 따라잡을 순 없다.'

　이미 마르타의 주먹패들과 현상금 사냥꾼들까지 따돌린 전
력이 있는 리셀이었다. 그는 뒤쫓는 기사들을 멀찍이 떼어놓
은 채 빠른 속도로 산길을 내달렸다.

　기사들은 오래지 않아 추격을 포기해야 했다. 느닷없이 튀
어나와 해츨링을 가로챈 청년은 이미 흔적조차 남기지 않고
사라져버렸다. 뜬금없이 전력질주를 한 기사들이 여기저기 널
브러져 풀무처럼 거친 숨을 토해냈다. 애당초 견고한 판금갑
옷을 입고 전력 질주하는 것은 무리한 행동일 수밖에 없었다.
얼마나 힘을 썼는지 갑옷 틈새로 김이 모락모락 피어올랐다.

　"미치겠군."

　어처구니가 없었던지 크릭스가 하늘을 올려다보며 한숨을
토해냈다. 일이 안 풀려도 이렇게 안 풀릴 수는 없었다. 드래
곤의 사체를 잃은 데 이어 해츨링까지 어이없이 잃어버린 것
이다. 이번에는 명백히 자신의 실책이었기에 누구를 탓할 수
도 없었다.

　"도대체 그놈이 어디에서 튀어나온 거지?"

　푸념 섞인 크릭스의 혼잣말에 옆에 늘어져 있던 오릭스가

띄엄띄엄 대답했다.

"노, 놈이 숨어 있던 방향에 베, 베네아 국경초소가 있습니다. 베, 베텔 왕국과의 국경을 경비하고 있지요. 그, 그곳을 거쳐 왔다면 부, 분명 기록이 남아 있을 것입니다."

크릭스의 표정이 사나워졌다.

"지금은 그게 문제가 아니오. 해츨링을 회수하는 것이 중요하지. 서둘러 마법사들에게 통신을 요청하시오. 산 아래에 대기하고 있던 병력들에게 연락을 취해 길을 틀어막으라고 하시오."

"아, 알겠습니다."

오릭스의 명을 받은 기사 몇 명이 후들거리는 다리를 추스르며 몸을 일으켰다. 지친 몸으로 돌아가서 마법사에게 통신 요청을 하려니 눈앞이 캄캄했지만 어쩔 수 없는 노릇이었다.

다행히 리셀은 기사들의 대처를 미리 짐작하고 있었다.

'그 정도 규모의 기사들이라면 분명 산 아래에 예비 병력이 도사리고 있을 거야. 길을 따라가는 것은 자살행위야.'

마음을 정한 리셀이 방향을 틀었다. 달려가던 길을 무시하고 산맥으로 몸을 날리는 것이다.

리셀이 선택한 곳은 무척이나 험했다. 어른 키 높이의 바위를 뛰어넘고 떨어지면 뼈도 못 추릴 것 같은 급경사의 벼랑을 뛰어 내려가야 했다. 그러나 리셀에겐 그리 큰 장애물이 되지 못했다. 어쨌거나 그는 험하기로 소문난 사냥꾼의 길을 주파한 인물 아니던가?

피투성이의 어린 소녀를 품에 꼭 끌어안고 거침없이 험로를 주파하는 리셀은 험준한 벼랑에 서식하는 산양과도 같은 모습이었다.

기사들이 가쁜 숨을 몰아쉬며 달려와 마법사에게 통신 요청을 했다.

"아, 알겠소."

알베르토는 그 요청을 받아들여 수정구를 꺼내 통신마법을 펼쳤다. 산 아래 대기하고 있던 병력들이 마법통신을 받고 내려오는 길을 빈틈없이 차단했다. 하지만 그들은 알지 못했다. 리셀이 미리 대응을 예측하고 정상적인 길이 아닌 산맥을 따라 남하하고 있다는 사실을 말이다.

드래곤의 사체를 수습하는 것은 거의 성공하지 못했다. 마지막 순간 기사들이 리셀의 추격에 투입된 터라 분해되기 전에 잘라낸 것은 고작해야 10퍼센트 남짓이었다. 나머지는 모조리 금빛 가루로 변해 사방으로 흩어져버렸다.

뜻밖의 전개에 크릭스는 넋이 나갔다. 드래곤 사냥에는 성공했지만 전리품을 획득하는 데에는 실패한 것이다. 한쪽에서는 몇 명의 기사들이 리셀이 버려두고 간 배낭을 뒤적이는 데 열중하고 있었다.

"전형적인 여행자의 물품이로군. 먼 길을 걸어온 것이 분명

해.”

“외길이었어. 산을 타고 넘어오지 않은 이상 국경초소를 거쳐 온 것이 분명해.”

그 옆에서는 마법사들이 수정구를 펼쳐놓고 통신에 열중하고 있었다. 산꼭대기의 국경초소에 연락을 취해 혹시라도 해츨링을 데리고 도망친 청년의 정보가 남아 있는지 알아보는 것이다. 잠시 후 오릭스가 상기된 표정으로 크릭스에게 다가왔다.

“놈의 정체가 드러났습니다. 다행히 국경경비초소에 기록이 남아 있더군요.”

“어떤 놈인가?”

“베텔 왕국 놈이었습니다. 이름은 리셀, 나이는 17세라고 하더군요.”

그 말을 들은 크릭스가 이를 부드득 갈아붙였다.

“이런 개자식. 놈이 무슨 이유로 제국으로 들어왔지? 어지간한 놈들은 국경을 넘을 수 없을 텐데.”

“아스트리아의 기사를 마스터로 둔 견습기사라 하더군요. 놀랍게도 놈을 종자로 거둔 기사는 루카스 후작가의 아너프리라고 합니다.”

“아너프리?”

“한때 붉은 사자 기사단의 단장이었던 자입니다. 후작 위(位)를 동생에게 넘긴 뒤 사라졌다가 엘라임 백작가의 아들을 납치해서 고문해서 죽인 혐의로 현상수배되어 있는 자 말입니다.”

크릭스가 어처구니없다는 듯 머리를 흔들었다.

“가지가지 하는군. 산 아래 대기 중인 병력과는 통신을 해보았나?”

“산에서 내려오는 길에 빈틈없이 포위망을 형성했다고 합니다. 개미 한 마리도 뚫고 지나갈 수 없을 정도로 말입니다.”

“미치겠군. 그런데 놈이 대관절 왜 해츨링을 구해갔을까? 제국의 기사가 되려고 입국한 녀석이 말이야.”

그 질문에 대한 대답은 브렌트 백작이 해주었다.

“그는 아마 해츨링이란 사실을 모르고 구해주었을 거요.”

그 말에 크릭스의 시선이 브렌트 백작에게로 향했다.

“무슨 말씀이시오?”

“리셀이라는 견습기사가 국경초소를 통과한 시각은 네 시간 전이오. 이곳까지 오는 시간을 감안하면 그는 드래곤 사냥이 끝난 직후에 도착했을 것이오. 그리고 우리 기사들을 보고 혹시라도 해를 입지 않을까 하는 생각에 머뭇거리다가 그 장면을 본 것 같소.”

“그 장면이라니요?”

“당신들이 해츨링을 고문하는 장면 말이오. 겉모습만 본다면 기사들이 어린 소녀를 발가벗겨놓고 사정없이 두들겨패는 모습이지 않소? 속사정을 모른다면 당연 그렇게 생각할 수밖에 없을 테지.”

브렌트 백작의 입가에는 묘한 미소가 떠올라 있었다. 예상치 못한 일로 인해 임무를 훌륭히 완수할 수 있게 되었으니 어찌 기분이 좋지 않겠는가? 게다가 이번 일로 인해 황실은 엄청난 소득을 거두었다.

지금도 수도경비 기사단 소속의 기사들이 열심히 둥지 안을 드나들며 전리품을 실어 나르고 있었다.

드래곤의 둥지를 지키던 가디언들은 드래곤이 죽은 순간 모두 무력화된 상태였다. 돌이나 우드 골렘들은 마법력이 사라지며 원래의 형태인 무생물 상태로 돌아갔고 정신이 제압된 중형 몬스터들은 구속이 풀려 모두 도망쳐버렸다. 몇몇이 기사들에게 흉성을 드러내긴 했지만 압도적인 수적 열세에 힘도 써보지 못했다.

반면 아그리아 공작가의 기사들은 건진 것이 거의 없었다. 고작해야 드래곤의 사체에서 잘라낸 살덩이와 뼛조각 몇 개가 전부였기 때문에 어찌 브렌트 백작이 흡족하지 않겠는가?

"아마도 그 젊은 수습기사는 정의심에 나섰을 공산이 크오. 해츨링이란 사실을 전혀 모른 채 말이오."

그 뒷말은 브렌트 백작의 입안에서만 맴돌았다.

'게다가 루카스 후작가의 아너프리 공이 가르친 견습기사이니만큼 아그리아 공작가의 일을 곱게 볼 리가 없겠지.'

날카로운 눈빛으로 브렌트 백작을 노려본 크릭스가 입을 열었다.

"아그리아 공작가의 이름으로 협조를 요청하오. 각지의 국경초소에 수배령을 내려주시오. 놈을 반드시 붙잡아 아그리아 공작가의 중대사를 방해한 죄를 물어야겠소. 알고 했건 모르고 했건 상관없소. 놈은 필경 그에 대한 대가를 치러야 할 것이오."

"알겠소. 수배령을 내릴 테니 걱정하지 마시오. 리셀이라는 견습기사는 본 아스트리아 황가에도 죄를 지었소. 우리도 마땅히 그에 대한 처벌을 할 것이오."

"그, 그것은 우리 아그리아 공작가의 일이오."

"아스트리아 황실의 일이기도 하오. 어쨌거나 황실과 아그리아 공작가가 함께 추진하는 일을 망친 범인이니 말이오. 물론 처벌을 가한 뒤 반드시 아그리아 공작가에 통보해주도록 하겠소."

크릭스가 입술을 깨물었다. 정황을 보니 브렌트 백작이 순순히 범인을 넘겨주지 않을 것 같았다.

'어쩔 수 없군. 가문의 입김이 닿는 부근 영주들의 힘을 빌릴 수밖에……'

"그럼 본인은 이만 내 부하들에게 가보도록 하겠소. 전리품을 옮기려면 손이 많이 모자랄 것 같소이다."

살짝 묵례를 한 브렌트 백작이 몸을 돌렸다. 크릭스가 분기어린 눈빛으로 그의 등을 쏘아보고 있었다.

리셀은 정신없이 험로를 질주하고 있었다.

'그러고 보니 내 운명도 기구하군. 오로지 도망치는 것이 전부이니 말이야.'

쉬지 않고 네 시간 정도 달린 것 같았기에 리셀이 달리는 것을 멈췄다. 잠시 숨을 돌린 그가 고개를 돌려 주위를 둘러보았다. 온통 울창한 숲에 둘러싸여 이곳이 어딘지 도무지 분간할 수가 없었다.

"좀 쉬어가야겠군."

걸음을 멈춘 리셀이 품에 안고 온 소녀를 바닥에 내려놓았다. 그런 다음 손으로 이마에 흥건한 땀을 닦았다. 순간 그의 눈이 부릅떠졌다.

"아니?"

소녀는 한없이 고요한 눈빛으로 그를 쳐다보고 있었다. 그런데 소녀의 부러졌던 손가락이 원상태로 돌아가 있는 것이 아닌가? 퉁퉁 부은 채 덜렁거리던 손가락은 언제 그랬냐는 듯 제 모습을 되찾은 상태였다. 단검 손잡이에 으스러진 발가락 역시 마찬가지였다. 기사들에게 구타당해 시퍼렇게 멍이 들어 있던 얼굴은 말끔해져 있었다. 리셀의 눈썹이 휘말려 올라갔다.

'그러고 보니……'

이곳으로 달려오며 리셀은 이상함을 느꼈다. 소녀의 몸에서 느껴지는 기운이 평범한 사람과 달랐기 때문이었다. 마르타에

서 보았던 지부장 칼리스타처럼 고위급 마법사에게서나 느낄
수 있는 향기가 소녀에게서 미미하게 흘러나오고 있었다. 머
뭇거리던 리셀이 조심스럽게 입을 열었다.

"괜찮니?"

그러나 소녀는 아무런 말도 하지 않고 리셀의 얼굴을 올려
다보고 있었다. 그 눈빛에는 인간이라면 의당 있어야 할 오욕
칠정이 하나도 담겨 있지 않았다. 그 모습에 리셀은 한 가지를
깨달을 수 있었다. 외모는 어린 소녀의 모습을 하고 있었지만
그 본질은 결코 인간이 아니라는 사실을 말이다. 리셀의 안색
이 살짝 경직되었다.

"도대체 네 정체가 뭐지?"

"……."

"아무래도 넌 인간이 아닌 것 같다. 사람이라면 상처가 이
토록 빨리 아물 수는 없는 법이지."

말을 마친 리셀이 소녀의 손가락을 가리켰다. 무심코 자신
의 손가락을 내려다본 소녀의 얼굴에 마침내 표정이 생겼다.

"정말 이해하기 힘들군."

"뭐가 말이지?"

"인간이란 존재 말이다. 내 어머니를 죽이고 나에게 참을
수 없는 모욕과 고통을 가한 존재도 인간, 그리고 그들의 손에
서 날 구해준 존재도 인간. 예전에 어머니에게서 인간이란 존
재가 정말 다양하고 종잡을 수 없는 생명체란 말을 들었는데

이제 확실하게 이해가 되는구나."

리셀의 눈이 커졌다.

"어, 어머니라면?"

"날 보았다면 어머니의 시체도 보았을 텐데?"

마침내 리셀의 눈이 경악으로 물들었다. 그렇다면 소녀는 드래곤의 새끼란 말인가? 믿을 수 없다는 듯 리셀이 고개를 흔들었다.

"믿어지지 않는군."

"네가 믿거나 말거나 난 골드 드래곤의 해츨링인 아슈레인이다. 인간들의 손에 죽은 아슈페론의 자식이지."

리셀이 멍한 눈으로 소녀를 쳐다보았다. 단지 어린 소녀인 줄 알고 구출했는데 실상은 인간에게 한없는 공포를 안겨주는 드래곤의 해츨링이었다니. 그러나 이미 벌어진 일은 어쩔 수 없었다. 머리를 흔들어 잡념을 날려버린 리셀이 씁쓸하게 미소를 지었다.

"설마 해츨링일 줄은 몰랐군. 하지만 후회하지는 않는다. 기사라면 의당 그런 상황에서 가만히 있지 않았을 테니까. 그나저나 처지가 무척 딱하게 되었군."

리셀은 조심스럽게 해츨링의 눈치를 살폈다.

"우선 어머니를 잃은 데 대해서는 조의를 표한다. 하지만 그 일로 인해 인간 전체에 대해 원한을 가지지 말아줬으면 한다."

그 말에 아슈레인의 눈빛이 착 가라앉았다.

"아직 모르겠다. 아까까지만 해도 인간이란 종족에 대한 증오심뿐이었다."

"그렇게 생각하지 마. 오롯한 존재인 드래곤과는 달리 인간은 많은 다양성을 가진 생명체들이다. 같은 인간끼리도 수많은 원한관계가 존재하는데 그런 인간들을 한통속으로 취급해버리면 이쪽도 조금 억울하다고."

"……."

"사실 나도 드래곤 사냥에 가세한 기사들과 원수지간이라고 할 수 있어. 내가 몸담아야 할 가문이 그 가문과 적대관계에 있거든."

"이해할 수 없군. 몸담아야 할 가문과 원수지간이라고 너까지 원한관계를 맺어야 한다는 거냐?"

리셀이 어깨를 으쓱했다.

"그럴 수밖에. 인간은 한없이 약한 생명체야. 드래곤처럼 혼자서 살 수 없는 존재들이니 말이야. 인간은 여러 가지 경로를 통해 다른 사람들과 관계를 맺고 서로 의지하며 살아야 하거든."

나무 그루터기에 주저앉은 리셀이 하늘을 올려다보았다.

"어머니를 잃었으니 너도 이제 혼자 서는 법을 배워야 할 거야."

아슈레인이 쓸쓸히 웃으며 바닥에 앉았다. 위험에서 벗어나니 긴장이 확 풀려왔다. 리셀은 왠지 모르게 해츨링에게 측은

한 감정을 가졌다. 그것은 동병상련과도 비슷한 감정이었다.

그는 여덟 살 때 세상에 홀로 남겨졌다. 해츨링 역시 나이가 몇 살인지는 모르지만 어미의 보호를 받아야 할 나이에 홀로 되었다. 실로 비슷한 처지가 아닐 수 없었다. 리셀이 조심스럽게 입을 열었다.

"혹시 찾아갈 다른 드래곤은 없니? 할아버지라던가, 삼촌 드래곤 말이야. 아, 그러고 보니 아버지 드래곤이 있겠구나."

아슈레인이 고개를 돌려 리셀을 쳐다보았다.

"드래곤의 생리에 대해 잘 모르는군. 드래곤에겐 아버지란 존재가 없다. 오로지 어머니뿐이지."

그 말에 리셀의 눈이 커졌다.

"설마 어머니 혼자 널 낳았단 말이야?"

아슈레인이 머뭇거림 없이 고개를 끄덕였다.

"드래곤에게는 성별이 존재하지 않아. 자가생식으로 후사를 이어나가기 때문이지. 그리고 드래곤의 관계는 인간들처럼 다양하지 못해. 할아버지? 아마 어머니의 어머니를 말하는 인간들의 명칭인가 보군. 미안하지만 안 될 일이야. 보나마나 영역을 침범한 침입자로 간주되어 공격받는 것이 고작일 거야. 그게 해츨링이라고 해도 말이지."

"서, 설마."

"드래곤은 철저히 독립적인 생명체야. 만약 내가 성룡이 되어 둥지를 떠난다면 더 이상 어머니를 만나러 올 수도 없어.

말 그대로 남남이 되는 거지. 드래곤은 다른 드래곤의 삶에 관여하지 않아. 그것이 드래곤의 율법이야.”

“삭막하군.”

“그건 인간들의 관점일 뿐이지.”

눈매를 찌푸린 리셀이 걱정스런 눈빛으로 해츨링을 쳐다보았다.

“좋아. 그럼 넌 이제부터 어떻게 할 거지?”

“도대체 뭘 알고 싶은 거지? 방법은 하나밖에 없지 않나? 자연의 섭리에 따르는 것.”

“자연의 섭리?”

아슈레인이 무감각한 어조로 대답했다.

“보호자를 잃은 동물은 도태되는 것이 자연의 법칙이다. 나 또한 그런 자연의 법칙에 따르게 되겠지. 이곳을 하염없이 돌아다니다 포식자에게 잡아먹히거나 또 다른 인간들에게 사냥당해 삶을 마감하게 되겠지.”

돌연 아슈레인이 고개를 돌려 리셀을 쳐다보았다.

“어쨌거나 한 가지는 감사하게 생각한다. 네가 날 구해준 덕분에 어머니의 드래곤 하트가 나쁜 인간들의 손에 들어가지 않게 되었어. 어머니의 드래곤 하트를 대자연의 품으로 돌려보낼 수 있는 것은 전적으로 내 덕이야.”

“드래곤 하트?”

아슈레인은 더 이상 대답하지 않았다. 견물생심이라고 자신이 드래곤 하트를 가지고 있다는 사실을 알게 되면 눈앞의 젊은 인간이 무슨 행동을 할지 모른다. 물론 인간 하나 정도는 아슈레인의 마법 실력으로 어렵지 않게 감당할 수 있겠지만 그래도 은혜를 입힌 인간을 공격하는 건 탐탁지 않은 일이다. 드래곤은 생각보다 은원관계가 확실한 존재였다.

"성룡이 되어보지 못하고 죽는다는 게 아쉽기는 하지만 미련은 없다."

리셀은 해츨링의 말에 애잔함을 느꼈다. 세상에서 제일 강한 생명체인 드래곤의 의지가 이토록 약할 줄은 몰랐다. 돌연 화가 치밀어올랐다.

"멍청한 소릴 하는군. 하찮은 벌레도 살기 위해 발버둥치는 것이 자연의 섭리이다. 네 말대로라면 보호자를 잃은 동물은 모조리 죽어야 하는 것인가?"

"무슨 말이지?"

"왜 살 생각을 하지 않는 거지? 만약 내가 너의 입장이라면 어떻게든 악착같이 살아남을 것이다. 그리고 내 어머니를 죽인 자들에게 반드시 복수할 것이다. 약해빠진 인간도 이럴진대 최강의 생명체라는 드래곤이 왜 그렇게 생을 쉽게 포기하는 거지?"

"복수?"

"넌 분하지도 않으냐? 모욕을 받은 만큼 돌려줄 밸도 없는 거냐?"

"난 아직 성룡이 아니다. 각성하지 못한 해츨링일 뿐이지."

그 말에 리셀이 코웃음을 쳤다.

"그것은 단순한 자기합리화일 뿐이야. 나라면 어떻게든 살아남아 각성하기 위해 애쓸 것이다."

"……."

"그 드래곤의 각성이라는 것이 반드시 보호자가 있어야만 가능한 것이냐?"

뭔가를 골똘히 생각해보던 아슈레인이 고개를 뒤흔들었다.

"그렇지는 않다. 각성은 전적으로 해츨링이 자력으로 터득해야 하는 것이다. 보호자는 단지 조언만을 해줄 수 있다."

"그렇다면 더 이상 말할 필요가 없겠군. 각성하여 성룡이 된다면 복수의 길에 한결 가까워질 테니 말이다. 어쨌거나 드래곤은 최강의 생명체 아닌가?"

"복수."

멍하던 아슈레인의 눈에 초점이 돌아왔다. 비로소 어머니를 죽인 인간 기사들에 대한 원한이 떠오른 것이다. 그러나 아슈레인은 쉽사리 결정을 내리지 못했다.

"하지만 각성이 반드시 성공한다는 보장이 없다. 그리고 그때까지 버틸 수 있을지도 의문이고."

아슈레인이 나직한 어조로 이유를 설명했다.

"아마 너와 헤어지고 나면 난 계속해서 쫓겨 다닐 것이다. 드래곤의 사체를 탐내는 인간이나 아니면 오우거나 트롤 같은 중형 몬스터에 의해서 말이다. 솔직히 말해 난 아직까지 오우거 한 마리도 감당할 수 없는 몸이야. 그런 상황에서 각성을 생각할 여유는 없다."

아슈레인의 설명이 그럴듯했는지 리셀이 고개를 끄덕였다.

사실 아그리아 공작가는 쉽사리 해츨링에 대한 추격을 포기하지 않을 것이다. 아그리아 공작가가 가진 힘이라면 벗어나기가 여의치 않을 터였다. 그것뿐만이 아니다.

어미를 잃은 어린 해츨링, 인간들에겐 무척이나 손쉬우면서도 탐나는 사냥감이다. 만약 해츨링의 존재가 알려진다면 세상에 사는 모든 몬스터 사냥꾼들이 이곳으로 몰려들 것이 틀림없었다. 해츨링이 그런 인간의 마수를 피하는 것은 거의 불가능해 보였다.

'어찌 보면 이 녀석의 처지도 매우 기구하군.'

그때 리셀의 머릿속에 한 가지 생각이 떠올랐다. 마스터와 함께 생활할 때 일어난 일이었다. 아너프리는 리셀에게 자신이 알고 있는 것을 대부분 가르쳐주었다. 그중에서는 드래곤에 대한 상식도 있었다.

—드래곤은 통상적으로 깊은 산 속에 둥지를 튼다. 그리고 가디언이라는 보초를 만들어 둥지의 경계를 세우지.

아너프리가 갸르친 것은 드래곤의 둥지를 피해 가는 방법이었다. 길을 잃고 헤매다 드래곤의 영토에 들어가는 것은 자유 기사에겐 치명적인 위험이었다. 당시 그에 대한 설명을 듣던 리셀은 엉뚱한 생각을 했다.

만약 드래곤이 그런 상식에서 벗어나 엉뚱한 곳에 둥지를 틀면 어떻게 되는가 하는 생각이었다. 당시 아너프리는 리셀의 질문을 받고 너털웃음을 터뜨렸다.

—드래곤은 결코 그런 행동을 하지 않는다. 어찌 보면 무척 고리타분한 종족이기도 하지. 변화를 싫어한다는 점에서 말이야.

리셀은 엉뚱한 생각을 했다. 만약 자신이 어린 드래곤이라면 인간들의 손을 피해 어느 곳에 둥지를 틀어야 안전할 것인가 하는 생각이었다. 당시의 기억을 떠올린 리셀이 정색을 하고 아슈레인을 쳐다보았다.

"방법을 찾으면 되지 않을까? 인간들이 쉽게 손댈 수 없는, 아니 상상조차 하지 못한 곳에 둥지를 틀고 각성을 준비하면 어떨까?"

"어리석은 생각이다. 이번 사냥에 인간들은 마법사를 동원해 패밀리어를 부려 우리가 살고 있던 둥지를 찾아냈다. 제아무리 높은 절벽이나 산꼭대기에 둥지를 틀어도 인간들의 눈길을 벗어날 수는 없어."

아슈레인이 처연한 표정으로 고개를 흔들었다.

"네 품에 안겨 오면서 많은 생각을 했다. 심지어는 인간 세상에 숨어들어 각성을 준비하면 어떨까 생각한 적도 있다."

"그것은 안 될 말이야. 같은 종족조차 등쳐먹는 것이 인간들이야. 너처럼 아무것도 모르는 어린 소녀가 인간 세상에 들어선다면 단 며칠조차 버틸 수 없을 것이야."

이미 세상의 쓴맛을 본 상태였기 때문에 리셀은 그것이 불가능하다고 단정 지었다. 모르긴 몰라도 나쁜 놈들에 의해 노예시장에 팔려갈 공산이 컸다. 겉으로 보이는 것처럼 어리고 예쁜 소녀라면 침을 질질 흘릴 놈들이 한둘이 아닐 터였다. 아슈레인 역시 그 점에 동의했다.

"그 점에 대해서는 나도 동의한다. 나에겐 도저히 인간들과 어울려 살 만한 자신이 없어."

"그렇다면 이렇게 하면 어떨까?"

그 말에 아슈레인이 리셀을 쳐다보았다. 리셀이 신이 나서 계획을 설명했다.

"예전에 해보았던 공상이야. 만약 내가 어린 드래곤이었다면 어디에 둥지를 틀면 안전할까 하는 생각이었지."

"별 희한한 공상을 다 해보았군."

"내가 좀 특이해서 말이지. 어쨌거나 들어보도록 해."

리셀의 계획은 간단했다. 우선 높은 절벽이나 산꼭대기처럼 인간의 손길이 쉽게 닿지 않는 곳에 둥지를 트는 것은 아슈레인의 생각과 일치했다.

"하지만 거기에 변수가 있어. 그것은 바로 인간들의 쉽사리 상대할 수 없는 비행 몬스터, 간단히 말하면 그리폰이나 하피 정도가 되겠군. 그런 비행 몬스터들이 떼로 서식하는 곳에 둥지를 틀어야 한다는 거야. 서식하는 비행 몬스터들이 자연적인 방벽이 되게끔 말이지. 물론 그러려면 먼저 비행 몬스터들이 널 공격하지 않아야 한다는 전제조건이 필수겠지만 말이지."

그 말을 들은 아슈레인이 실소를 지었다.

"그건 불가능한 일이야. 우선 그리폰은 군집생활을 하지 않아. 고작해야 서너 마리 정도의 규모로 뭉쳐 다닐 뿐이지. 그 정도로는 자연적인 방벽 역할을 하지 못해. 그리고 하피는 더더욱 안 될 말이야. 물론 수백 마리가 모여 군집생활을 하긴 하지만 놈들은 드래곤의 해츨링을 보면 즉각 달려들어 갈기갈기 찢어버릴 거야. 그 정도로 흉포한 놈들이지."

"그렇다면 와이번은 어떨까? 다수가 군집생활을 하는 데다 높은 벼랑 위에서 서식하는 녀석들이니 말이야."

리셀의 계획은 꽤나 상세했다.

"게다가 드래곤의 모습 그대로 지내라는 말이 아니야. 인간으로 변한 것을 보니 몬스터로도 변할 수 있겠지? 와이번의 모습으로 변신한다면 놈들이 혹 무리의 일원으로 받아들여 보호해줄 가능성이 있지 않을까?"

"와이번? 그러나 난 지금까지 와이번을 한 번도 본 적이 없다. 폴리모프 마법은 대상의 형태를 확실하게 인지하고 있지 않으면 실행할 수 없어."

"직접 가서 보면 되잖아?"

고개를 끄덕인 리셀이 주머니 속에서 지도를 꺼냈다. 마탑에서 만든 것이라 거기에는 길과 함께 각종 몬스터의 서식지가 함께 기재되어 있었다. 지도를 유심히 살피던 리셀의 안색이 밝아졌다.

"다행이로군. 와이번 서식지가 이곳에서 그리 멀지 않으니 말이야. 그곳까지 함께 가서 와이번을 충분히 살핀 다음 폴리모프 마법을 써서 시도해보자고. 무리 속에 끼워주는지 그렇지 않은지 말이야."

아슈레인은 생각에 잠겼다. 리셀의 계획은 충분히 실현 가능할 정도로 현실성이 있었다. 돌연 그가 눈매를 찌푸리며 리셀을 쳐다보았다.

"그런데 왜 그렇게 나에게 신경을 써주는 거지? 뭔가 바라는 것이 있나?"

그 말에 리셀이 두 손을 펼치며 어깨를 으쓱했다.

"너처럼 어린 드래곤에게 바라는 게 뭐가 있겠어? 널 도와주려는 이유는 간단해. 나 역시 여덟 살이란 어린 나이에 세상에 홀로 내버려진 경험이 있기 때문이지. 그러다 보니 네 처지를 외면할 수 없을 뿐이야."

이번에는 아슈레인이 놀랄 차례였다.

"놀랍군. 여덟 살에 세상에 홀로 버려지다니. 그렇다면 지금까지 어떻게 살아온 거지?"

"살기 위해 수단 방법을 가리지 않고 발버둥을 쳤지. 다행히 마스터를 만나 여기까지 올 수 있었어. 그분이 아니었다면 난 지금쯤 어떻게 되었을지 몰라."

리셀의 눈가에 아련함이 떠올랐다. 그것은 죽은 마스터에 대한 그리움이었다.

"확실히 인간은 종잡을 수 없는 종족이로군. 자연의 섭리를 쉽사리 적용시킬 수 없는."

"어쨌거나 이쪽에서 남서쪽으로 1백 킬로미터 정도 가면 와이번이 대규모로 서식하는 장소가 있다고 해. 그곳에 가서 한 번 시도해보는 거야."

그러나 아슈레인은 쉽사리 용기를 내지 않았다.

"그런데 과연 내가 복수를 할 수 있을까? 3천5백 년을 살아오신 어머니도 당해내지 못한 놈들인데."

"역시 드래곤의 사고방식은 인간들과는 다르군. 보통 이런 경우 인간들은 비슷한 처지에 놓인 동료들과 힘을 모아서라도 복수를 꾀하는데 말이야."

적응이 되지 않는 듯 머리를 절레절레 흔든 리셀이 몸을 일으켰다.

"어쨌거나 복수는 나중 일이고 당면한 문제는 생존이야. 솔직히 말해 나도 너 때문에 처지가 곤란하게 되었어."

"그게 무슨 말이지?"

"널 도와준 대가로 공식적으로 수배될지도 몰라. 혹시라도 버리고 온 배낭 안에 내 신분을 짐작할 수 있는 것이 있다면 말이지."

"그런 위험을 무릅쓰고 나를 도왔단 말인가?"

"당시에는 아무것도 생각나지 않았어. 곤경에 처한 어린 소녀를 구해야 한다는 생각뿐이었으니까. 어쨌거나 그건 내 일이니 신경 쓸 필요 없어."

어깨에 붙은 먼지를 탈탈 털어낸 리셀이 싱긋 웃었다.

"알건 모르건 구해주었으니 끝까지 책임을 져야겠지? 함께 와이번 서식지로 가도록 하자. 어차피 내가 가야 하는 길도 같은 방향이니까."

손을 내미는 리셀을 물끄러미 쳐다보던 아슈레인이 몸을 일으켰다.

"네 뜻에 따르도록 하지."

아슈레인에게 리셀이 등을 돌렸다.

"등에 업히도록 해. 갈 길이 머니까."

머뭇거리던 아슈레인이 두말없이 리셀의 등에 올라탔다. 물론 그도 걸을 수 있었지만 네 발로 다니던 습성 때문에 인간의 몸으로 걷는 것이 그리 익숙하지가 않다. 추격자가 있는 것을 감안하면 그게 현명한 선택이었다. 창백한 얼굴에 잔잔하게 파문이 일었다.

"고맙다는 말을 해야 하나?"

"그럴 필요 없어. 어차피 평안히 살아가던 너의 행복을 깬 존재가 인간이니 같은 인간으로서 조금이나마 사죄하는 거라고 생각해."

대수롭지 않게 대답한 리셀이 성큼성큼 걸음을 옮겼다. 눈을 감고 진동을 느끼던 아슈레인이 리셀의 등에 얼굴을 파묻었다.

『블레이드 헌터』 3권에서 계속

魔
마룡전
魔龍
龍
김강현 신무협 장편소설
ORIENTAL FANTASYSTORY & ADVENTURE

『투신』,『마신』,『천신』의 작가!
김강현의 신무협 장편소설

고독(蠱毒)에 조종당해 지옥에 내던져진 마룡단.
잔혹한 음모와 혈투 속에서도 그는 살아남았다!

잊혀진 마룡단의 생존자 강하진이 돌아왔다.
음모의 배후를 처부수고 복수를 이루리라!

dream
books
드림북스

절대검해

dream
books
드림북스

무협계가 주목한 작가
권인호 신무협 장편소설

天極之書

권인호 신무협 장편소설

ORIENTAL FANTASYSTORY & ADVENTURE

일류가 삼류에게 패하는 강호 초유의 사태.
모든 것은 한 소년이 쓴 무공서에서 시작됐다!

재미 삼아 쓴 23권의 얼치기 무공서.
세상에 나타나자마자 천하 무림에 파란을 일으키다!

dream
books
드림북스

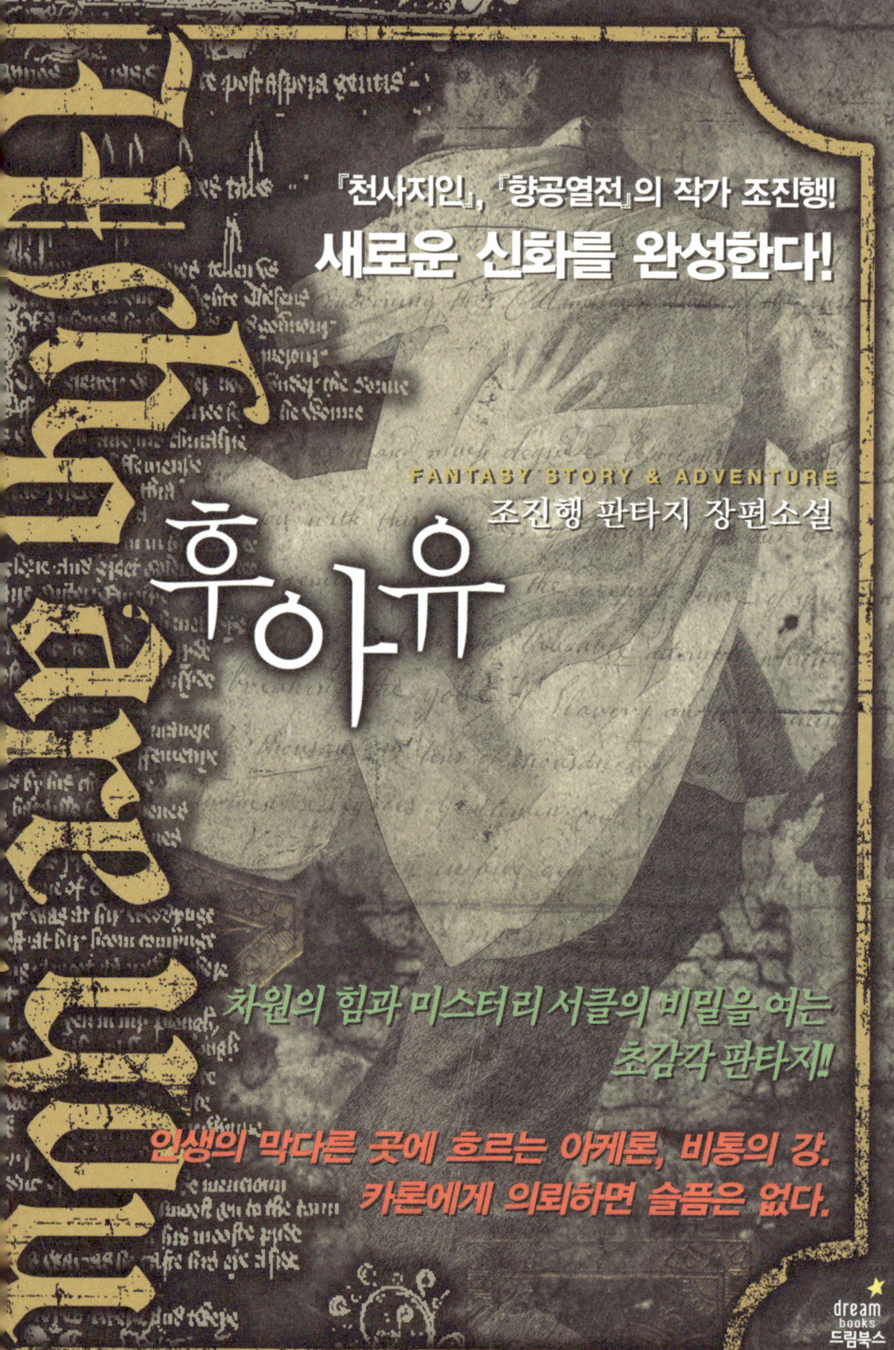
『천사지인』, 『향공열전』의 작가 조진행!
새로운 신화를 완성한다!

FANTASY STORY & ADVENTURE
조진행 판타지 장편소설

후아유

차원의 힘과 미스터리 서클의 비밀을 여는
초감각 판타지!

인생의 막다른 곳에 흐르는 아케론, 비통의 강.
카론에게 의뢰하면 슬픔은 없다.

dream
books
드림북스